멧돼지 사냥

멧돼지 사냥

신용성 소설집

도서출판 북인

형식의 자유와 주관의 완성

루카치의 문제적 개인은 이상과 현실에서 방황하지만 본인의 현실 상황을 포기하지 않는 개인이다. 소설에서 개인의 삶은 이상과 현실의 간극을 천착하는 곳으로부터 시작과 끝을 맺는다. 현실에서 개인의 삶은 끊임없이 변화를 추구하면서 새로운 존재 형태를 모색한다. 소멸과 생성의 반복으로 꿈과 현실의 양면을 줄타기하는 문제적 개인의 구현은 곧 내 소설의 영원한 과제이기도 했다.

저마다 무기체로 자취도 없이 부유하다가 불현듯 내 소설 속으로 내려앉은 대수롭지 않은 체험의 편린들이 성숙되지 못한 문제의식을 일깨운다. 활자화되는 것에 대한 부끄러움이고 미성숙한 작가적 형상의 두려움이다. 신화와 전설이 더 그리운 시절에 삶의 영속성을 드러낸 오만함에 고개를 숙일 뿐이다.

진실처럼 들리는 거짓말을 잘할 수 있었으면 좋겠다. 마음을 숨기고 형식을 노래하는 통시적인 윤리에서 벗어날 수 있다면 내 소설쓰기는 계속될 수 있을 것 같다. 관념의 향연에서 헤어나지 못하더라도 나만의 서정으로 하늘과 생명을 함께 보여줄 수 있기를 희망한다. 그것이 새롭게 처음부터 시작하는 여정이 되더라도 그 길을 간구하고 싶다. 길은 시작되었는데 여행은 끝났다. 소설을 쓰는 일, 곧 창작 과정이 목적의 완결이기를 염원한다.

2022년 가을

하립골에서

신용성

Contents

편두통

편두통

아직도 물은 끓지 않는다. 불 위에 올려둔 주전자 아래로 파란 빛 가득한 가스불이 선연하다. 나는 침대에 엎드려 눈으로만 사물을 더듬었다. 시야를 가로막는 창 밖 나무들이 유난히 눈에 거슬린다. 어둠이 완전히 가시지 않은 마냥 답답한 풍광, 건물 모퉁이로 돌아나가는 차량의 전조등이 눈을 찌르고 사라졌다. 어둠에 익숙해 있던 두 눈 사이로 눈물이 난다. 습관처럼 눈물을 닦아내자 눈이 따갑다.

"싫어, 그냥. 이유는 묻지 않았으면 좋겠어. 날 설득하려고도 말고."

엊저녁 명지가 보낸 카톡 글자는 지금껏 본 적이 없는 상형문자처럼 해석이 어려웠다. 진우 씨 머릿속은 꽉 막힌 하수구처럼 역겨워. 문자는 대담했고 거침이 없었다. 퇴근 무렵 야근 때문에 저녁 약속을 취소해야겠다고 보내왔던 문자, 그리고 두어 시간 뒤에 보내온 이별 통보였다. 명지는 전화를 받지 않았고, 휴대폰에는 읽지 않은 수십 개의 문자가 발신인의 정체성을 잃고 헤매고 있었다.

믹스커피의 뒤끝에 남아 있던 단맛이 목구멍을 타고 내려가면서 신맛이 트림으로 올라왔다. 아직 절반도 더 남아 있는 담배를 재떨이에 비볐다. 니코틴의 독한 냄새가 코를 후비고 지나가자 두통이 왔다. 담배 때문인지, 커피 때문인지, 과음 때문인지 알 수 없었다.

일부러 밤을 새우려한 것은 아니지만, 술기운으로 아픔을 치유하고 싶었던 건 욕심이었을까. 그렇다고 밤 사이 희망과 기대가 압축된 명지와의 대단한 해후를 기대한 건 아니었다. 그러나 여전히 낮은 짧고 밤은 길었다. 짧은 낮이 긴 밤으로 바뀌는 속도를 다섯 손가락으로 가늠하겠다는 되지 못한 생각들은 다시 어둠을 불렀다. 손가락에 갇힌 어둠. 그 너머에서 꿈쩍도 않고 있는 명지를 내 세계로 끌어들이는 일은, 빛은 빠르고 어둠은 느려서 눈을 감는 순간 머리가 먼저 서둘러 판단을 내리는, 손쉬운 즐거움이었다? 그것은 세상의 모든 이분법적 사고에 갇힌 그렇게 단순하고 유치한 어린아이의 덜 익은 생각처럼 섣부르고 경솔한 것이었음을, 나는 어둠이 완전히 지워진 아침 세상을 대하면서 깨달았다.

외출을 한다. 의미 없는 외출. 아니 외출이라기보다는 그저 밖으로 나갔다는 말이 어울린다. 어깨를 스치는 바람은 푸른 빛을 실어 남에서 북으로 살랑거렸고, 햇살은 수없이 많은 은빛 조각을 높은 빌딩과 잘 포장된 도로와 검은 외제차 지붕 위로 아낌없이 쏟아냈다. 사람들은 아침부터 해가 질 때까지 고개를 치켜들고 잠시 미세먼지가 걷힌 서울 하늘을 가슴 깊숙이 받아들였다. 공원 벤치의 노인은 사라진 기억 속 잊혔던 고향의 녹색 들판을 떠올리듯 홀쭉해진 볼살의 잔주름을 쓸어내리며 입가로 침을 흘렸고, 아파트 놀이터 아이는 새콩 같은 두 손을 펼치고 열 마디 덜 만들어진 손가락을 꼬부려 모래를 파고, 둔덕을 만들어서 밟아 뭉갰다. 젊은 연인들은 버스를 기다리며 쫓기듯 서로를 안았고, 탄천변 나이든 부부는 잘 다듬어진 우레탄 산책로를 표정 없이 걸었다. 중년의 아내는 남편과 팔짱을 어색하게 끼면서 겸연쩍게 웃었고, 남편은 팔에 아무런 자극도 없는 아내의 벌어진 가슴을 본다. 하루가 끝나가는 그때까지 하늘은 맑고 바람은 가벼웠으며 햇살은 매끈거렸지만 명지로부터는 어떤 연락도 없었다.

아파트 출입구 계단을 내려서다가 몸이 균형을 잃고 비틀거렸다. 오른팔을 뻗어 난간을 붙잡았다. 사흘 전부터 시작된 편두통에 느닷없는 현기증까지 모두 새로운 경험이었고 예고가 없었기에 두려웠다. 몸을 가누고 주위를 살폈다. 난간에서 얼른 손을 떼고 먼지를 털어내듯 손바닥을 바지에 두어 차례 문질렀다. 간헐적으로 계속되는 편두통으로 숨쉬는 일조차 귀찮았다. 처음엔 대수롭지 않게 생각했는데 규칙적인 두통이 주는 공포는 통증 자체보다도 통증을 기다리는 시간이었다. 그 불규칙인 고통의 정예는 명지가 전부였던 세상을 당장에 의미 없이 만들어버렸다. 주먹구구식으로 구입했던 두통약도 처음에는 약효가 있는 듯하더니 이틀을 넘기지 못했다. 나흘째 결국 병원을 찾았다.

"졸립거나 때때로 어지럼증을 느낄 수도 있는데, 단순한 부작용이니까 크게 신경쓰지 않아도 됩니다."

아무렇지 않게 말했던 의사의 말은 신경쓸 일이 되고 있었다. 간혹 구역질이 올라오면서 식욕이 사라지고 가슴이 답답했다. 게워낼 것도 없이 변기를 잡고 앉았다 퀭한 눈에 비친 화장실 거울 속 얼굴은 신열이 오른 것처럼 양 볼의 홍조가 눈에 띌 정도로 선명했다.

명지가 헤어지자는 얘기를 꺼낸 건 이번이 처음은 아니었다. 만난 지 6개월쯤 됐을 때 내게 떠났으면 좋겠다고 말했다.

"내 선물. 자기를 내게 보내준 누군가에게 말해줄 거야. 나를 태어나게 해줘서 고맙다고." 전날 붉은 눈매로 나를 치켜다보며 목메듯 내 가슴을 파고들었던 명지였다. 장난 같은 뜬금없는 이별 통고에 남녀가 헤어지는 데는 이유가 없다며 건조하게 말하던 명지에게서 장난보단 어쩌면 일시적인 감정분열 현상의 파장이 아닐까도 생각했다.

"매력남까지는 바라지 않아. 유머 감각, 뭐 그딴 거 없어도 돼. 그치만 꼭 스토커 같잖아, 어떻게 하루 종일 나만 생각해. 할 일이 그렇게 없어?"

몸 어딘가 묵혀 있었던 서늘한 기운이 가슴을 치고 머리로 솟아올랐다. 냉기 속에는 아픔과 배신감이 뒤섞인 두려움이 들어 있었다. 적어도 세상에 변하지 않는 것은 없다는 말의 적용은 인정과 동시에 절망을 불러왔다.

보낸 문자 메시지를 읽지도 않는 명지에게 전화를 할 수는 없었다. 그렇다고 연락이 끊긴 채로 마냥 시간이 흐르도록 두는 일은 그 시간만큼 둘 사이의 벽을 높고 단단하게 만드는 일이었다. 시간이 지나고 언젠가는 명지를 잊게 되는 날, 그런 날이 오리라는 걸 예정한다고 현재의 고통이 줄어드는 것은 아니다. 시간이 지나면 모든 것이 잘 될 것이라는 무책임한 말, 스스로 당해보지도 않고 그런 쉽고 간단한, 누구라도 할 수 있는 말은 책 속에서나 나올 무가치한 말이다. 명지는 늘 내게 말했다.

"추억, 정, 그런 거 난 몰라. 과거는 의미 없어. 오직 현재, 지금 이 시간이 있을 뿐이라고."

그래서 언제든 헤어질 수 있고 명지에겐 그건 자연스러운 일일 터였다. 과거의 내 모습이 불만족스러웠더라도 그 또한 중요하지 않다는 이야기를 명지는 하고 있었다. 만약 현재의 불만이 이별을 만든 것이라면, 분명하게 드러내어 명지의 눈앞에 가져다놓는다면, 그럴 수만 있다면 헤어짐은 없었던 일이 될 수도 있을 거라고, 그런 믿음을 심어준 것이라는 내 해석은 틀리지 않다는 의미는 아닐까 하는 또 다른 희망.

아이가 분리수거함 옆으로 떨어진 플라스틱 조각을 발로 찼다. 조각이 날아와 이마를 친다. 충격은 없었지만 얼떨결에 바닥에 주저앉았다. 쓰레기를 던져넣고 있던 여자의 탁한 눈이 아이와 나를 동시에 훑는다. 나의 시선은 여자와 아이의 마스크로 번갈아가며 움직였다. 흔들리는 시선에서 여자의 눈빛은 두려움을 보인다. 그것은 마스크 아래 숨어 있으나 감춰지지 않는 얼굴 표정으로 읽혔다. 내 어지럼증은 아이의 상복 같은 검은 마스크와 여자의 소복 빛 하얀 마스크로부터 거침없이 전염되었다. 여자는 아이의 손을 잡아끌며 종종걸음을 쳐 사라진다.

거리를 메우고 있는 마스크들은 죽음의 빛처럼 스스로 수명을 단축하고 있었다. 지하철 역사 표지판 꼭대기까지 내려앉은 잿빛 하늘은 회색 지면과의 거리를 점점 좁혀왔다. 숨이 막히는 느낌은 먼지

탓만은 아니었다. 젖가슴 때문이었다. 에스컬레이터 아래 계단에 서 있는 여자의 가슴골이 언뜻 눈에 들어왔고, 바로 시선을 돌리지 못한 이유였다. 명지는 커다란 젖가슴을 가졌다. 아늑한데 바다 같았다. 바닷속 같은 가슴에 머리를 파묻은 내게 명지는 판도라상자 얘기를 바람 소리처럼 꺼냈다.

"판도라상자에 남았다는 희망, 그 희망이 정말 희망일까?"

"희망이 희망이지 그럼, 세상에 희망이 있어서 그나마 인간들이 살 수 있는 거라잖아."

"내 생각은 좀 달라. 희망이 때때로 절망이라는 생각이 든다니까."

희망은 사람들의 가슴속 상자에 갇혀 있어서 그것을 꺼내기만 하면 곧바로 절망이 된다는 걸 모르지 않으니까, 이런 말을 할 때의 명지는 내게 어려운 여자였다.

기억 속에서 한껏 팽창되고 있던 젖가슴 속살이 흐물흐물 형체를 바꾸더니 백색 가루가 되어 미세먼지를 타고 눈 속 깊숙이 박히기 시작했다. 설맹이 된 것처럼 시야가 흐릿해지고 몸이 비틀거렸다. 에스컬레이터 지지대를 꽉 잡았다.

토요일의 4호선은 붐볐다. 세상에 공존한다는 극명한 표시를 하고 싶은 사람들. 한 무리의 사람들을 지나 야한 화장이 눈에 드는 여자가 인파를 헤치고 내 옆에 섰다. 싸구려 화장품 냄새 가득한 여자의 몸, 그러나 그건 간간히 명지에게서 나던 냄새였다.

"냄새가 지독해. 쯔엉만 탓하지 말고 자기부터 챙겨."

냄새. 그래 냄새. 명지는 내게서 나는 냄새가 역겹다고 했다. 옷이나 몸에서 나는 냄새와는 다른 원산지 불명의 동물 냄새일 거라고 단정했다. 처음 냄새를 지적한 것은 명지가 아니라 나였다. 거리의 여자들에게서 나는 여름 더위 땀내 속에 섞여 있는 퀴퀴한 시궁창 같은 냄새, 썩은 감자에서 나오는 듯한 구역질나는 냄새였다. 명지는 싸구려 화장품을 쓰지 않았다. 백화점 명품 브랜드를 고집하던 명지였다.

명지의 입에서 쯔엉이 등장한 것은 의외였다. 쯔엉에 대한 동정심 때문이 아니라는 것은 말투의 진지함으로부터 금방 알 수 있었다. 이유는 몰랐지만 쯔엉이 명지와 나 사이에 끼어들 만큼 의미 있는 존재가 되었다는 사실이 꺼림칙했다. 쯔엉의 웃는 입 모양은 보기 좋았다. 말수는 적었으나 해야 할 말이라면 억지로 참거나 삼키지는 않았다. 그러나 서툰 발음으로 더듬거리는 한국말은 알아듣기 어려웠고, 그의 말에서 묻어나는 쯔엉의 어둔 삶을 알고 싶지 않아서 지나치는 일이 많았다.

쯔엉이 참이슬 두 병과 오징어와 새우깡을 담은 검정 비닐을 들고 아파트를 찾아왔던 그날, 나를 짓누르던 그 어둠은 정체 모를 냄새와 뒤범벅이 되어 두텁게 층을 만들었다. 불법체류자 단속을 피해 하룻밤을 부탁하러온 쯔엉, 명지를 위해 그 냄새는 들여놓지 말아야 할 것이었다. 돌아가면서도 쯔엉은 소주 한 병을 건넸다. 자신은 한 병이면 충분하다고. 필요 없으니 가져가라는 내 말에 쯔엉은 보기 좋게 입 모양으로 만든 웃음만 남겼다. 쯔엉을 문 밖에서 돌려보내고 들어오자 침대에서 속옷 차림의 명지가 물었다.

"쯔엉. 그냥 돌려보냈어. 냄새가 많이 나네."

아무리 그렇더라도 문전박대는 심했다는 말에도, 어떤 냄새였느냐는 명지의 물음에도 바로 답을 못했다. 그날로부터 얼마의 시간이 지난 뒤 명지에게서 그 문자가 왔고, 하나, 둘, 셋. 다섯 손가락을 꼽기도 전에 밤과 낮이 뒤섞였고 그것으로 끝이었다. 매일 술은 술을 불렀고, 며칠 동안 밤은 낮을 밀어냈고, 그 시간만큼 위장은 음식을 거부했다. 그날 쯔엉에게서는 분명 야릇한 냄새가 났다. 쯔엉 냄새의 명징함 속에 명지의 이별 통고가 매우 이유 있다는 예감, 그것이 명지의 진심을 밝혀낼 하나의 단서가 되고 있었다. 편두통에 몸은 한없이 괴로웠지만 증세를 더 악화시키지 않는 유일의 길은 쯔엉의 그 야릇한 냄새의 실체를 찾는 일이었다. 그 불편한 여정이 어지럼증과 함께 시작되고 있었다.

지하철을 두 번 갈아탄 뒤 마을버스를 옮겨 타고 내린 곳은 황량한 들판이었다. 쯔엉이 새로 취직했다는 폐기물처리장을 찾아가는 길은 서울 도심보다 미세먼지가 더 기승을 부렸다. 낯선 길에 평소와 다른 몸까지 참는 일이 마뜩찮아 돌리고 싶은 발길을 애써 누른다. 길옆으로 난 좁고 칙칙한 개울에서 암모니아 냄새가 스멀스멀 피어올랐고, 퀴퀴하고 축축한 공기는 회색 세상으로 노출된 피부 점막을 따라 빠르고 예리하게 말초신경을 자극했다. 머리가 가렵기 시작했다. 양손으로 머리칼을 쥐어뜯자 가려움은 기다렸다는 듯이 모근을 따라 온몸으로 번져나갔다. 지저분한 머리에서 엉클어진 생각들이 앞서거니 뒤서거니 제멋대로 튀어나왔다. 머릿속에서 명지를 죽이고 또

살리기를 반복했다. 가시거리는 점점 짧아졌고, 거무튀튀한 구름층은 땅에 닿을 듯 내려앉았다. 구름에 두텁게 눌린 들녘은 사방으로 지평선을 만들었다. 지평선이 끝나는 곳에서 마을이 불쑥 나타났다.

어디선가 바람에 날아온 찢긴 비닐 조각이 눈앞에서 팔랑거렸다. 팔을 휘휘 내저어가며 시야를 만들었다. 스티로폼 조각이 가볍게 정강이를 치고 날아갔다. 바람은 멀리 희미한 윤곽을 따라 보이는 산에서부터 쏟아지고 있었다. 산비탈을 타고 미끄러지듯 내려오는 바람결에 휴지조각, 찢긴 라면봉지, 검은 비닐 조각들이 간간히 실려왔다. 바람이 불어오는 방향은 중심을 잃었으나 나를 표적으로 겨냥하고 있는 진로는 예각을 형성하고 있었다. 지금 이 바람은 들녘 가운데를 앞뒤로 밀고 당기면서 하늘과 땅의 마주침으로 한껏 유영하는 바람과는 달랐다. 명지의 환영이 비닐을 따라, 스티로폼을 따라, 찢긴 플라스틱을 따라 너덜거렸고, 또 곤두박질을 거듭했다.

이곳으로 들어오면서 희미하게 산처럼 보였던 것은 쓰레기로 일궈진 능선이었다. 쓰레기산은 폐기물처리장이라는 간판이 붙어 있는 콘크리트 건물의 낮은 벽을 따라 어지럽게 솟아 있었는데 길이가 수십 미터는 족히 되어 보였다. 높고 낮은 쓰레기산들 사이로 구불구불한 협곡이 겹을 이루었다. 산과 골 곳곳에서 시커먼 침출수가 흘러나와 땅바닥은 진흙탕이었다. 검은 물줄기가 지렁이처럼 꼬물거리며 끊임없이 이어졌다. 흙이 패인 곳으로 더 굵은 물줄기가 만들어지고 합쳐진 탁류는 다시 쓰레기 속으로 스며들었다.

폐기물처리장 철문은 굳게 닫혀 있었다. 휴일이어서인지 아니면 이곳도 주 52시간 근무가 실시되고 있는지 모를 일이었다. 어쩌면 자연스레 기대했던 내 바람이 헛것이 될 수도 있다. 쯔엉과는 약속이 되어 있지 않았고 전화를 할 만한 명분도 없었다.

목적 없이 괜히 철문 앞에서 서성거리다가 발걸음을 쓰레기산으로 옮겼다. 산마루에서 휘감아 내려오는 맞바람을 따라 쓰레기들이 제멋대로 날린다. 산마루에서 반사된 햇빛을 받아 쓰레기들은 자주색 꽃잎처럼 흩날렸다. 쓰레기 조각들은 자목련 이파리처럼 속절없이 땅의 기운에 빨려 금세 목을 떨구고 쓰레기 골짜기로 떨어져 내렸다. 골마다 검고 탁한 연기가 끊임없이 머리를 내밀며 꾸역꾸역 솟아올랐고, 그 사이로 여태껏 경험하지 못한 기묘한 냄새가 소용돌이처럼 몰려왔다.

나는 현기증을 느끼면서 얼굴의 근육을 뒤틀었다. 눈알이 벌게지는지 동공에 난데없는 흙이 들어간 양 아팠고, 눈이 부시는가 싶더니 왈칵 눈물이 떨어졌다. 눈을 뜨기가 어려워 주먹으로 비비자 별무리가 환영으로 나타나면서 머리가 들쑤셨다.

언덕마루에서 너풀거리던 과자봉지가 회오리처럼 날았다가 발치로 떨어졌다. 반사적으로 뒤로 물러서다가 발을 헛디뎠다. 찢긴 것들이 부유하는 세상. 그것들은 온통 언덕을 유린하는 바람에 실려 보이지 않는 들녘의 지평선으로 퍼져나갔다. 통제력을 잃은 몸뚱이는 산더미를 한 바퀴를 구른 뒤 멈추었다. 땅을 짚고 일어서려하자 입구가 벌어진 참치캔 뚜껑의 예리한 날이 다시 손바닥을 할퀸다. 통증을 느낄 새도 없이 무엇인가 둔탁한 소리를 내며 머리를 치고 무릎으로 굴렀다.

죽음을 생각해본 적이 없었다는 것이 두려웠다. 세상은 산자들의 것이고 그것은 너무나 당연한 진리여서 하늘이나 바람이나 산처럼 의식할 필요가 없었다. 남의 일만 같던 사망사고나 가까운 사람들의 죽음 앞에서도 이 생각은 변함이 없었다. 죽음은 죽는 자들의 일일 뿐 산자와는 전혀 무관한 것이어서 그 의미를 들먹이는 것조차도 무용한 일이었다. 희미해져가는 의식을 붙잡는 일이 소용없음을 깨달았다. 머리에서부터 허리, 발목까지 느껴지는 극심한 통증이 죽음으로 향하는 신호라는 미진한 자각은 착각일까. 여러 생각들이 빠르게 혹은 느리게 겹쳐지고 또 흩어졌다.

그러나 삶에 대한 두려움에서 죽음에 대한 체념으로 바뀌는 길목 언저리에 명지는 여전히 서 있었다. 명지가 고마워할까. 자연스레 떠나줘서, 아니 이 세상에서 완전히 사라져줘서. 내가 납득할 수 없는 헤어짐에 대한 암시는 술을 마시다가도, 만족한 섹스 후에도, 여행을 다녀온 뒤에도, 커피를 마시다가도 종종 일어났었다. 그때마다 나는 침묵했다. 이유를 몰랐기에 해야 할 말도 없었겠지만, 사실은 내 대답이 가져올지 모를 이별에 대한 두려움이 더 컸다.

"도무지 예측할 수 없어. 너의 얼굴은."

"포커페이스는 예의야."

어떤 상상도 허용하지 않는 완벽히 가려진 얼굴은 성숙함이자 배려일 뿐, 그것을 속임이나 사기의 수단으로 받아들이고 노여워하는 것은 어른답지 못하거나 동물적 본능과 다름없음을 인정하지 않는 사람들의 행태라고 명지는 선을 그었다. 자신에게는 배려이고 성숙함이었더라도 내겐 배신이고 폭력이었던 이별 선언은 이처럼 불분명한 형식으로 반복되었다. 이러한 서로 다른 의미 해석은 내가 당하는 이별의 고통이 죽음까지 이르지 못하도록 그동안 완충작용을 해왔다.

사고를 당하는 순간 머릿속에 떠오른 죽음, 비로소 명지의 존재가 그것이었음을 알았다. 나는 편안해지는 기분을 의식하며 눈을 감았다.

비가 내린다. 콧잔등에 느껴지는 가을날 새벽이슬을 맞는 느낌이 꼭 이랬다. 가물거리던 의식이 빠르게 찬 기운과 함께 돌아왔다. 몸을 일으키는데 발목에서 통증이 느껴진다. 무릎이 저절로 꺾였다. 바닥에 떨어진 휴지를 집어 손바닥에 엉긴 핏자국을 닦았다. 참치캔 날에 베인 상처가 팔 전체로 전해졌다. 내가 굴러넘어진 곳은 쓰레기산 중간 부분 작업자들이 만들어놓은 쓰레기산으로 오르는 길이었다.

"누구요? 거긴 왜 올라가?"

둔탁하고 굵은 사내 목소리가 뒤통수를 때렸다.

'그놈의 미세먼지 때문이었어. 앞이 보여야 말이지.'

뭔가에 홀렸거나, 딴 생각을 하고 있었거나, 정신을 놓은 것이 오늘부터 다시 시작된 지독한 미세먼지 탓이었다.

카키색 바지 허리춤을 추켜올리던 사내가 얼굴을 바짝 디밀었다. 사내의 입에서 명지의 화장품 냄새가 났다. 나는 고개를 돌렸다.

"안개가 자욱한 날에는 꼭 고향에 온 기분이 들어요."

쯔엉은 마을을 감도는 강변에서 퍼지는 물안개가 들녘을 감싸는 모습이 꼭 자기 고향의 수상가옥에서 바라보는 바다처럼 그 깊이를 모르겠다고 했다. 그러다가 갑자기 햇살이 퍼지면 수상가옥에 버린 온갖 쓰레기들에게서 나오는 냄새까지도 이곳 쓰레기장의 구수한 냄새와 영락없이 같다면서 웃었다. 쯔엉이 보여준 고향 마을의 바다는 쓰레기바다였다. 휴대폰 사진에서 금방이라도 냄새가 스멀스멀 기어나올 것처럼 쓰레기로 뒤덮인 바다는 보고도 믿기지 않았다.

"누구 좀 찾으러왔다가…. 쯔엉이라고, 혹시 여기서 일하지 않아요?"

베트남 유학생이었던 쯔엉을 처음 만난 것은 가구 시트지 불량사고로 일어난 민원을 해결하기 위해 야근을 하고 있을 때였다. 중국집 배달을 하던 쯔엉의 어눌한 한국어 발음을 놀리던 일이 계기가 되었고, 그 후 가끔 그가 알바를 하던 중국집엘 들렀다. 몇 달 뒤 쯔엉은 학교를 그만두었다고 했다. 생활비를 감당하지 못해 시작한 알바가 주업이 된 셈이었다. 서툰 한국어 때문에 알바 자리도 구하기가 쉽지 않다며 코를 쑥 빼다. 안쓰러운 마음에 회사 사장에게 취업을 부탁했을 때도 나는 쯔엉이 불법체류자가 되었다는 사실을 몰랐다.

소각로에서 일하던 쯔엉의 근무시간은 저녁부터 자정까지였다. 쯔엉은 가구 제작으로 나오는 폐기물을 처리하면서 재활용이 가능한 것과 소각할 수 있는 것들을 분류했다. 사실 내가 쯔엉과 얼굴을 마주치는 기회는 많지 않았다. 이따금 야근이 있을 때나 쯔엉이 일하는 소각장에 들르면 쯔엉은 누런 이빨로 형님 형님, 하면서 반색했다.

"그런 사람 잘 모르겠고, 빨리 나가요."

다리를 절룩거리며 마을 길을 벗어나면서 뒤를 돌아보았다. 왜 이곳에 거대한 쓰레기산이 생겼는지 궁금했지만 아픈 몸은 한마디 말을 꺼내는 것조차 귀찮게 만들었다. 무릎이 시큰거리고 몸 이곳저곳이 욱신거린다. 신체적인 통증이 주는 쾌감, 나는 그것을 은근히 즐기고 있었다. 고통은 반복될 뿐, 경험이 될 수는 없다. 고통 속에서 희망은 생명을 얻는다. 끔찍한 고통을 피하려 하지 말고 온몸으로 받아들일 수 있다면, 발견되는 것은 희망이다. 헤어지는 일로 괴로움을 하소연하던 내게 명지가 해준 말이었다.

명지가 이 상태로 그냥 연락을 끊는다면…. 나쁘지 않은 일이다. 다시 되돌려 만남을 계속하더라도 역시나 반복될 일들이었다. 억울한 것은 명지가 받을 상처, 혹시 그런 상처가 있기라도 한다면 그게 내 것보다 컸으면 좋을 것 같았다. 그러나 이런 일은 내가 생각할 수 있는 것들 중 가장 어리석은 것이고 그래서 하찮은 쓰레기 같은 생각임에 틀림없다. 아픔은 무릎이 아니라 가슴에서 삐져나왔다. 한 움큼 쥔 모래가 손가락 사이로 빠져나오듯 막을 수 없는 이치와도 같은 것이었다. 그렇다고 이런 감정을 고주알미주알 명지에게 하소연하는 일은 자신이 더 꼬질꼬질하게 되는 일이고, 명지는 오히려 더 멀어질 것이다.

시청의 민원담당자의 목소리는 미리 녹음된 기계음을 듣는 느낌이었다. 감정이라고는 전혀 담겨 있지 않는 마른 장작 같은 소리가 나를 편안하게 만들었다. 전화를 걸기 전의 조급함과 가슴떨림 현상이 놀랍게 사라졌다. 아마 그 목소리에서 단 한번의 호흡을 감지했더라도 통화 종료 버튼은 눌렀을 수도 있었다. 전화기 너머의 세상은 나와는 전혀 관련 없는 무채색지대라는 사실을 직감하면서 용기를 얻었다.

“쓰레기산에서 연기가 나요. 네? 나, 나, 이름요… 쯔엉, 쯔엉입니다.”

입 속에서 혓바닥이 굳는다. 나는 왜 쯔엉이라 했을까. 그러나 정확한 위치를 말하라는 담당자의 톤 없는 메아리는 그 불편한 감정마저 잊게 했다.

하필 소각로가 고장이 난 그날, 시에서 합동점검반이 들이닥쳤다. 가구공장의 불법소각으로 나는 냄새로 주민들이 집단민원을 제기했다. 미세먼지가 심한 날은 눈이 따끔거리고 먼지가 집안 곳곳에 쌓여 창문을 열지 못할 정도라고 말을 부풀렸다. 그게 사실인지 아닌지 증명할 방법은 없지만 민원은 집요했다. 점검반원으로 나온 명지는 고장난 소각로를 지적했다. 사장의 지시가 떨어졌고, 나는 명지에게 거래를 제의했다. 가구단지 다른 업체의 불법행위와 동태를 수시로 제공하는 대가로 징계 대상에서 우리 회사를 제외시켜준다는 조건이었다. 명지는 코웃음을 쳤지만 나는 진지했고 절박했다. 공무원인 명지의 약점은 민원이었고, 나는 명지의 아킬레스건을 은근히 건드렸다. 그 뒤로 명지는 나를 한편으로는 피하고 한편으로는 만나는 불편한 관계가 이어졌다.

논길이 끊어졌고, 인적 없는 그 길 가운데로 경운기가 가로로 세워져 있다. 누가 언제 세워놓았는지 알 수 없었다. 좁은 길을 막고 있는 경운기는 오래 전부터 그곳에 있었던 것처럼 자연스러워 보였다. 바퀴도 비교적 깨끗했다. 질척거리는 길을 지나온 흔적은 없었다. 주인을 기다리고 있는 것 같지도 않은, 그렇다고 주인이 방치한 것도 아닌 그런 자세로 길 위의 주인 행세를 하고 있었다.

경운기 적재함은 양쪽 면을 나무판자로 덧대어 운전석과 높이와 맞추어 구조물을 만들어놓아 내부는 바깥 시선을 차단하고 있었다. 몇 개의 피켓과 널브러진 플래카드, 낡은 군용 모포 2장이 구석에 밀쳐져 있었고, 그 옆에는 빈 소주병과 구겨진 컵라면, 먹다 남은 새우깡이 어지럽게 널려 있었다. '쓰레기장 결사반대'라고 적힌 플래카드를 자리삼아 구석 모서리에 비스듬히 등을 기댔다. 키가 낮은 뒷문에 신경이 쓰였다. 지나가는 사람이 보기라도 한다면 차림새와 행동이 우스갯거리가 될 듯싶었다. 상체를 천천히 뉘었다. 팔베개를 하고 모포를 머리까지 끌어올렸다. 눈을 감았다. 기분 좋은 노곤함이 몰려왔다. 세상이 여기서 멈추었으면, 그냥 이대로 아무 일도 일어나지 말았으면, 무중력의 이 기분이 끝까지 지속되어 쾌적한 이 느낌이 깨뜨려지지 않았으면 좋을 것 같았다. 민원신고를 받은 명지가 이곳으로 올 때까지 두어 시간 정도만….

명지가 소개팅에 나가겠다는 말을 굳이 내게 할 필요는 없었다. 헤어지겠다는 언질을 몇 번씩이나 주었는데도 그걸 알아먹지 못하는 둔감한 내게 문제가 있음은 생각지 못하느냐고 추궁했지만 그 말이 왜 그 뜻으로 받아들여야 하는지 나는 이해하지 못했다. 자신이 무엇을 잘못했는지 모르는 건 내가 한심한 건지 아니면 알면서 일부러 억하심정을 내보이는지 미심쩍다는 명지의 말도 수긍할 수 없었다.

"그런 걸 꼭 말을 해야 알아들어?"

말을 하지 않으면 어떻게 알 수 있을까. 그건 미스터리였다.

"공감은 타인의 감정이 전제되어야 해."

"난 누구보다 명지를 잘 알아. 그리고 명지는 내게 타인이 아니야."

"그렇게 말하는 것도 이기적이지. 아무도 나를 알지 못해. 진우 씨의 그 돼먹지 않은 자신감은 대체 어디서 오는 거야?"

"사랑이고 정성이지."

"정성? 웃기고 있네."

명지는 소개팅에서 만난 남자와의 두 번째 약속을 두 시간 앞두고 나를 만났다. 그 남자가 자신과 결혼까지 생각하고 있는 것 같다며 불필요한 얘기를 꺼냈다. 그리곤 더 이상 내게서 나는 냄새를 맡기 힘들다는 말을 명지는 서슴없이 내뱉었다. 그 냄새는 결코 없어지지 않을 것임을 알고 있었고, 또 어떻게든 참아보려고 했지만 변하지 않는 세상을 혼자서 바꾸려는 것은 욕심이고 부질없는 짓임을 진작 알았어야 했다고 자책했다.

"아무래도 안 되겠어. 이제 진우 씨에게서 벗어나고 싶어. 쯔엉에게도 미안하고…."

내 눈을 똑바로 쳐다보면서 무표정하게 이별 이유를 설명하는 명지의 입술이 얄미웠다. 명지는 그 사건을 들먹이고 있었다.

"그게 이별 이유라니 이해할 수가 없어. 쯔엉은 어차피 우리와 다른 사람이야."

"아니. 우린 처음부터 잘못 만났어. 쯔엉도 그렇고. 이젠 모두 처음으로 되돌려야 해. 왜 진우 씨를 만났는지 나 자신한테 화가 나."

가구단지의 폐품들을 수집해서 불법처리업자에게 넘겨 이익을 취하던 사장은 이 일에 쯔엉을 끌어들였다. 불법체류자라는 약점을 사장이 쥐고 있었기 때문이었다. 야간 소각로 작업은 불법을 위장하기 위한 형식적인 절차였다. 나는 명지에게 때때로 가구단지 내에 일어나고 있는 일들을 알려주고 있었지만 그때만 해도 쯔엉이 하는 일을 정확하게 모르고 있었다. 쯔엉은 사장의 지시가 있을 때마다 불법거래업체의 쓰레기 트럭에 편승하여 인적이 드문 산이나 빈터에 쓰레기를 무단투기하는 일을 해왔다.

나는 우연히 쯔엉을 통해 입수한 정보를 명지에게 전달했고, 경찰의 도움을 받아 잠복근무하던 명지는 거래업자를 체포했다. 명지가 쯔엉에게 그날은 출근하지 말 것을 미리 연락했다는 사실은 나중에 알았다. 사건이 터지자 사장은 쯔엉을 해고했다. 사장은 명지를 욕했지만, 불법체류자라는 약점을 이용해 쯔엉에게 부당한 노동을 강요하는 자신의 행동에 대해서는 입을 다물었다. 쯔엉이 회사를 나간 뒤 소각로는 가동을 멈추었고 야적장의 가구 폐기물 높이는 점점 올라갔다.

쯔엉이 해고되던 날, 나는 쯔엉을 불러 치맥을 했다. 표정은 밝아 보였다. 쯔엉은 자신이 알아듣지 못하는 한국어를 들을 때는 눈을 동그랗게 만들며 웃는 표정을 지었다. 그건 말을 알아듣지 못해서 미안하다는 표시였지만 공연히 히죽대는 것처럼 보여 꼭 지능이 모자라는 바보 같았다.

쯔엉이 뜬금없이 꿈 이야기를 꺼냈다. 꿈의 색깔이 푸르다는 쯔엉의 말, 정색하고 말했지만 웃지 않고는 듣기 어려웠다. 발상의 기발함인가. 무의식으로 감지되는 기억에서 색깔을 찾아내는 건 불가능했다. 그럴 것이라 믿는 것과 그렇다는 것을 구별하고 싶지 않은 감정의 고집일 수도 있었다.

"베트남, 색깔 없어. 초록, 그게 전부야. 계절 없어."

애초에 나무에 새순이 돋고 꽃이 피면서 잎이 무성해지는 자연의 이치, 초록 잎이 붉게 변하는 현상을 설명하는 것은 무리였다. 이론적으로 가능한 일이라고 모두 옳거나 당연함으로 받아들여야 함을 쯔엉에게 설명하기 어려웠다.

"쓰레기, 모두 인간쓰레기들이야. 나도 마찬가지고."

명지가 차라리 나를 노골적으로 무시하려는 의도였다면, 혹은 나를 일부러 화를 내게 하여 끝내 자신의 욕심을 채우려는 희생양으로 나를 택한 것이 아니라면, 그랬다면 난 조금은 이해하려고 노력했을지도 몰랐다.

명지는 내가 사랑이라는 허상을 좇기 위해 쯔엉을 이용했던 것이고, 그 허상이 나와 명지의 뒷거래의 쓰레기라고 결론을 내렸다. 명지는 그 쓰레기에서 나오는 냄새가 돌이킬 수 없는 상황을 초래했고, 그걸 바로잡는 일은 이제 불가능해졌다고 탄식했다. 나는 명지의 말에 공감할 수 없었다. 특히 우리가 마지막까지 쯔엉에 대한 인간으로서의 기본적인 존중과 배려를 놓아버렸다는 점 때문에 더 이상 만나서는 안 된다는 논리는, 명지의 판단오류거나 제 멋대로의 해석일 뿐 나를 설득할 근거가 되지는 못했다.

얼굴에 차가운 기운이 느껴진다. 몸이 절로 으스스 떨렸다. 눈을 떴다. 비가 뿌리고 있다. 깜박 선잠이 든 모양이다. 모포를 걷고 몸을 일으켜 주위를 살폈다. 적재함 난간을 붙잡고 조심스레 내렸다. 발이 땅에 닿는 순간 무릎이 시큰거렸다.

인적이 없는 들녘에 유기견 한 마리가 땅에 박힌 듯 서 있었다. 길가 전봇대 꼭대기에서 들개를 내려다보는 수리매는 음산했다. 온몸으로 밀려드는 봄바람 줄기는 맵고 차가웠다. 콧속을 파고드는 냉기가 점액질을 자극하면서 찬 기운이 전신을 휘감았다. 추울 거라는 예상과 달리 지난 겨울은 유난히 따뜻했지만 지금 느껴지는 체감은 그렇지 못했다. 수리매가 앉은 자리를 박차고 날았다. 날았다기보다는 직진 하강이었다. 논둑의 들개가 화들짝 놀라 몸을 뒤틀며 컹 소리를 냈다. 수리매의 몸뚱이가 논바닥과 부딪치는가 싶더니 재빠르게 몸을 솟구쳤다. 하늘로 치솟아오르는 날갯짓이 유연하고 여유로웠다. 수리매의 양 발톱에 낚아채인 들쥐가 까마득히 멀어져갔다. 알싸한 통증이 밀려왔다. 가슴이 구멍난 듯 시려왔다. 시린 구멍 사이에서 명지의 눈웃음이 뭉개지고 있었다.

빗줄기가 조금씩 굵어지고 있다. 명지는 아직 나타나지 않는다. 곧바로 현장으로 직원을 보내겠다고 대답했던 민원 담당자의 말을 믿은 게 잘못이다. 뭔가 일이 어긋나고 있다는 느낌이다. 더구나 비까지 내리고 있으니 쓰레기에 불이 날 것 같다는 제보는 이미 효력을 잃은 셈이다.

가는 빗소리 사이로 둔탁한 차량 엔진 소리가 들려왔다. 흐릿한 시야에 잡힌 것은 쓰레기를 가득 실은 트럭이었다. 트럭이 경운기 바로 앞에서 브레이크를 급하게 밟았다. 차체가 심하게 기우뚱거렸다. 트럭에서 내린 기사가 욕지거리를 퍼붓는다. 기사와 눈이 마주친다. 나는 괜히 민망하여 고개를 돌렸다. 기사가 담배를 꺼내 입에 물면서 전화기를 꺼낸다. 경운기와 트럭이 대치하고 있는 모양이 야릇하다.

좁은 길을 메우고 있는 사람들, 그들은 쓰레기를 두고 서로를 비난했다. 기사의 전화를 받고 나온 사내와, 그 사내의 뒤를 엉거주춤 따라나온 쯔엉. 커피 한 잔 마실 시간 간격으로 몰려나온 몇 사람의 주민들, 그들은 일정한 거리를 유지한 채 대치하고 있었다. 나는 몇 발자국 뒤로 물러서서 무슨 일이 벌어질지 궁금해하면서도 약간의 재미를 함께 느끼고 있었다. 도로를 무단점거하는 것은 불법이라는 사내의 말에 쓰레기를 몰래 버리는 것은 불법이 아니냐며 주민 한 사람이 맞받아쳤다. 기사가 자신은 화물을 운반하기만 했는데 지체한 시간에 대한 보상은 누가 해줄 것이냐고 끼어들자, 불법을 저지른 일에 동조한 기사도 마땅히 벌을 받아야 한다고 또 다른 주민이 소리를 높였다. 사내는 다시 적법한 시설에서 적법하게 쓰레기를 처리하고 있다는 말을 반복했고, 주민들은 절대로 길을 비켜줄 수 없다는 말만 쏟아냈다. 기사는 일단 쓰레기부터 내리고 나머지 문제는 양측이 알아서 해결하라고 목울대를 떨었다.

어눌한 자세로 눈동자만 굴리고 있던 쯔엉이 나를 알아보았다. 쯔엉에게 묻고 싶었던 말, 명지의 마음이 바뀐 그 무엇이 무엇인지, 그걸 쯔엉이 직접 말해줄 수 없다면 쯔엉에게서 단서라도 찾아낼 수 있기를 기대했다는, 그것 때문에 여기까지 너를 만나러왔다고 얼른 말하고 싶었다.

말싸움이 조금씩 몸싸움으로 바뀌면서 쯔엉은 곤혹스러운 표정을 드러냈다. 이따금 마주치는 눈길은 내게 어떤 도움의 뜻을 전하고 싶어하는 것으로 보였지만 그럴수록 나는 뒷걸음질을 했다. 축축하게 내리는 비와 엉겨붙은 사람들의 고성 사이로 들린 경찰 사이렌 소리는 날카롭고 예리했다.

"너, 너 말야!"

주민이 쯔엉을 손가락으로 가리켰다. 쯔엉이 소리나는 쪽으로 고개를 돌렸다. 경찰차가 빠르게 다가왔다. 쯔엉이 사내를 향해 뭐라고 소리를 질렀다. 베트남어였다. 순찰차에서 경찰 두 명이 내렸다. 사람들은 서로 약속한 것처럼 입을 다물었다. 주위를 두리번거리던 쯔엉이 나를 향해 달려왔다.

"형님! 경, 경찰, 말 좀 해."

쯔엉이 내 팔을 붙잡았다. 시선들이 나를 향해 쏠렸다. 나는 쯔엉의 손을 뿌리쳤다.

"쓰레기들. 쯔엉, 너도 저 사람과 똑같은 쓰레기야."

"형, 형님. 그게 무슨 말이야?"

"불법체류자, 인간쓰레기. 왜, 내가 틀린 말 했어?"

경찰이 이쪽으로 걸어온다. 쯔엉이 몸을 돌려 달리기 시작했다. 경찰이 호루라기를 불며 뒤쫓았다. 사내가 발걸음을 서두른다. 그 뒤로 주민들도 종종걸음으로 뒤따른다. 기사도 피우던 담배를 던지고 엉거주춤 발을 움직였다. 나는 망설이고 있었다. 쯔엉을 곤란하게 할 의도는 전혀 없었고, 그가 불법체류자라는 사실을 경찰 앞에서 밝힐 이유는 더더욱 없었다. 쯔엉을 보자 명지가 떠올랐고 순간적으로 화가 치밀었을 뿐이었다.

쯔엉이 쓰레기산으로 오른다. 경찰은 범인을 쫓듯 본격적인 추격전을 벌이고 있다. 쓰레기 산마루에 잠시 보였던 쯔엉이 순간적으로 시야에서 사라졌다.

빗길에 미끄러진 쯔엉 몸 위로 폐냉장고가 떨어졌다. 몰려든 사람들 사이로 눈을 감은 채 머리에 피를 흘리고 있는 쯔엉에게서 쓰레기 냄새가 풍겼다. 그날, 집으로 찾아온 쯔엉에게 났던 야릇한 냄새처럼. 갑자기 머리가 지끈거린다. 편두통이 다시 찾아온 모양이다.

카멜레온

카멜레온

톨게이트를 빠져 언덕을 넘어서는데 화물차가 꼬리를 물고 도로를 메우고 있었다. 차량 행렬은 물류센터 정문까지 이어졌다. 앞선 트럭의 제동장치 등에 불이 들어왔다. 브레이크를 밟는데 머리카락이 주뼛 섰다. 주차브레이크를 당기고 눈을 감았다. 피로가 한꺼번에 몰려왔다. 사흘간 철야작업 후 모처럼 집에서 눈을 붙이고 출근하는 길이었다.

잿빛 패널의 건물은 겉으로 우람해보였지만 낡고 구식이 되어버린 물류기계와 창고가 전부였다. 배송 차량들이 발주처로 빠져나가면 정면에서 불어오는 들바람을 고스란히 받았다. 겨울이면 임시창고 가건물을 둘러친 천막이 찢어질 듯 몸살 앓는 소리를 냈다. 바람은 서북쪽 입고장부터 정문까지 농수로를 경계로 삼아 꾸불꾸불하게 축조된 콘크리트 옹벽에서 잠시 멈칫거리다가 맞은편 산등성이로 부는 골바람과 섞여 회오리를 만들었다.

“어제 전산 마감을 못해 입고 시스템이 다운됐답니다.”

황 대리가 낭패스런 표정을 지었다. 정문에서부터 상하차장까지 트럭들로 아수라장을 이루고 있었다. 여기저기서 기사들의 볼멘소리가 터져나왔다. 손신호로 차량 정리를 하고 있는 황 대리에게 콧수염이 더부룩한 기사가 다가왔다. 한 시간째 기다리고 있다며 노골적으로 짜증을 냈다.

"누구 급하지 않은 사람 있어요? 곧 정리된다고 했잖아요!"

황 대리가 화를 벌컥 냈다. 나는 황 대리를 제지시켰다.

"정 대리는?"

"이렇게 난장판을 만들어놓고 낯짝도 보이지 않네."

얼마 전 정기석이 1일 2회 마감제도를 대책이라고 내놓은 것을 보고 황 대리가 고개를 절레절레 흔들었다.

"제정신으로 이런 발상을 할 수가 없겠지? 정말 무섭네."

현장 작업자들의 입장이 전혀 고려되지 않은 사용자의 횡포라고 침을 튀겼다. 본사에서 강조하는 혁신이 직원의 근무환경을 담보로 이루어져서는 안 될 것이라며 정기석을 비난했다.

'설마 정기석이 내 말을 듣고서….'

지난 달 정기석이 관리과장으로부터 결품률 때문에 혼났다면서 좋은 방법이 없겠냐고 물었을 때 내가 별 생각 없이 제의한 것이었다.

"선배님이 얼른 승진이라도 하셔야 이런 꼴 당하지 않잖아요. 이게 어디 사람 사는 동넵니까? 저도 빨리 본사로 가든지 해야지 이러다간 숨 막혀 죽을 것 같다니까요."

황 대리의 목소리가 입고장 시멘트 바닥으로 낮게 깔렸다.

"그 잘난 머리로 제도개선을 했다는 게…."

정기석이 본사로부터 우수 창안상까지 받은 1일 2회 마감제도였으나 늘어난 업무량 때문에 직원들은 좋아하지 않았다. 준비가 덜 된 새로운 제도는 비정상적인 마감을 할 수밖에 없었고, 결국 열흘도 지나지 않아 전산 시스템 오류라는 사태를 불러일으켰다. 전산 마비는 입고품에 대한 랙 배정을 할 수 없게 만들었고 새벽부터 몰려든 차량들은 하차를 못해 마냥 기다리고 있는 것이다.

"오늘 사장님 오신댔잖아. 장장님 벼락 떨어지기 전에 빨리 정리부터 해야지!"

나는 속마음을 숨기고 짐짓 딴청을 부렸다. 직원 건의사항을 사장에게 전달하는 일에 온 신경이 곤두서 있는 형편이었다. 분기마다 열리는 직원간담회에 사장이 참석한다는 연락은 이틀 전 갑자기 온 것이다. 관리과장은 직원들을 닦달하며 사장 맞을 준비를 했다. 건물 외벽 청소를 시키고 낡은 회의실 탁자는 새로 페인트칠 했다. 현관에 대형 플래카드를 걸게 하고 회의실 계단 스테인리스에 광을 내는 일도 잊지 않았다.

"형님, 이번 기회에 확실하게 눈도장을 콱 찍어놓으십시오."

정기석은 직원 대표로 나를 지목했다. 황 대리도 있지 않느냐고 했을 때 정기석은 승진을 앞둔 내가 그 역할을 당연히 맡아야 한다고 주장했다. 사장에게 점수를 딸 수 있는 기회인 만큼 당연히 승진 대상인 내가 해야 한다고 황 대리가 우겼다는 것이다. 처음에는 손사래를 쳤지만 정기석의 말을 듣고 보니 은근히 욕심나는 일이었다. 내가 그러마고 승낙하자 정기석은 내 손을 부여잡으며 허리를 구십 도로 꺾었다.

이왕에 사장을 대면할 기회를 잡았으니 분명하게 나를 드러내고 싶었다. 그동안 누구에게도 말하지 않았던 개인적인 업무 개선책을 준비했다. 내 제안을 듣고 만면에 웃음을 지으며 칭찬하는 사장 얼굴을 상상하자 가슴이 두근거렸다. 사장이 나를 인정해준다면 정기 인사 때는 만년 과장대리의 꼬리표를 확실히 뗄 수 있을 것이다.

사장이 도착한 것은 퇴근 시간이 가까워서였다. 물류센터를 한 바퀴 휘 둘러본 사장은 이층 다과회장으로 올랐다. 맥주가 한두 잔 돌았다. 간담회가 끝나기 전 사장은 직원들의 애로사항을 듣겠다고 말했다. 나는 자리에서 일어나 준비한 메모지를 꺼냈다. 몇 줄 읽어내려가는데 팔짱을 낀 사장이 헛기침을 했다. 힐끗 사장에게 눈길을 주고 다시 읽으려는데 관리과장의 짜증 섞인 목소리가 회의장을 울렸다.

"마 대리, 그만하지?"

느닷없이 관리과장이 끼어들었다. 나는 앉지도 못하고 엉거주춤 서 있었다.

"그걸 건의라고 하는 건가? 회사에 불만이 있으면 정식 절차를 밟아 단계적으로 해야지 사장님 앞에서 이게 무슨 무례인가? 마 대리 개인적인 불만은 나중에 나와 천천히 상의하도록 해."

"과장님, 그게 아니라…."

"그게 아니긴 뭐가 아냐! 사장님 앞에서 버릇없이 웬 말대꾸야?"

관리과장의 목소리가 커졌다.

"그만해!"

사장이 관리과장의 말을 막았다. 짧고 무거운 한마디가 내 가슴속을 파고들었다. 예상하지 못한 상황에 당황하여 탁자 위 맥주병을 건드리고 말았다. 맥주병이 바닥으로 떨어지면서 퍽, 소리를 내며 산산

조각이 났다. 사장이 굳은 표정으로 회의장을 나서자 황급히 뒤따르던 정기석이 언짢고 기분 나쁜 표정으로 나를 흘겼다. 그것은 늘 입에 달고 있던 은인 같은 형님에게 보내는 눈길이 아니었다.

정기석이 입사하여 처음 입고장에 배치되어 왔을 때 나는 걱정부터 앞섰다. 작은 키에 마른 체구가 보기에 안쓰러울 정도였다. 입고장 업무는 랙에 적재된 박스를 컨베이어벨트로 옮기는 단순한 일이었지만 물류기계가 멈출 때까지 두세 시간 꼼짝없이 매달려야 했다. 한 차례 작업이 끝나면 온몸이 땀으로 범벅이 될 만큼 노동강도가 심한 곳이었다.

정기석은 처음 나를 만나자마자 '마 대리'라든가, '마 선배'라는 호칭 대신 대뜸 '형님'이라고 불렀다. 넉살 좋은 놈이라는 생각으로 웃어넘겼지만 듣기에 나쁘지 않았다. 그러나 그것이 내게만 특별히 적용되는 것은 아니라는 사실을 곧 알았다. 정기석의 호칭은 간단하고 명료한 이분법이었다. 자신을 기준으로 나이가 많고 적음에 따라 형님 아니면 동생이었다. 경비실이나 계약직 직원들과 자주 어울리면서 그들을 형제처럼 대했다.

입사한 지 반 년 만에 관리과로 내근 발령이 난 정기석을 두고 직원들은 당연하다는 듯이 고개를 끄덕였다. 얼마 후 정기석이 출퇴근 셔틀버스 운영을 건의하고, 이층 서고를 개조해서 직원 휴게실을 만들자 칭찬이 쏟아졌다. 현장 작업자들을 위해 방한복을 지급하기로 했을 때는 마음쓰임새가 요즘 젊은이같지 않다며 이구동성으로 추켜세웠다.

"제가 오늘 이렇게 된 것도 모두 형님이 저를 친동생처럼 아끼며 가르쳐주신 덕분입니다."

우수 직원상 표창을 받던 날 정기석은 고마움을 표시했지만 내 마음은 편치 않았다. 형님이라는 호칭 아래 묻힌 나와 정기석의 관계가 의심스러웠기 때문이다. 정기석의 업무 개선안 대부분이 내가 관리과에 제안했지만 가치가 없다고 파기되었던 내용이었다. 그런데 어찌된 셈인지 그것들이 모두 정기석의 아이디어로 둔갑된 것이다. 이 년 후 정기석은 예상을 뒤엎고 대리로 승진했다.

요란한 벨소리가 팔레트 랙 사이로 소용돌이쳤다. 계전판 왼쪽 문에 돌출된 적색 경보등이 점멸하고 있었다. 출고장 컨베이어벨트를 살피던 나는 몸을 퉁겨 이층으로 달음박질했다. 철제 계단이 챙그렁거렸다. 모퉁이를 돌다 층계 난간 모서리에 허벅지가 부딪쳤다. 통증을 느낄 사이도 없이 계전판 문을 열고 황급히 정지 버튼을 눌렀다. 굉음을 내며 돌아가던 기계가 멈추자 물류센터는 정적에 빠졌다. 경고음은 3번 레인이 속도를 내지 못해 1번 레인과 충돌할 수 있다는 예고였다. 겁먹은 직원의 눈길을 누르며 호통쳤다.

"레인마다 하중이 다르다는 걸 잊었어? 몇 번씩 말해야 알아듣나?"

직원 탓만은 아니라는 걸 모르지 않았다. 내가 이 자리를 지키고 있었어도 결과는 마찬가지였을 것이다. 내용연수가 지난 늙은 기계의 낡아빠진 부속품은 수시로 속을 썩였다. 잦은 고장과 오작동에 신경이 많이 무디어지긴 했지만 일이 벌어질 때마다 짜증나는 것은 어쩔 수 없었다. 10년도 지난 기계는 매일 한두 군데씩 고장을 일으켰다. 얼마 전 벨트가 끊어지는 사고가 일어났다. 마모된 베어링 교체 시기를 놓친 것이 원인이었다. 수리 기사를 혼냈지만 작업 중 기계가 멈추는 것은 예사로운 일이었다.

계전판 정비를 끝낸 후 자동분류기 버튼을 누르자 기계 소음이 다시 물류센터를 진동시켰다. 레인 위에 엉켜 있던 제품 박스들은 제자리를 찾아 탈탈 소리를 내며 미끄러지듯 분류기를 통과하고, 두 개의 컨베이어벨트도 껄떡거리는 소리를 내기 시작했다. 입고장의 지게차 소리, 박스를 출고장으로 이동시키는 카트 바퀴의 끄르륵거리는 소리가 뒤범벅이 되었다.

사무실로 향하는 발걸음이 무거웠다. 관리과장을 만나 기계 상태를 설명하고 곧 닥치게 될 추석 성수기에 어떤 문제가 발생할 수도 있다는 말이라도 해둘 참이었다.

"마 대리님, 너무하는 거 아닙니까? 인원 보충은 언제 해준답니까? 일주일째 야근입니다."

황 대리가 다가와 푸념을 늘어놓았다.

"야근도 야근이지만 일이라도 제대로 하게 만들어줘야지. 애써 가르쳐 쓸 만하다 싶으면 다른 회사로 가버리잖아. 직원은 없고, 부품은 갈아주지도 않고, 정말 어떻게 일을 하라는 건지 알 수가 없어!"

나는 황 대리 말에 맞장구를 쳤지만 사실 기계 문제만이 아니었다. 며칠 전 3호 지게차가 랙 기둥을 들이받았다. 기사가 그만두자 임시변통으로 출고장 직원에게 맡겼는데 덜컥 사고를 낸 것이다. 기계는 낡았고, 전문기사는 대우가 좋은 다른 회사로 옮기고 있으나 본사나 관리과에서는 아무런 조처를 취하지 않았다. 몇 번 건의를 했지만 예산 핑계만 댔다.

"지난 달 동아물류로 옮긴 최명천, 그 자식 말씀이죠?"

황 대리가 슬쩍 내 눈치를 보며 아는 체를 했다.

"말이 나왔으니 하는 말이지만 그놈 키우는 데 꼬박 이 년 걸렸어. 내가 그렇게 붙잡았는데도 아니라는 거야. 웬만하면 남으려 했는데 도저히 안 되겠다는 거야."

황 대리 앞이라 말은 이렇게 했지만 당시 최명천은 진심으로 내게 미안해했다.

"그 자식이 나쁜 놈입니다. 선배님이 얼마나 절 챙겨주었는데 하루아침에 안면을 바꿀 수가 있습니까?"

황 대리 입에서 침이 튀었다. 나는 엉겁결에 얼굴을 돌렸다. 하긴 이해는 가. 월급도 훨씬 많고 직급도 대리로 올려준다는데 백 번 그러고 싶겠지. 최명천이 나쁜 것이 아니라 우리 회사가 너무 무심하다는 거지. 나는 하고 싶은 말을 도로 삼켰다.

"선배님도 적당히 하세요. 그렇게 하지 않아도 내년 과장 승진은 맡아놓은 거 아닙니까?"

황 대리가 뜬금없이 승진 얘기를 꺼냈다. 작년 본사에서 이곳 물류센터로 전입왔을 때만 하더라도 안중에도 없는 듯 내 존재를 무시하던 황 대리였다. 속내는 알 수 없었지만 면전에서 듣자니 낯이 간지러워 슬쩍 말꼬리를 돌렸다.

“그건 그렇고 황 대리도 잘 챙겨. 요즘 결품률이 계속 오른다면서, 어찌된 거야?”

“누군 결품을 내고 싶어서 냅니까? 관리과에서 제대로 재고관리를 못하니까 그렇죠. 미리 미리 알려줘야 입고계도 제때 발주를 내죠. 자식, 자기가 똑바로 하지 못하고선 누굴 탓해. 선배님, 정기석이 하는 일이 다 그렇다니까요.”

황 대리가 이번에는 정기석을 걸고넘어졌다.

“반품창고 일도 그래요. 공사 건의한 지가 언젠데 아직까지 감감 무소식이잖아요. 그게 다 정기석이 트는 것이라구요. 올 겨울 어떻게 보낼까 벌써부터 걱정입니다.”

황 대리는 일이 되지 않으면 무조건 정기석 탓으로 돌렸다. 정기석 이야기만 나오면 필요 이상으로 열을 내며 말끝마다 험담을 늘어놓았다.

“선배님도 조심해요. 정기석이 요즘 뻔질나게 본사로 들락거리는 거 아시잖아요. 그게 다른 맘을 품고 있다는 증거라니까요. 출세라면 목숨까지 바칠 위인이잖아요. 가만히 있다가 언제 뒤통수를 얻어 맞을지 몰라요.”

말을 듣자 마음 한구석에 무엇인가 거치적거렸다. 자꾸만 정기석의 얼굴이 떠오르는 것이 은근히 기분 나빴다. 나와 정기석 사이에 이해관계가 될 만한 일은 없었다. 굳이 꼬집는다면 내년 정기 인사 때 승진 문제 정도겠지만 그것은 고려할 만한 가치도 없었다. 정기석은 까마득한 입사 후배이자 이제 겨우 대리 2년차일 뿐이어서 물류센터 최고참 대리인 나와는 상대조차 되지 않았다. 물류센터 장장도 내년에는 나를 과장으로 승진시켜주겠노라고 언질까지 주었다. 나는 고개를 설레설레 흔들었다.

"선배님도 정기석의 성격 잘 알잖습니까? 윗분들에게는 간이라도 빼줄 듯하지만 아랫사람은 생각이나 합니까, 그렇잖습니까?"

황 대리가 입술을 비틀며 침을 찍 뱉었다. 시종 이리저리 눈알을 굴리는 모양이 꼭 살모사 눈 같았다. 나는 발걸음을 돌렸다.

"관리과 가시면 반품창고 건도 말씀 드려주시죠?"

등 뒤로 황 대리 목소리가 들렸다. 말 속에 웃음기가 잔뜩 묻어 있었다.

"내 코가 석 자야. 고장난 지게차 두 대를 벌써 열흘째 세워놓고 있는 거 황 대리도 알잖아. 추석도 코앞에 다가왔는데 걱정이야…."

황 대리 말에 건성으로 대답했으나 머릿속이 복잡해졌다. 정기석을 힐난하는 황 대리 말이 모두 맞지는 않겠지만 마음에 걸렸다. 정기석이 나를 제치고 먼저 승진하는 일은 일어나지 않을 것이다. 생각조차 하기 싫지만 그런데도 기분이 영 찝찝했다. 왠지 황 대리의 의도에 말려들고 있다는 느낌이 들었다. 관리과에 들어서자 정기석의 카랑카랑한 목소리가 들려왔다.

"반장님이 감독을 잘하셔야죠? 회사에 잠자러 왔답니까? 그러다가 만에 하나 사고라도 나면 어쩝니까? 경비초소가 술집은 아니잖습니까?"

고개를 쭈뼛거리며 들어서는 나를 향해 정기석이 잠깐 시선을 던지곤 다시 경비반장을 질책했다. 반장은 눌러쓴 모자 사이로 삐져나온 흰 머리칼을 연신 매만지며 머리를 조아렸다.

정기석에 대한 내 시각이 조금씩 변하기 시작한 것은 그가 대리로 승진한 뒤에 보여준 말과 행동의 불일치를 느끼면서부터였다. 부하 직원에게 심하다 싶을 정도로 다그치고 소리를 지르는 그에게서 예전의 살갑던 모습은 찾을 수 없었다. 그럴 만한 이유가 있는지 모르겠지만 나로서는 낯선 광경이었다. 그의 행동이 지극히 계산적이라는 의심을 하기 시작한 것도 그 즈음이었다. 유난히 큰 목소리, 시도때도 없이 남발하는 커다란 웃음, 관리과장이나 장장에게 머리가 땅에 닿을 정도로 인사를 하는 태도를 지켜보면서 그를 대하는 것이 조심스러워졌다. 그것은 의도된 행동이거나 조작된 연출로서 분명 어떤 목적을 띠고 있을 것이라는 생각을 지울 수 없었다. 그럴 때마다 혹시 나도 그의 술수에 이용될지 모른다는 불안감을 느끼곤 했다.

냉랭한 기운이 흐르는 사무실에 정기석의 목소리만 쩌렁쩌렁 울렸다. 정기석의 모습을 보자 떫은 감을 씹은 기분이 되어버렸다. 나는 들어가기도, 그렇다고 돌아서기도 뭣한 어정쩡한 자세로 서 있다가 슬며시 몸을 돌렸다.

추석이 코앞으로 다가오자 물류기계는 밤낮으로 돌아갔다. 비상근무조가 편성되고 연일 야간작업을 했지만 납품기일을 맞추기 어려웠다. 평소 작업량을 소화하기도 벅찬 인원으로 두 배 이상 늘어난 물량을 감당하기란 무리였다. 매년 성수기 때마다 관례적으로 실시하던 인력 보충도 이번에는 없었다. 정기석의 발상이었다.

휴식 시간은 줄어들고 압박감은 심해졌다. 직원들은 표정이 없었고 계속된 야근으로 눈동자는 초점을 잃었다. 밀려드는 물동량을 처리하기 위해 팔다리는 습관적으로 움직일 뿐이었다. 해마다 일어나는 일이지만 명절을 앞두고 꼭 몇 명씩 직원들은 아무 말도 없이 출근하지 않았다. 매번 겪는 일이라 새삼스러운 일도 아니었지만 이번에는 더 심했다. 남아 있는 직원들은 이빨 빠진 틈을 메우기 위해 갑절 힘이 들었다. 직원들 불평은 높아갔지만 정기석의 위상은 본사의 칭찬을 등에 업고 하늘을 찌를 듯했다.

성수기가 지나자 물류센터는 겉으로는 조용했다. 장장은 특유의 찡그린 표정으로 뒷짐을 쥐고 출고장을 어슬렁거렸고, 적당히 게으름을 피우는 지게차 기사들은 틈나는 대로 가설 천막창고 후미진 곳에서 그들만의 대화를 즐겼다. 내게도 특별히 나쁘다고 할 만한 일은 일어나지 않았으므로 평온이 지속되고 있었다. 다만 정기석과 황 대리가 함께 있는 모습이 종종 눈에 띄는 것이 눈에 거슬리는 정도였다.

갑자기 찾아온 평범한 일상이 다소 낯설었다. 아무런 사건도 일어나지 않고 하루가 마감되는 것이 어색한 느낌마저 주었다. 그런데 그 어색함이 사라지면서 이상하게 기분이 조금씩 고조되었다. 때때로 나도 모르게 헛웃음이 나오는 것에 대해서 멋쩍어하기도 했다. 매일 출근하고 일을 할 수 있다는 것이 흥미롭고 즐거웠다. 전에 느끼지 못했던 야릇한 감정이었다. 나는 괜스레 주위 사람들에게도 관대해지고 싶었다. 장장이나 관리과장, 정기석과 마주칠 때는 일부러 얼굴을 폈다.

고장난 지게차 부품을 챙겨 입고장으로 들어섰다. 가벼운 휘파람을 불며 랙 사이를 걸었다. 지게차 기사가 지나가며 인사하는 것을 보며 나는 활짝 웃어주었다. 출고장 모퉁이에서 황 대리가 직원에게 작업 지시를 하고 있었다. 손을 들어 황 대리를 부르자 깜짝 놀란 표정을 지었다. 내가 다가가자 급한 일이 있다며 등을 돌렸다. 랙 사이로 사라지는 황 대리 뒷모습은 무엇에 쫓기는 것처럼 당혹스런 모습이었다. 황 대리의 표정과 행동에서 심상찮은 일이 벌어지고 있음을 느꼈다. 나는 엉거주춤 서 있는 직원에게 무슨 일이 있느냐고 물었다. 직원은 대답을 못하고 우물쭈물했다. 내가 채근하자 말을 더듬거렸다.

"남주영 씨가 사표를 냈잖아요…."

직원은 관리과 여직원의 이름을 들먹였다.

"남, 남주영 씨가 마 대리 님 때문에 회사를 그만두었대요…."

나는 뒤통수를 맞은 듯 아찔했다.

"자세히는 몰라요. 회식 때 그 일 때문인 것 같다고 말들을 해요…."

회식…. 지난 주 재고조사를 마치고 회식 자리에서였다. 술이 몇 순배 돌았다. 나는 취기가 올라 기분이 적당히 좋은 상태였다. 맞은편에 앉아 있던 남주영이 정기석에게 술을 따르는 것을 보고 내게도 한잔 따라보라고 말을 했던 것 같다. 그녀가 머뭇거리자 옆자리 황 대리가 얼른 잔을 채웠다. 남주영에게 별다른 억하심정이 있는 것은 아니었지만 그녀가 따라주는 술을 마시며 시시덕거리는 정기석의 꼴을 보자 슬그머니 심술이 났다.

"내가 말을 않으려고 했지만 말야. 지난 번 그 전산 마감사고, 엄밀히 따지자면 오퍼레이터 책임 아냐? 주영이가 그러면 안 되지. 월급은 공짜로 주는 게 아니잖아. 사고가 그만하기 다행이지 어쩔 뻔했어?"

남주영이 고개를 돌리면서 나를 외면했다. 예상치 못한 그녀의 반응에 당황했던 것 같다.

"말이 나왔으니 하는 말인데 사람이 기본을 알아야지! 그리고 말야…."

남주영이 내 눈을 정면으로 응시했다.

"그래요, 모두 제 잘못이라 쳐요. 저도 한마디 해야겠어요. 마 대리님이 얼마나 똑똑하고 대단하신지 모르겠지만 그렇게 자신만만하세요? 마 대리님이 은근히 사람 무시하고 있다는 거 아세요? 지금 말투도 그래요. 제가 일을 잘못한 것은 인정해요. 그렇지만 사정이 있을 수도 있잖아요. 어떻게 세상을 모두 대리님 눈으로만 보고 판단하세요?"

시끌벅적 어지럽던 술자리 소음이 갑자기 사라지면서 직원들의 시선이 나를 향했다. 얼굴이 화끈거렸다. 나는 애써 감정을 누르며 웃으면서 말했다.

"주영이가 술이 취해서 내 말을 오해했나본데 똑바로 새겨들어. 세상이 아무리 갈 데까지 갔다 하더라도 위아래는 있는 법이야. 그걸 모르면 인간이 아니지. 난 주영이 일을 잘못했다는 것이 아니라 기본이 중요하다는 얘길 한 거야. 무슨 말인지 알아들어?"

"알아들어요. 알아듣고 말고요. 그러니 이제 그만해요. 마 대리님이 직원들 함부로 대하는 거 어제 오늘 일이 아니잖아요. 잔소리도 습관이 된다는 거 모르세요?"

반쯤 치켜뜬 그녀의 입가에 비웃음이 흐르고 있었다. 나는 말을 잃었다. 이렇게 나오리라고는 예상 못했다. 내가 한마디 하면 고분고분네, 하고 고개를 숙일 것으로 생각했다. 나이 어린 여직원에게 무안을 당하자 화가 솟구쳤다. 나는 돼먹지 못한 년이라고 고함을 질렀다.

싫다는 여직원에게 강제로 술을 따르게 하고 그것도 모자라 인간적인 모욕을 주었다는 것이 남주영이 사표를 낸 이유라는 것이다. 직원들은 쉬쉬하고 있지만 모두가 알고 있고 본사에도 보고가 되었다고 했다.

"황 대리가 그렇게 말했단 말이지?"

내가 추궁했으나 직원은 대답하지 못했다. 다리가 후들거리고 가슴이 쿵쾅거렸다. 무엇인가 일이 잘못되고 있었다. 통제되지 않는 오해는 진실 여부에 상관없이 엄청난 후폭풍을 동반하고 돌이킬 수 없는 상처를 남기는 속성이 있다. 반품장 천막의 찢어진 틈으로 열기 없는 오후 햇살이 낯을 간질였다.

내 성격이 다소 급하고 괄괄하다는 것은 직원들도 아는 일이었다. 그날 사건의 발단이 될 만한 이렇다 할 일은 없었다. 그러려니 넘어갈 수 있는 일이었다. 오랜만의 회식 분위기를 즐기면서 기분 좋게 술을 마셨다. 요즘 들어 왠지 일상이 유쾌하다는 느낌의 감정을 주체하지 못하고 있었고, 남주영과의 사소한 말다툼도 그러한 들뜬 상태의 연장에서 비롯되었을 것이다. 그녀의 행동은 그 흐름에 찬물을 끼얹었고, 결국 화풀이 대상이 되고 만 셈이었다. 평소 정기석이나 황 대리에게는 눈웃음을 살살 치면서도 내게는 무뚝뚝하게 대했던 그녀의 태도에 대한 서운함이 은연중 끼어들었는지는 알 수 없었다. 그렇다고 하더라도 그 때문에 그녀에게 특별히 나쁜 감정을 가진 것은 아니었다.

벌어지고 있는 일이 어처구니가 없어 변명하고 싶지도 않았다. 궁금한 것은 남주영이 회사를 그만둔 이유가 나 때문이라는 것을 누가 어떻게 무슨 근거로 내렸냐는 것이었다. 그녀가 자신의 입으로 직접 말했다면 그것은 소문으로 그칠 것이 아니라 공식 절차에 의해서 처리되어야 마땅했다. 무성한 소문만 난무한다는 것은 분명히 누구의 계략이거나 음모일 가능성이 컸다. 물론 그렇지 않을 수도 있겠지만 몸으로 느껴지는 기분 나쁜 기운으로 보아 치밀한 계획에 의한 것임이 틀림없었다.

이번 일이 승진 문제에 변수로 작용할 확률이 높을 것이라는 불안감이 머리를 짓눌렀다. 일이 벌어지고 있는 조짐으로 보아 적지 않은 파장이 일 것 같았다. 구조조정 이야기는 끊임없이 나오고 있었고, 그 시기는 정기 인사가 끝나는 내년 초가 될 것이라는 소문이 자자했다.

시간이 흐를수록 점점 약해지는 자신감은 결과에 대한 두려움으로 이어졌다. 그것은 승진 자체보다도 이미 익숙해져 있는 패배감을 재확인하면서 겪게 될 자학이었다. 직원들의 동정어린 눈총을 견디기도 힘들겠지만 현실에서 도태되는 상황을 감당하기 어려울 것이라는 절망감, 화풀이의 대상은 스스로 통제하지 못하고 있는 자신이었다.

자동차 전조등에 비치는 눈발은 미친 여자의 헝클진 머리카락처럼 어지러웠다. 윈도브러시는 끊임없이 움직였으나 시야는 흐릿했다. 판교인터체인지에서 구리 방향 외곽순환도로에 올라서자 진눈깨비로 바뀌었다. 차량들이 좌우로 무섭게 질주하고 있었다. 산다는 것이 목숨을 거는 일임을 깨닫고 있는 사람은 나뿐이 아닌 모양이었다.

상계동으로 접어들어 차량 통행이 뜸한 길에 차를 멈추었다. 손으로 마른세수를 하면서 차창을 내렸다. 차량 지붕의 눈이 기다렸다는 듯이 왈칵 쏟아져 들어왔다. 뺨에 차가운 기운을 느끼면서 담배를 피워 물었다. 가슴이 울컥거렸다. 눈을 지그시 감고 고개를 뒤로 젖혔다. 눈발이 들어온 모양인지 눈가에 물기가 느껴졌다.

장장은 전화를 받지 않았다. 두 번째 담배를 끈 후 다시 걸었다. 미리 약속을 하지 않은 것이 마음에 걸렸다. 아파트 주차장에서 두어 시간을 기다렸으나 장장은 만날 수 없었다. 준비한 양주를 경비실에 맡겼다. 경비원은 귀찮은 듯 두고 가라는 눈짓만 했다. 전달할 수 있을지는 장담할 수 없으니 미심쩍으면 도로 가지고 가든지 알아서 하라는 말도 덧붙였다. 나는 상관없다고 말하면서 능글맞게 웃어주었다. 경비실을 지나오는데 음식물쓰레기통에서 비릿한 냄새가 났다.

한 달 뒤 정기석은 새로운 관리과장으로 승진했고 황 대리는 본사로 발령이 났다. 예상치 못한 일에 대한 결과를 받아들이기 힘들었다. 더욱 기분이 나쁜 것은 회사 윗사람들이 다른 직원들에 비해 유독 나만이 회사 정책에 대해 반감을 가지고 있으며, 일은 제대로 못하면서 항상 불만투성이라는 생각을 갖고 있다는 것이었다. 실체를 확인하지 못하고 흐지부지 끝맺고 말았던 남주영 사건도 그랬다. 하필 그 소문이 인사를 앞둔 시기에 황 대리의 입을 통해서 나왔다는 것도 이상했지만, 내가 그 사건과 직접적인 관련이 없었음에도 불구하고 사람들의 인식은 그렇지 않다는 점도 이해할 수 없는 일이었다.

현실 문제 앞에서 끝없이 추락하는 자신을 맥없이 지켜보는 일은 고통이었다. 그러나 실제적인 아픔은 현재 모습으로 개인능력이 매겨졌음을 인정하는 일이었다. 나이가 많거나, 근무경력이 뛰어나거나, 인간성이 좋거나, 업무능력이 우수하거나, 또 다른 어떤 부문에서 상대적으로 탁월하다고 하더라도 그것은 소수 추종자들의 주관적인 소견일 뿐이었다. 내가 할 수 있는 일은 인간의 총체적인 능력이 직장에서의 서열로 판가름나는 현실을 인정하도록 자기 최면을 거는 일이었다.

인사 발표 다음 날 장장의 호출을 받았다. 장장은 시선을 창밖으로 둔 채 중얼거렸다.

"본사에서는 도대체 무슨 기준으로 인사를 하는 거야. 정말 이해할 수가 없어!"

장장의 목소리가 공명처럼 앵앵거렸다. 평소 열심히 일하는 내 모습이 보기 좋다는 말을 입에 달았고, 후임 과장으로 나를 지목하고 있다는 암시를 은연중에 비쳤던 장장이었다. 어색한 분위기를 피하기 위해 나는 괜찮다고 말했다.

"그리고…."

장장은 안쓰럽다는 표정을 지으며 덧붙였다.

"마 대리도 무심했지. 가만히 있으면 누가 알아주나. 옛 말도 있잖아. 우는 아이 떡 하나 더 준다고. 누가 시켜주길 기다리기만 하면 되나. 아무튼 이번 일은 유감이지만 너무 섭섭하게 생각하지 말아. 또 기회가 있겠지."

책임은 내게 있다는 말로 들렸지만 나는 죄송하다며 고개를 꺾었다.

인사 발령 충격에서 벗어나지 못했기 때문에 회사생활도 예전 같지 않았다. 정기석과 얼굴을 마주치지 않기 위해서 종일 현장만 돌았다. 언제까지 이런 생활을 계속할 수 없을 것임을 모르진 않았다. 하루 빨리 마음을 비우고 현실을 인정하는 것이 최선이라는 생각이 머릿속에서 맴돌았지만 시간이 필요했다.

의미가 있다고 확신하는 것조차 스스로 만든 굴레 속에서 자신의 욕구불만과 사회적 상실감이 빚어낸 일종의 착시현상이었다. 실체가 있는 것은 나를 제외한 그 밖의 모든 것일 수도 있다는 사실을 깨달았다. 이러한 간단한 사실을 깨우치는 데 너무 오랜 시간을 허비했다는 생각이 들었다. 그동안 나도 모르게 자신에게 걸고 있었던 최면을 푸는 것은 어려운 일이 아닐 것이라는 믿음이 생기자 의외로 마음이 편안해졌다. 나이 어린 상사에게 속내를 감추고 비위를 맞춘다는 것도 크게 다를 바가 없었다.

내가 물류센터의 경비절감과 물자절약 계획에 대해 설명했을 때 신임 관리과장은 고개를 끄덕이며 진지한 표정을 지어보였다. 말을 마치자 훌륭한 생각이라며 우리 회사가 발전할 수 있게 된 것은 마 대리님 같은 분이 계시기 때문인 것 같다고, 앞으로 자기를 많이 도와달라고 했을 때 나도 모르게 허리를 굽실거렸다. 그 행동이 너무 자연스럽게 나오는 바람에 스스로 놀랄 정도였다. 그러면서도 전혀 기분이 나빠지지 않는다는 느낌이 들자 자존심이 조금 상했다. 그러나 정작 억울한 것은 왜 진작 이러지 못했나 하는 점이었다. 내가 무슨 생각을 하든지, 아니면 무슨 행동을 하든지 세상은 나와 무관하다는 것이 얼마나 다행스러운 일인지 몰랐다. 업무 지시를 하며 내 건의를 신중하게 고려해보겠다는 정기석의 말을 들으면서 하마터면 그의 손을 부여잡을 뻔했다.

가시

가시

홍합이 더미를 만들고 있었다. 그 아래에서 아내는 땅바닥에 닿을 듯 허리를 바짝 굽히고 선별작업을 한다. 귀밑까지 내려오는 방한모를 눌러쓰고 수건으로 칭칭 감아 두 눈만 빠끔히 내놓은 모양새가 영락없이 갯바위에 들러붙은 게딱지다. 금방이라도 땅에 붙어버릴까 불편해보이는 저 자세의 익숙함이란 평퍼짐한 엉덩이가 주는 무게감 때문이었다. 인기척을 느꼈는지 아내가 고개를 돌렸다. 시선은 연신 홍합과 나를 오간다.

"아, 옷 버려유. 손댈 거면 옷부터 갈아입든가. 누구 전화간디 얼굴이 게딱지 짓니겨 논 것마냥 그렇댜?"

떨떠름한 표정으로 전화를 끊는 내 모양이 영 시덥잖은 표정이다. 아내는 그제야 영영 못 펼 것 같은 허리를 두드리며 몸을 세웠다.

"응, 고 계장. 시방 좀 보자고 하네."

"아니, 홍합 주문 밀렸는디 또 워딜 간다니?"

"종수가 왔다잖아. 날 꼭 봐야겠대. 죽은 사람 소원도 들어준다는데 가봐야지."

"아니, 그 냥반은 넘들도 다 떠나고 없는 휑한 촌곳에 뭐 덜라고 자꾸 내려온다니…."

"여편네가 뭘 안다고 잔소리야? 다 일이 있으니 오겠지."

"한데서 술 먹고 엄헌 짓 말고."

"천천히 해. 얼른 올 테니, 같이 하자고."

"됐어. 허구한 날 그놈의 일은 죄다…."

아내가 뭐라고 더 말한 것 같은데 들리지 않았다. 일을 게을리한다는 타박도 한두 번이지, 애초부터 내 뜻에는 관심이 없는 아내였다. 남편이 군의원이 되었으면 그에 어울리게 품위도 좀 지켜줄 만도 한데 다니는 꼴은 여전히 시골아낙네 모습 그대로였다. 나중을 어찌 알아, 내가 군의원만 하고 있으리라는 법이 있나. 도의원도 되고, 군수도 되고 또 국회의원도 될지. 읍내 고등학교 후배는 음주운전으로 벌금 무는 일을 밥 먹듯이 하면서도 도의원을 두 번씩 해먹었고, 지난번에는 무슨 사기인가 횡령으로 재판까지 받고서도 이번 선거에 군수로 출마한다고 큰소리를 치고 있는데 나라고 못할 게 뭐가 있을까. 언제까지 홍합양식이나 하고 있을 내가 아니었다.

두꺼운 겨울 외투를 걸치고 나왔지만 갯가로 몰아치는 바람결은 사나웠다. 바다 가운데로 내려앉은 보름달이 물이랑에 끌려다니고 있었다. 수면 위에서 흔들리는 달의 조각들이 금방이라도 바다 속 깊은 곳으로 가라앉아 사라져버릴 것 같았다. 해풍은 잠시도 가만있지 못하고 세상의 모든 것들을 찢고 삼키기를 반복했다. 바람에 밀려내려온 산이 만든 무채색의 바다 그림자는 금방이라도 바다 속으로 녹아 사라질 듯 일렁거렸고, 선착장에 줄줄이 늘어선 배들은 삐거덕 소리를 내뿜으면서 살아남기 위한 거친 몸싸움을 하고 있었다.

이런 날은 막개 사람들도 몸을 스스로 낮추고 움츠렸다. 어귀 너머에서 소리 없이 마을로 스며드는 무겁고 진한 바람 냄새는 육지의 시간을 멈추게 하고 바다는 먼 곳이 되었다. 손이 닿지 않는 바다는 그래서 더 그리운 곳이 되고, 사람들의 가슴 깊은 곳에서는 동경과 안타까움이 켜켜이 쌓여갔다. 그것은 사람들의 마음속 가장 깊고 은밀한 곳에서 시작되어 동심원을 그리면서 몸 구석구석으로 퍼져나가 마침내 그 뿌리에 바다를 심어놓았다. 막개에서 태어나고 자란 나도 예외가 될 수 없었다.

"아이고, 시방 왔네. 어여 앉게나. 여그 종수가 자네를 자꾸 찾길래 내가 전화했구먼."

"계장님, 말은 바로 하셔야죠. 난 그냥 천석이 안부만 물었잖아요?"

누가 나를 왜 불렀는지 굳이 따질 필요는 없다. 동네 술자리는 어차피 서로의 마음을 주고받는 친목도모 운운하는 그런 차원과는 거리가 멀었다. 할 말이 있어도, 없어도, 그의 말이나 내 말이나 어차피 뱉고 나면 그뿐이었다. 말과 행동이 구체적인 목적을 띠게 되는 순간 술판은 싸움터로 변하기 십상이었다.

"아, 이 사람아. 바로 말할 사람은 종수 자네지 내가 아니여. 자네, 나를 왜 만나자고 했나? 뻔하지 않여? 친구가 군의원이니 안부 묻는 척 은근히 내가 불러주기를 바랐을 거시고 말여, 안 그렇남? 어험!"

나는 힐끔 종수를 쳐다보았다. 얼굴에 동요하는 빛은 보이지 않았다. 고달명의 이기심은 그것을 보여주지 않았을 때 나에게 이득이 되었지만 그가 보여주려고 속내를 드러냈을 때는 차라리 그 실체를 볼 수가 없어 두렵고 불안했다. 알맹이 빠진 홍합을 열기 전까진 그게 껍질만 남았다는 사실을 알 수 없는 것처럼 당최 속내를 모를 인간들인 것이다. 종수도 마찬가지였다. 제 이기심의 실체를 고달명에게 의도적으로 공개하면서 짐짓 그를 공모자로 끌어들이고 있었다.

"자, 자, 조 의원, 이왕지사 이렇게 왔으니 자네가 알아듣게 말을 좀 잘해줬으면 좋것네. 자네 종수 친구 아닌감? 내가 어촌계 규정상 그렇게 안 된다고 몇 번이나 말했는데도 뭔 말이 멕히질 않어."

기를 쓰고 고향에 돌아오겠다는 종수도 바다가 어떤 답도 주지 않는다는 것을 모를 리 없다. 그의 할아버지가 손가락을 물어뜯어 혈서를 쓰면서 대통령을 뽑는 대의원이 되고자 했던 것은 바다가 해답을 주지 않았기 때문이었다. 종수 할아버지뿐만 아니라 막개 사람 누구도 바다를 완전히 믿지는 않았다. 보여주지만 볼 수 없는 그 깊은 곳으로 아무도 가려하지 않았다. 바다가 내뱉는 아주 작은 숨결 소리만 그 전부인 것으로 여기고 살았다. 여유롭게 낚시질을 하고, 좀 더 편한 어장을 만들고, 이따금 그물을 던지는 일은 바다를 알고서 하는 일은 아니었다. 바다는 거기 있고 사람들은 여기에 있었다. 그 경계의 날은 예리했고 조금만 스쳐도 돌이킬 수 없는 상처를 주었다. 서로를 의식하는 표면적인 거래가 중요했고, 품거나 속내를 보이면서 받아들이는 일은 금기시했다.

내 할아버지가 종수할아버지 배의 어망에 걸려 돌아가셨을 때 아버지도 더 이상 바다를 믿지 않았다. 적당히 이용하고 다치지 않는

선에서 손을 빼는 요령만 익혔다. 아버지는 할아버지의 죽음을 빌미로 종수할아버지가 맡고 있던 어촌계장을 인계받았다. 대의원이었던 종수할아버지가 두 번째 선거에서 낙선하면서 급격히 가세가 기울자 선거 참모로 활동했던 아버지는 종수할아버지가 선거 빚 때문에 내놓은 알토란같은 홍합양식장을 인수했다. 종수아버지는 아버지가 어촌계장 지위를 업고 거저먹었다며 분개했지만 그걸 증명해 줄 사람은 없었다. 종수가 자신의 부모가 버린 바다를 다시 찾겠다고 안달을 내는 것이 혹여 그 일을 기억하고 있기 때문이더라도 내게도 어림없는 일이었다. 아버지는 말했다.

"바다를 너무 알면 불행해지는겨."

내가 자신의 할아버지처럼 바다에 목숨 건 그런 어리석은 행동을 하리라고 종수가 믿는다면 그건 나를 모르는 것이었다. 폐홍합과 그물을 바다에 버리다가 해경 감시선에 적발되었을 때 단지 운이 나쁜 것으로 치부할 수 있었던 것도 모두 아버지 가르침 덕분이었다.

"바다가 다 썩는다구요. 거, 안 되는 거 알 만한 분이, 바다 속이 어떤 지경인지 알기나 해요?"

세상 앞일을 모른다며 나를 질책하는 그들의 사고방식은 안일했다. 한 치 앞을 모르는 것은 그들이었다. 아무리 홍합껍데기를 쏟아부어도, 폐그물을 버려도 바다는 매번 바람을 만들고 물결을 일으키며 사람들을 제 속 깊은 곳으로 끌어들인다. 바다가 썩는다는 말은 사람의 말일 뿐 바다는 개의치 않는다. 오히려 배를 삼키거나 사람의 영혼을 앗아가는 바다의 행패를 더 걱정해야 할 일이었다. 죽은 홍합이나 폐타이어 조금 버렸다고 벌금을 매기는 일은 인간이 만든 허례였다. 그들도 먹고살아야 하고, 감시선을 타고 돌아야 하고, 또 나라 살림에 보탤 벌금도 만들어야 한다. 나는 그저 운이 조금 나빴을 뿐이었다.

"야, 천석아, 이번에도 출마하지? 혹시 내가 뭣 좀 도울 만한 일이 없을까?"

종수가 고달명의 말을 끊고 술병을 들었다. 나는 빈 잔을 내밀며 딱히 궁금했던 것도 아닌 얘기로 슬그머니 말꼬리를 돌렸다.

작년 가을, 공동 양식장 수익 배당금 배분 문제로 열린 어촌계 회의는 시작부터 고성이 오갔다. 나이가 들어 일손 도움이 되지 않았던 노인 회원에 대한 지급 기준의 형평성을 놓고 회원들의 의견이 좀처럼 일치되지 않았다. 균일 배분이라는 규정을 작업량에 따른 차등 배분으로 변경하자는 고달명의 제의에 대해 대부분의 회원이 반대의 뜻을 냈다. 결론을 내리지 못해 다시 의논하기로 하고 종회를 선언하려는데 때마침 종수가 귀향을 하겠다면서 얼굴을 내밀었다. 갑작스런 종수의 등장에 회의장은 어수선한 분위기로 바뀌었지만 정작 종수를 당혹하게 만든 것은 사람들의 냉랭한 태도였다. 특히 고달명은 어떤 이유에서인지 모를 불분명한 근거를 들어가며 만족스럽지 못한 회의 결과만큼이나 자신의 어수선한 심기를 드러냈다.

"말이여, 귀어가 쉬운 줄 아나본디, 어촌계 총회 승인도 필요허고, 여그서 오 년 이상 거주도 해야 허고, 가입금도 오백만 원이나 내야 허는디, 그게 간단치가 않구먼. 시방까지 도시 물 먹고 살았으면 갯

바람 쐬가매 험한 일을 하는 게 쉽간디? 도망이나 안 가믄 다행이지. 혹시 거 어디 땅값 오를까 싶어 간보러온 거믄 진작에 맘 접는 것이 좋을 것이여."

어촌계장의 말에 회의장은 술렁거렸다. 종수는 당혹한 표정을 감추지 못하면서 그냥 마을 어르신들 인사 차 들른 거라는 말만 되풀이했다. 그러면서 땅투기라는 말은 조금 심한 것 같다면서 고달명에게 서운한 기색도 함께 내비쳤다.

"그냥 고향에 돌아와서 살겠다는데 무슨 규정이 이렇게 많은지 솔직히 이해가 잘 안되기도 하구요…."

고달명의 말이 틀린 건 아니었지만 내가 생각해도 종수에게 할 말 치고는 심하다는 느낌이 들었다.

"참, 어촌계 간사가 민기 맞죠? 밖에서 그 자식 말이 많던데. 지난번 양식장 낙찰받은 사람 돈 받고 꽂아줬다네요? 먼 친척이라나 뭐라나. 쳇, 돈이면 아무리 먼 친척도 가까워지는 법이지만요."

종수는 자조 섞인 말을 내뱉고는 술을 들이켰다. 고달명은 특유의 찢어진 눈을 치켜뜨고 종수의 행동을 미심쩍게 바라봤다.

"누가 그러든가?"

"하여간 그런 놈들은 싹 다 고발해서 피를 말려야 해."

"암만 돈을 받았어도 민기가 뭔 힘이 있다고…. 그리고 계장님이 모르는 어촌계 일이 있을 리가 있겠어?"

"야, 조천석, 너도 지금 남 말할 때가 아니야. 내가 친구니까 하는 말인데, 작년에 너 양식장 쓰레기 무단투기로 벌금 물었지? 너 그거 왜 걸렸는지 알아? 누가 해경에 찔렀대. 세상에 믿을 놈 있는 줄 아냐?"

사실 종수 말마따나 마을 이웃이라지만 누구 하나 믿을 만한 사람은 없었다. 매립공사가 확정되고 보상금이 지급되면서 이미 마을 인심은 풍비박산이 되어버렸다. 그렇다고 그런 말을 이 자리에서 할 건 아니었다. 음흉하고 비밀스러운 것일수록 듣는 귀가 적어야 한다. 은밀하게 쥐도 새도 모르게 해치우는 것이 뒤탈이 없었다. 이렇게 모든 패를 까발리고 나면 자신이 잡을 패는 더 이상 남아 있지 않아 결국 게임에서 지게 되고 손해만 입게 된다. 종수는 그 간단한 사실을 모르고 있었다. 아니면 술기운이라든지, 그것도 아니면 고달명의 냉대에 이성을 잠시 잃었을 수도 있었다. 나는 종수가 건드린 것이 고달명이나 내가 결코 드러내고 싶지 않은 아킬레스건이었음을 미리 귀띔이라도 해줄 걸 그랬다 싶었다.

갈치조림 한 조각을 입속에 넣고 우물거렸다. 잔가시가 밥과 뒤섞여 먹는 맛이 실하지 않았다. 먼저 가시를 발라내고 먹었으면 제 맛을 볼 텐데 귀찮다고 덥석 입에 넣은 것은 탐욕이었다. 그냥 가시를 씹어 삼키려고 급하게 입을 우물거리는데 혀가 불에 덴 듯 아파 입을 쩍 벌리고 말았다. 가시라는 단어가 주는 어감과 함께 통증은 배가되면서 말초신경 끝까지 빠르게 퍼져나갔다. 심해의 칠흑 같은 어둠과 바닷물의 무시무시한 압력을 견뎌내며 키워온 갈치의 뼈는 인간의 접근을 쉽게 허락하지 못하도록 그렇게 단단하고 억세게 만들어졌음을 잊고 있었다. 종수의 광대뼈처럼 뾰족한 갈치 뼈라지만 씹어 뭉개버리면 그만일 것인데 그나마 이 세상에 태어난 이름값이라도 하고 싶은 모양이었다.

아픈 혓바닥을 우물거리면서 맨밥을 한입 가득 삼켰다. 종수는 빈 잔을 손가락으로 만지작거리며 슬쩍 내 눈치를 보는 듯했다. 고달명은 아까부터 고개를 치켜든 채 천장만 주시하고 있었다. 정적이 흐르는 그 사이로 어떤 은근한 힘의 기운이 느껴졌다. 그 기운은 여기에 앉아 있는 세 사람, 다르지만 같은 생각들을 헤집었다. 선거라는 먹잇감 앞에서, 고향을 향하는 목적을 위해서, 또는 더 큰 야욕을 품은 어떤 모략 앞에서 서로를 위해 어떤 일을 희생이라 이름 지을 것인가를. 그러나 이런 이기심들이 인격이라는 이름으로 변신하는 일이 가능하기를 서로는 기대하는지도 몰랐다. 그래야만 조력이라는 미명하에 그 변신에 성공할 테니 말이다.

"다들 세상이 바뀐다고들 하는데 어디 세상이 그렇게 쉽게 바뀌겠냐? 그나저나 막개댁 갈치조림이 예전 맛이 영 안 나네."

종수가 마지막 잔을 털 듯 잔을 비워내고는 자리를 떠났다. 종수가 나가고 나자 분위기가 뻘쭘해졌다. 내가 슬그머니 일어서려는 동작을 취하자 고달명이 앉으라는 눈짓을 했다. 가시에 찔린 입안이 자꾸만 신경 쓰였다.

"대체 뭔 말을 하는 거여. 저렇게 지 생각만 하고 있는디 누가 어촌계에 들어앉히고 싶겄남, 시방 그건 그렇고 말이여 조 의원…."

고달명이 몸을 앞으로 숙이면서 얼굴을 내게 바짝 댔다. 이마 아래까지 늘어뜨린 몇 올 남지 않은 머리칼을 눌러쓴 검은 모자 때문에 무쇠 솥뚜껑을 쓴 뒷방 늙은이 행색이었다. 귀까지 이어진 갈라진 눈꼬리를 치뜨고 어눌한 말투로 더듬거리는 고달명은 영락없이 쪼그라든 노인이었다.

종수가 요즘 고향이랍시고 뻰질나게 들락거리는 것도 그 속을 들여다보면 노다지나 다름없는 어촌계 홍합양식장에 눈독을 들이고 있음이다. 어촌계에서 외지인의 귀어를 달갑지 않게 여기는 것이나, 종수가 기를 쓰고 어촌계에 들어오려는 것은 동전의 양면과도 같은 이치였다.

“자, 자네 생각은 어떤지 모르겄지만서도. 종수 말여, 어떻게 좀 해봐야제? 종수가 우리 마을에 들어오는 순간부터 당장 이득 보는 게 누구겄남? 종수할아버지가 대의원 했었잖여. 노인네들은 그걸 여태도 기억하고 있을 텐디. 만에 하나 종수가 자네헌티 뭔 억하심정을 가지고 선거 때 마을 사람들을 들쑤셔봐, 어떻게 되겄남? 그러고 또, 유씨 친척들도 아직 몇 분 있을 거이고….”

이태 전 어촌계장 선거에서 연임으로 당선된 고달명은 황금 왕관이라도 쓴 양 그의 콧대는 하늘 높은 줄 모르고 치솟았다. 어촌계 예산은 모조리 제 통장에 넣고 떡 주무르듯이 하고 있으니 얼마나 해처먹는지 알 길이 없었다. 감사라고 있지만 그는 고달명의 심복이자 간사로 있는 민기의 당숙이었다. 매립공사가 시작된 뒤 조금 젊다고 하는 친구들이 도시로 떠나버리고 마을에 어촌계원이라고는 노인들만 남게 되자 고달명은 모든 일에 안하무인이었다. 막개는 어촌계장 고달명 일인왕국이 되어가고 있었다. 그나마 작년에 매립공사가 시작된 뒤 숫자가 절반으로 뚝 떨어졌음에도 위세는 전혀 바뀌지 않았다. 바뀐 세상을 읽지도 못하는 건지, 아니면 인정하고 싶지 않은 건지 알 수 없었다. 그런데 나만 보면 유독 송골매가 까투리를 노리듯 손아귀에 쥐고 있으려는지 실눈을 더욱 찢었다. 평소 마을 살림을 좌지우지하는 어촌계장의 권위를 세워주지 않는데 대한 무언의 시위였다. 나 또한 그런 그를 아예 무시하고 있긴 하지만 늘 뒷덜미가 근질거리는 것 같아 좋은 기분은 아니었다. 더구나 그는 뭐든지 허가를 받아야 하는 을의 입장이고 나는 허가를 해주는 관청 살림을 감시하는 갑의 위치에 있었다. 그가 아무리 시위의 날을 세워도 호락호락 제 입맛에 맞춰줄 내가 아니었다.

"뭐, 그렇게 하시든죠…."

고달명의 하는 짓거리가 아니꼽지만 아예 무시할 수도 없었다. 종수가 무지막지 날린 공을 왜 내게 넘긴 것인지 이유를 모르지 않았다. 내가 그 이유를 알고 있다는 것을 알고 있을 그가 끝내 시치미를 떼는 태도의 밑바닥에는 은근한 자존심 문제가 걸렸을 것이다. 그렇지만 그의 의도대로 움직여주지 않으면 그 잘난 혀를 함부로 놀리면서 말 속에 가시를 만들어 사정없이 나를 향해 찌를 것이 뻔했다.

화장실 거울을 보면서 혀를 쭉 내밀었다. 혀끝에 피가 맺혀 있다. 무심한 사람들이 툭툭 던지는 말투에 박힌 가시에 그동안 하도 찔려 이젠 그 뾰족함이 무디어졌을 법도 한데 당할 때마다 그게 아니었다. 수도꼭지에 입을 대고 입안을 헹궈냈다.

방파제 동쪽 가장자리에서 사람들의 움직임이 보였다. 이슥한 밤에 마을 사람들이 놀러나왔을 리는 없고, 그렇다고 볼 것이 있어 관광객이 찾아올 곳도 아니어서 평소와는 다른 보기 어려운 광경이었다. 젊었을 때는 이곳에서 멸치잡이로 날밤을 지새우곤 했다. 바다는 마을의 생업 터전이었고, 사람들은 바닷바람을 가슴으로 맞고 파도를 온몸으로 받아들였다. 생명줄이었던 그때의 바다는 풍성했다. 대구나 전어, 도다리가 지천이었고, 멸치잡이로 밤바다는 아름다운 그림을 연출했다. 막개만에만 멸치덕장이 몇 개나 있었다. 종수가 고향을 잊지 못하는 것은 옛날의 막개를 그리워함이고, 또 그 뿌리인 바다가 몸속에 있기 때문일 것이다. 농사꾼이 논두렁에 자라는 풀을 베듯이 종수도 바다 속 물고기가 노는 소리를 듣고 싶었을 것이다.

매립공사가 모든 것을 바꿔버렸다. 사람들도 떠나고 남은 주민들은 어촌계 공동 홍합양식장에서 일하거나 낚싯배로 생계를 이어가는 형편이었다. 배도 고기도 사람도 떠나간 갯가의 밤은 고적하고 을씨년스러웠다. 그렇다고 잘난체하는 도시 사람들이 귀어니 어쩌니 하면서 뻔질나게 마을을 기웃거리는 모양새도 꼴불견이었다. 그들이 와봤자 밥그릇 수만 줄어들 뿐 이득 되는 일이라곤 없었다. 어촌계원들이 종수의 귀어를 시큰둥하게 여기는 것도 그들의 밥그릇을 나눠줘야 하는 성가신 외지인으로 받아들이기 때문이다.

세상 돌아가는 꼴이 영 마음에 들지 않았지만 이번 선거는 어떻게라도 무사히 치러야 할 터였다. 후보로 확정되면 고달명과 치사한 술도 한잔 더 해야겠고, 가음골 전원마을에도 배알은 꼴리지만 인사 차 들러야 할 것이고, 변변찮은 종수지만 내키지 않는 웃음이라도 흘려야 할 일이었다. 4년에 한번이니 그 정도야 눈 딱 감으면 그만이었다. 그동안 든 술값을 뽑아내기 위해서라도 자존심일랑은 물목 너머 선창에다 갖다버려야 했다. 아랫배가 살살 아프기 시작했다. 갈치조림이 얹힌 건지 속도 거북했다. 사람들의 웅성거리는 소리가 귓바퀴를 간질였으나 만사가 귀찮아졌다. 저들끼리 싸우다가 다치거나, 아니면 죽거나.

'늙었어 다들. 사람도 마을도….'

공천 후보자 발표가 다음 주로 다가왔지만 몸은 점점 굼뜨고 있었다. 군의원이라는 직함이 주는 달콤함의 약효가 끝나가면서 그와 함께 스멀스멀 기어드는 쓴맛 때문이었다. 사실 사람들은 군의원이라는 직업에 대해 관심이 많지 않은 듯했다. 누가 군의원이 되든 자신들과는 무관한 일이려니 그렇게 여기는 것 같기도 하고. 나로서는 이런 무관심이 더할 나위 없다. 선거 한철 머리 조아려 굽실대면서 맘과 다른 웃음 한번 팔고 나면 그 낙과는 튼실했다. 그 튼실한 낙과는 월 3백만 원의 수입과 해외여행이라는 별도의 인센티브를 챙기면서 특별한 일을 하지 않아도 어깨에 힘이 들어가는 의원님으로 만들어 주었다. 가끔 부조금조의 공돈은 아깝지만 품위유지비 정도로 생각하면 크게 문제 삼을 일도 아니었다.

해풍 사이로 날아든 갈매기가 선착장 위를 빙그르르 돌다가 뱃머리에 앉았다. 갯가를 따라 늘어선 가로등 불빛을 받아 붉은 빛을 냈다. 붉은 갈매기의 앉음새가 꼭 고달명을 닮았다. 갯가 바위에서 타

오르는 노을빛을 등지고 있는 낚시꾼의 허리가 바다를 향해 허리가 심하게 꺾였다. 늘어뜨린 낚싯줄을 따라 바다 속으로 금방이라도 끌려갈 듯 위태로워 보였다. 어깨 너머로 넘실대는 물빛은 검고 탁한 결을 만들며 빛에 부신 눈을 더 어지럽게 만들었다. 흰 머리칼은 거친 해풍을 고스란히 받아내면서 산발이 되어 굽은 등줄기를 쉼 없이 흔들었다. 노인의 몸은 바닥에 고정된 바람 풍선처럼 힘겨운 듯 안쓰럽게 보였다. 노인에게 낚시는 물고기를 낚는 것이 아니라 바닷바람과 힘겨루기를 하는 모양새였다.

배에 시동을 걸자 둔탁한 엔진 소리가 잡음을 집어삼켰다. 선착장 날선 모서리에 제멋대로 부딪치는 바람 소리도, 갈매기 몇 마리가 서로 부르며 삑삑대는 소리도, 먹이를 찾아 바다 속을 휘젓고 다니는 물고기 소리도, 선착장 어귀에서 그물을 손질하고 있는 제포댁의 시니컬한 목소리도 모두 사라졌다. 후진 기어를 넣고 조타 핸들을 갯가 방향으로 돌렸다. 어깨 너머로 보이는 노인은 실루엣처럼 희미했다. 기어를 바꾸고 핸들을 급하게 꺾었다. 외지인들이 낚시를 하는 것까지 막을 수야 없지만 뱃길 주변에서 낚싯대를 드리우는 것이 위험하다는 것은 누구나 알 만한 상식이었다. 뱃머리가 노인의 낚싯줄을 향했다. 굳이 이렇게 장난을 칠 필요는 없었지만 어촌의 선한 인심이란 뭍사람들에겐 한낱 환상에 불과함을 깨닫게 해주고 싶어졌다. 노인이 낚싯대를 거두는 모양새를 옆눈으로 확인하면서 낮은 휘파람을 불었다.

홍합양식장에 닻을 내리고 담배를 꺼냈다. 막개만으로 들어오는 해수가 붉은 지렁이처럼 꼬물거리며 햇빛을 튕겨내고 있었다. 해수면으로 점점이 떠 있는 스티로폼 부표 아래 늘어진 로프가 물결의 일렁임을 따라 간간히 검은 모습을 잠깐 드러내곤 사라졌다. 어느 양식장에서는 부이 줄에 흰수염고래가 걸려 횡재를 보았느니 어쩌니 하는데 이곳엔 도통 행운이 없는 것이 얄궂다. 아버지가 홍합 종패용으로 폐타이어를 잘게 자르면서 이 양식장이 앞으로 우리 집안 보물이 될 거라며 허투루 하지 말라고 당부하던 기억이 났다. 이곳이 종수할아버지의 그 알토란 같았던 양식장이다. 빼앗듯 거저 차지해버린 양식장이라는 오명 뒤로 종수할아버지가 하늘 아래 상종하지 못할 천하의 상놈이라고 게거품을 물고 다녔지만 아버지는 개의치 않았다.

종수아버지가 폭삭 망한 집안 식솔들을 데리고 야반도주한 것은 어촌계장이 된 아버지가 그 권위를 누리며 달콤한 권력의 맛을 볼 무렵이었다. 아버지는 돌아가시기 전에 식구들을 불러놓고 죽기 싫다며 온 집안을 들쑤셔놓았다. 명줄이 몇 년만 더 길었다면 군수 한자리는 더 해먹을 거라며 못내 억울해했다. 내가 양식장을 물려받고 군의원이 된 것도 아버지의 힘이 적다고 할 수 없었다. 초등학교밖에 나오지 않은 아버지가 원님 덕에 나발을 불며 어촌계장이 된 것이나, 고졸인 내가 군의원이 되는 것이나 별반 다르지 않았다. 자리는 표가 말해주고 표는 돈이 해결해주었다. 지난 번 선거에서도 봉투를 돌리다가 걸렸지만 벌금 몇 십만 원으로 끝났다. 뒷일을 부탁한 고달명에게 쥐어준 돈의 갑절을 더 뜯긴 것이 억울했을 뿐, 다 쓸 곳에 쓴 것이라고는 했지만 고달명 자신의 호주머니로 들어갔다는 것을 모를 리 없었다. 내가 감히 밖으로 말을 꺼내지 못할 것을 교묘하게 이용하고 있음도 알고 있을 터였다.

로프를 들어올리자 폐타이어에 붙은 홍합이 미역줄기와 엮여 바다의 포도송이처럼 주렁주렁 매달려 올라왔다. 사람들은 폐타이어 양식 홍합에서 발암물질이 검출되었다느니 어쩌니 하면서 비난을 하지만 눈 하나 꿈쩍할 내가 아니었다. 토실토실 살이 붙어 있어야 할 홍합이 새끼손가락만 했다. 두어 개를 열어보니 노인의 비쩍 마른 손 마냥 살이라곤 없다. 거래처 식당에서 알이 작다고 투덜거리더라는 전화를 받았다는 아내의 말을 듣고 나선 참인데 역시나 시원찮았다. 구태여 양식장까지 나와보지 않아도 모를 리 없지만, 굵은 놈 속에 얼마간 끼워넣은 것을 발견한 모양이었다. 쭈글쭈글한 홍합 알을 보자 부아가 돋았다. 젠장맞을! 홍합을 향해 침을 칵 뱉었다. 이태 전부터 부쩍 상품성이 떨어지는 하급품이 늘어났다. 무엇이 문제인지 알 수가 없었다. 녹조 때문은 아닌 것 같은데 아무래도 어장 관리에 문제가 있는 모양이었다. 작년에도 미처 품질불량으로 길어올리지 못하고 바다 속으로 버린 폐홍합을 생각하면 속이 쓰렸는데 올해도 작년 꼬락서니를 닮아가는 모양이 영 글렀다.

“거 젊은 사람이 말귀를 참 못 알아듣네. 자리가 없다잖여!”

배를 선착장에 들이고 뭍으로 올라서는데 고달명의 탁한 목소리가 들려왔다. 이제 갓 사십줄에 들었음직한 부부가 고개를 주억거리며 눈치를 살피고 있었다.

“어촌계 가입도 안 되고, 배를 사도 정박할 곳도 없다는 말이네요.”

"우야튼 여긴 배가 아니라 배 할아비라도 댈 데가 없다 이거여."

"무조건 없다는 것이 말이 됩니까? 왜 안 되는지 이유라도 설명해 주셔야죠?"

"귀언지 뭔지 시방 나는 모르는 일이고, 없다면 없는 줄 알지 뭔 말이 그렇게 많다? 바빠죽겠는 사람 붙잡고…."

방파제 펜스에 걸터앉은 고달명이 고개를 돌렸다. 바쁜 일이라곤 있어 보이지 않는 태도가 젊은 부부를 더 안달하게 하는 모양이었다. 가끔씩 볼 수 있는 광경이라 대수로울 것은 없지만 고달명의 잔뜩 굳어 있는 어깨를 보고 있으려니 괜한 심통이 일어났다. 나는 젊은 부부에게로 다가가 명함을 내밀었다.

"군의원 조천석입니다. 무슨 일이 있으신지?"

"자넨 그냥 참견하지 말고 가던 길이나 가지그려?"

나를 흘겨보는 눈빛은 시건방 그만 떨고 하던 일이나 하라는 경고이거나, 어촌계장이라는 권위에 겁 없이 도전하지 말라는 뜻처럼 느껴졌다. 그에게 나는 차려주는 밥상만 지키고 더 이상의 욕심을 부리는 일은 용납되지 않는 존재였다. 지난 번 선거를 마치고 마치 자신이 선거에 승리한 양 기고만장하던 고달명이었다. 내가 뒷돈을 얼마나 찔러주었느냐는 중요하지 않았다. 고졸인 내가 한민당의 공천을 받게 된 것도, 막개만 주민들의 몰표를 몰아준 것도 모두 자신의 공이었음을 노골적으로 이야기하고 다녔다.

고달명의 목소리가 높아지자 젊은 부부는 몸을 돌렸다. 처진 어깨를 하고 돌아서는 그들의 뒷모습을 보자 나도 그만 흥미를 잃고 말았다. 고달명의 심기를 어떻게 해볼 심산으로 끼어든 것인데 바람 빠진 소불알처럼 속이 휑했다.

삽살개 한 마리가 꼬리를 치며 지나갔다. 누구 집 개였더라. 제포댁 누렁이는 아니었다. 누렁이는 늘 짧은 줄에 매여 큰 덩치를 구부정하게 말아 판자로 만든 개집 옆에 웅크리고 있었다. 나는 누렁이가 한번도 그곳을 떠나 있는 것을 본 적이 없었다. 플라스틱 사료 그릇은 볼 때마다 비어 있었고, 물을 담은 양은 주발은 저만치 떨어져 있어서 목줄이 닿기나 하는지 의문스러웠다. 삽살개는 어디서 굴러온 유기견일 수도 있었지만 그런 것에 신경쓸 사람은 없었다. 개란 동물은 본시 인간친화적이어서 저에게 해코지만 하지 않으면 먼저 달려드는 법이 없는 놈이다. 괜히 귀엽니 어쩌니 하면서 예고 없이 손길을 내밀면 개는 그것을 자신을 공격하는 행위로 알고 방어적 차원에서 동물의 공격본능이 살아난다. 개만도 못한 인간은 자신에게 해가 될까봐 미리 상대방에 대한 적수를 내미는 것이 문제였다.

어촌계장이 가벼운 입놀림만 하지 않고 남의 일인 양 지켜보기만 했더라도 내가 먼저 나서서 그를 어쩌려고 하지는 않았을 테고, 내부아를 건드리지만 않았어도 그가 무슨 일을 하든지 참견하지 않았을 것이다. 고달명과 사이가 틀어진 것은 막개만 매립공사 문제가 생기고 나서부터였다. 어촌계의 양식장은 대체할 다른 장소를 물색 중이므로 계속 이어갈 수도 있고, 그렇지 않다면 해당 지분에 대한 보상도 충분히 할 수 있다는 공사 측의 설득은 무리 없이 먹혀들어갔고, 정부 정책이니 만큼 어떤 일이 있어도 결국 매립공사는 이루어질 것이라는 것에 대한 무력감이 사람들 사이에 팽배해 있었다.

무슨 환경보호단체에서 마을에 플래카드를 내걸고 반대운동을 하자 그제야 사람들은 술렁대기 시작했다. 고달명이 팔을 걷어붙이고 그들을 쫓아냈다. 저들은 공사 측에서 뒷돈을 주고 산 물귀신패들로 이런 일이 일어날 때마다 으레 통과의례로 하는 것이라는 주장이었다. 본격적으로 공사가 시작될 경우 일어나게 될 주민 반대를 미리 약하게 만드는 물타기작전, 주민이 주관해야 할 일을 그들이 대신하면서 주민들의 결속력을 약화시키고, 대화 창구가 불분명해지는 효과를 노린다는 뜻이었다. 그게 맞는지 틀리는지 알 수 없지만 하여튼 환경단체들의 반대는 반대를 위한 반대가 될 것이고 전시효과 이상의 의미는 없을 것이라는 고달명의 의견에 대해서 사람들은 기연가미연가했다.

사람들은 점점 군의원으로서 내 역할에 대해서 목소리를 높였다. 찬성인지 반대인지도 불분명할 뿐더러 마을의 손익에 대한 정확한 정보제공마저 해주지 않아 과연 주민 대표가 맞느냐며 석연치 않는 내 태도를 문제삼기 시작했다. 안타깝게도 그 점에 대해서는 나도 할 말이 없었다. 결국 주민들에게 떠밀리다시피 하여 공사 책임자를 만났지만 그들 얘기는 구구절절이 옳은 말인 듯 들려 무슨 반박을 할 수가 없었다. 더구나 어려운 국제정세와 정부 차원의 장기적인 해안개발계획을 들먹이는데 도통 무슨 말인지 알아들을 수도 없었다.

고달명의 주도로 매립반대비상대책회가 결성된 것은 나도 모르는 새 벌어진 일이었다. 위원장에 내 이름이 올라 있었는데 웃긴 것은 정작 나는 왕따가 되었다는 점이었다. 그는 보상단가 협의가 중요하다는 내 말을 공사 측과 담합해서 이미 가격 결정을 끝냈다는 의미로 부풀려서 사람들에게 떠벌였다. 사람들은 고달명의 말을 믿기 시작했고, 다시는 조천석을 군의원으로 뽑지 말자는 분위기는 빠르게 확산되었다. 심지어 또 나를 당선시키면 그때는 공사 측과 결탁해서 마을을 팔아먹을지도 모른다는 말까지 떠돌았다.

고달명은 방송국과 지방 신문사에 전화를 하고, 이곳 출신 국회위원 보좌관과 연락을 하고, 군수에게 보낼 질의문도 만들고, 회의 때마다 한 움큼 자료를 뿌렸다. 사람들은 고달명의 열정과 사명 의식에 존경을 표했다. 이상한 것은 그런 자료들이나 정보들을 어디서 어떻게 구하는지에 대해서는 도통 입을 다문 점이었다. 나는 마을 사람들에게 고립되어 갔고 고달명은 마을의 수호신으로 승격했다. 사람들은 다음 선거에는 고달명이 군의원이 되어야 한다고 입을 모았고, 고달명은 차기 군의원 감으로 낙점이 되다시피 했다.

그런 고달명이 마을 어장 임대 비리로 경찰 조사를 받고 있다는 소문은 뜻밖이었다. 어촌계원이래야 매립공사 이후 절반이 빠져나가 남은 건 30여 명 정도였고 대부분 노인들이었다. 공동작업 때마다 어촌계장은 젊은 일손이 없어서 작업이 되지 않는다며 한숨을 내쉬곤 했다. 계원 중 10여 명은 적만 두었을 뿐이지 노령으로 거의 일손이 되지 않는 상태였다. 그럼에도 불구하고 고달명은 계원들 앞에서는 내색않고 꼬박꼬박 배당금을 나눠주었다. 계원들의 신임을 받고 있는 이런 상황에서 그들 중에서 고달명을 고발할 사람은 없다고 보는 것이 옳았다. 다만 때때로 고달명의 일방적인 일 처리를 두고 불만 섞인 소리가 나오긴 했지만 그것도 심한 정도는 아니었다. 믿음직한 사람이니 알아서 잘하겠지 하는 식으로 넘어갔다.

처음에는 앓던 이빨이 빠진 것처럼 속이 후련했다. 그런데 뭔가 찜찜한 구석이 남아 있었는데, 그 다음날 종수가 전라도 어느 어촌에 정착할 거라는 이야기가 들렸다. 반드시 고향으로 돌아오겠다던 종수였다. 고달명으로부터 아무런 연락도 없었고 어떤 낌새도 맡을 수 없었다. 그날 셋이 만났을 때 분명히 고달명은 날더러 종수 건을 제대로 처리하라는 무언의 압박을 주었다. 그건 자신의 일이 곧 내 일임을, 자신이 잘못되는 날에는 나도 함께 공멸한다는 것을 암시하는 것이기도 했다.

선거 후보자 공고일이 가까워지고 도당을 오가며 바쁘게 지내다 보니 그저 그런 소문이 있겠거니 하고 신경을 쓰지 않았고 종수 일도 까맣게 잊고 있었다. 후보자 발표 마감일 이틀 앞두고 오랜만에 동네를 한 바퀴 돌았다. 유력한 경쟁자였던 고달명이 그 지경이 되었으니 공천도 받을 수 있을 것이고 이번 선거에도 큰 어려움 없이 당선이 될 것이니 호재가 겹쳤다.

마을은 봄의 푸른 바람과 쪽빛 하늘을 찍어 내린 투명한 햇살이 고샅마다 넘실거렸다. 봄기운을 좇아 따라온 낚시꾼 몇 명이 갯가에서 낚싯줄을 드리우고 있었고, 선착장 갈매기는 선창을 빠져나가는 뱃길에 피어나는 하얀 물보라를 따라 무리를 지어 앞서거니 뒤서거니 날개를 파닥거리며 끼끼거렸다. 초록 바다에서는 겨우내 얼었던 심해의 풀 향기가 솟아오르면서 아지랑이를 만들었고, 그 사이를 느긋하게 스쳐지나가는 바람에서 물고기 지느러미 움직이는 소리가 묻어나왔다.

검은 고양이 한 마리가 방조제 펜스 위에서 날렵한 모습으로 앉았고, 그 아래 제포댁이 아들 내외와 그물 손질하는 소리가 토닥토닥 들려왔다. 햇살은 누구에게나 공평하게 따뜻한 볕을 내려주었고, 그 온기가 피어오르는 물목을 걷고 있는 내 걸음걸이는 가볍고 경쾌했다. 적당히 소란스럽다 문득 정적이 들고 나는 그런 분위기의 어귀는 오래 전의 모습과 아무것도 달라진 게 없었다.

해거름에 어촌계장이 막개식당에 있다며 나를 찾았다. 종수 얘기 같은 핑계가 없는 걸 보면 혼자 있는 모양이었다. 그냥 술이 마시고 싶어서 나를 부른 것은 아닐 테지만 왜 불렀는지 묻는 것도 머쓱했다. 고달명이 내게 몇 시냐고 묻고는 소주를 털어넣었다. 엉성한 식당 문이 소리나게 열리면서 종수가 모습을 드러냈다.

"천석아, 고 계장님이 어촌계 가입시켜주신대, 나야 너무 고맙지. 앞으로 신세 많이 지게 생겼어."

"종수가 고깃배도 주문을 했던디, 조 의원 배 옆자리 좀 내어주지 그려? 아, 친구 좋다는 게 뭐겄어!"

이번에는 입 천장이다. 갈치조림은 별미지만 늘 그놈의 가시가 문제였다. 전번 혀끝 통증보다 더 심했다. 해풍이 식당 추녀에 매달린 풍경을 울렸다.

멧돼지 사냥

멧돼지 사냥

오후 늦게 오창으로 내려간 것은 오 기자가 전화를 했기 때문이었다. 회사에 시급히 처리해야 할 일이 있는 것은 아니었지만 출장 보고를 받는 부장은 떨떠름한 표정을 감추지 않았다. 오 기자의 느닷없는 호출을 기분 나빠하기보다는 내가 또 무슨 책을 잡힐 일은 벌인 것이 아닌지 의심하는 눈초리였다. 그렇다고 자신이 직접 나서서 문제를 해결하겠다는 생각은 전혀 없는 인간이므로 혼잣말로 투덜거리는 것인데 그것이 꼭 나의 무능력을 탓하는 말로 들려 나 또한 썩 좋은 기분은 아니었다. 더구나 오 기자가 먼저 전화를 걸어오는 일은 내 희생을 담보로 그의 개인적 이익 확보가 필요한 경우에만 있는 일이기에 더욱 그랬다. 정기 재고조사를 하고 있던 중에 오 기자의 탁하고 굵은 목소리를 듣자마자 갑자기 속에서 구역질이 올라왔다. 그가 바쁜데 불러내서 미안하다고 말했지만 그것은 곧 내게 미안한 짓을 하겠노라는 예고의 상투적인 수법이었다. 그동안 내가 겪은 오 기자는 상대방에게 사회적으로 규정된 예의의 형식을 갖춤으로써 자신의 행동에 합법성과 정당성을 부여하고, 그것으로 이득을 챙기는 이기주의자의 전형을 보여준 인물이었다.

"바쁘면 일 보쇼. 좋은 고기가 들어왔다고 해서 부러 정 팀장한테 연락한 거구만."

오 기자는 내가 조금이라도 뜸을 들이는 것을 못참아했다. 자신에 대한 무례한 행동으로 받아들였다. 그는 늘 자신이 내게 최대한 예의를 갖추고 있다고 믿는 눈치였다. 내 입장에서는 거부 의사를 표시할 수도 있고 반박도 가능했지만 그것은 내가 그와의 사회적 친분을 끊는다는 조건에서만 성립되는 일이었다. 유치원생 수준의 이같은 단순논리도 둘 사이의 힘의 균형이 무너지면 엄청난 폭발력을 가진다. 더구나 상대방의 약점까지 이용할 줄 아는 영악한 사회적 인간이라면 무기가 없는 적을 내려다보는 양손에 검을 쥔 말 탄 장수가 된다. 오 기자와 나의 관계가 그 정도까지는 아닌 건지, 아니면 그조차도 내 생각뿐일지는 알 수 없는 노릇이었다. 이미 한 손에 신문기자라는 검을 쥐고 있는 그에게 또 다른 손에 내가 검을 쥐어주게 된 일은 뜻하지 않은, 그야말로 우발적 사고 같은 것이었다.

지난 주 인사 차 사무실에 들른 오 기자는 구내식당 지붕과 경사지게 이어붙인 천막구조물을 보면서 고개를 갸웃거렸다.

"이런 것도 허가받고 지어요? 천막창고 치고는 엄청 큰데."

철골조를 세우고 천막으로 둘러친 반품창고는 불법건물이었으나 천막으로는 건축 허가가 나지 않아 철거하지도, 그렇다고 다시 짓지 못하고 어정쩡한 상태로 사용해왔다.

"고급 우산입니다. 작지만 방문 기념으로 받아주십시오."

"그럼 무허가 건물이란 얘기네."

작년 하반기부터 갑자기 늘어난 물량 때문에 어쩔 수 없이 창고 대용으로 임시 사용 중이라는 어설픈 변명을 댔다. 내년에 패널로 다시

지을 것이라며 계획에도 없던 말도 덧붙였다. 오 기자는 회사의 고충을 충분히 알 것 같다며 고개를 끄덕였다. 내가 이해해줘서 고맙다고 하자 그는 지역 발전을 위해 노력할 의무는 신문사도 예외가 아니라고 말하면서 싱거운 웃음을 보였다. 식사라도 하고 가라는 내 말에 오 기자는 누가 들으면 취재를 핑계로 갑질하는 것으로 오해할 것이라며 손사래를 쳤다. 그가 이마 위로 아무렇게나 흘러내린 머리칼을 입바람으로 휘휘 불어올렸다.

다음 날 K신문 사회면에 지역사회 발전이라는 미명 아래 무차별적으로 행해지는 기업들의 불법현장 고발이라는 기획기사가 떴다. 시리즈로 내보내겠다는 기획기사의 취지는 관내에 입주한 기업들의 불법사례를 널리 알려 건전한 지역사회 만들기에 역행하는 대기업의 횡포를 고발하겠다는 것이었다. 그 첫 번째 사례로 대기업들의 무허가 구축물에 대한 실태부터 파헤치겠다고 썼다. 출근하자마자 나를 호출한 부장은 신문을 던져주면서 눈살을 찌푸렸다. 기획기사의 예고 중에 우리 회사도 포함되어 있었다.

“무조건 막아! 수단 방법, 물불 가리지 말고!”

사장이 가장 싫어하는 것이 매스컴의 부정적 기사임을 상기시켰다.

명덕사 주차장에서 기다리고 있던 오 기자는 나를 보자 대뜸 운이 참 좋으신 분이라며 별식을 대접하겠다고 팔을 이끌었다. 그가 말하는 운이라는 것이 내겐 불운이라는 사실을 알면서 하는 말일까. 앙상한 은행나무에 걸린 햇살에서 온기를 전해받을 수 있다면, 길가 바위틈으로 흘러내린 얼음장 위를 미끄러지지 않고 가로지르는 다람쥐가 잠시 멈추어준다면, 대웅전 너머 남빛 하늘로 기러기가 무리지어 날아가는 것을 본다면 그건 운이라고 할 수 있다. 인간의 우격다짐으로 급조된 상황에서 선택의 여지를 없애는 일은 운이 아니라 규칙이고 게임일 뿐이다. 진실과 거짓의 양면이 가식의 탈을 쓰고 실체를 전도시키는 게임을 즐길 여유는 내게 없었다. 세상의 속을 들여다보면 양파 껍질 같은 근거 없는 막이 얼마나 많이 드리워져 있는지, 그 속엣것들을 펼쳐보려는 용기를 내려면 얼마나 많은 기만의 여울을 넘어야 하는지 그에겐 중요하지 않을 터였다. 일주일 만에, 그것도 당당하게 전화를 해서 나를 이곳까지 불러낸 인간임에야.

비포장 산길로 접어들어 도착한 곳은 멧돼지농장이라는 간판이 붙어 있는 식당이었다. 주인이 직접 멧돼지를 사육하므로 품질은 보증할 수 있다고 오 기자는 엄지를 추켜세웠다.

"기자님 연락받고 특별히 남겨두었습니다. 가슴 갈빗살이요."

오 기자가 말한 별식이란 멧돼지 고기였고, 내게 운이 좋다고 한 것은 사육 멧돼지가 아닌 야생 멧돼지를 먹을 수 있다는 뜻이었다. 어젯밤에 한 마리가 들어왔는데 단골손님들에게 거의 팔렸다고 주인이 너스레를 떨었다. 벌건 핏물이 배여 있는 가슴 갈빗살을 내가 보는 앞에서 잘라냈다. 오 기자는 고기 맛을 제대로 보아야 한다며 구이와 전골 요리를 주문했고 반주까지 걸쳤다. 내가 처음 먹는다고 하자 아무나 구경 못하는 별미라는 말을 몇 번이고 되풀이했다. 게걸스럽게 먹는 오 기자의 모습을 보면서 그가 왜 행운이라고 말했는지 알 것도 같았다. 다만 그의 행운이 나에게는 아닐 수도 있다는 진실을 말하지 못하는 것이 내겐 불행이었다. 그의 행운은 인위적인 것이었고 나의 불행은 그와 이 세계를 공유할 수밖에 없는 현실 속에 있었다. 나는 음식값을 지불하고, 별도 주문한 포장육을 오 기자 승용차 트렁크에 실었다.

자동차 전조등 불빛이 소리 없이 어둠을 지워나갔다. 빛의 파장이 닿는 곳마다 세상은 어김없이 숨겨둔 나신을 선명하게 드러냈다. 빛줄기 흐름을 따라 희미한 형체들이 검거나 붉은 때때로 잿빛을 내며 번득였다. 엷은 밤안개 입자들이 빚어내는 음울한 기운이 굳게 닫힌 차창의 보이지 않는 틈 사이로 연기처럼 스며들어와 온몸을 휘감았다. 나는 핸들을 잡은 손에 힘을 주면서 부르르 몸을 떨었다. 국도 위를 가득 채우고 있는 것들은 빠르거나 혹은 느리게 자신의 모습을 바꿔가며 때론 무리를 지으면서 차창 가까이 왔다가 다시 재빠르게 멀어지곤 했다. 그것들의 본연의 모습인지 빛으로 위장한 허상인지 분간이 가지 않았다.

전조등 불빛 속으로 검은 물체가 예고도 없이 빨려들었다. 황급히 오른발을 브레이크 페달로 옮겼다. 범퍼에서 둔탁한 소리가 난 것과 알 수 없는 검은 덩어리가 튀어오른 것은 거의 동시였다. 몸으로 느껴지는 차체 충격이 적지 않은 것을 보아 제법 큰놈이 치인 모양이었다. 듣고 보기만 했지 남의 일처럼 생각했던 로드킬, 상황은 아주 빠르고 짧게 일어났고, 종결되었다. 그놈이 너구리였는지, 고라니였는지, 길고양이였는지, 유기견이었는지, 아니면 멧돼지였는지는 알 수 없었다. 나는 이차 교통사고 우려 때문에 차를 멈추지 않았고 곧장

터널로 진입했다.

그놈은 죽었을까. 도로에 널브러져 또 다른 차량에 부딪쳤을까. 하필 그 시각 그 지점에서 튀어나왔을까. 내가 속도를 조금만 줄였다면, 아니면 조금 더 빨랐다면 그놈은 살았을까. 범퍼는 얼마나 망가졌을까. 수리비 때문에 차량 보험 수가가 오르지는 않을까. 잡념들이 뒤죽박죽 머리를 들쑤셨다. 게다가 뒤처리를 하지 않고 죄인처럼 도망가는 개운치 않은 느낌까지 기분이 더럽다. 속까지 제자리를 못 찾아 울렁거리는 기분이다. 이 시간에 이런 불길한 일이 하필이면 내게 일어나게 된 이유가 뭘까. 예기치 않은 사건의 시작과 결말이 우연이었을까. 세상의 모든 자연법칙은 반드시 인과관계가 있는 것이라는 어느 철학자 말이 아니더라도 조금 전까지 전조등 빛줄기의 현란한 광채를 탐미하던 쾌락이 방해받은 이유는 뭘까.

새벽 시간도 아니었고 로드킬 주의 표시판도 없던 곳에서 길 잃은 동물 한 마리가, 그것도 그 많은 차들이 지나가는 도로에서 꼭 내가 지나가는 그 시각에 튀어나온 것이나, 직원들과 회식을 하고 있어야 할 때 뜬금없이 산속에서 멧돼지 고기를, 그것도 염라대왕 앞에 끌려온 죄인 심정으로 먹어야 했던 것도 그냥 의미 없이 지나쳐도 될 그런 일상사로 분류할 수 없는 일들이었다. 로드킬을 당한 것이나 멧돼지 고기를 먹은 경험 둘 다 난생 처음이었다. 내가 먹었던 멧돼지는 어젯밤 포수가 잡은 것이라고 했다. 멧돼지 쓸개 값이 백만 원이라니 나머지 고깃살들은 포수에게 의미가 없을 것, 그에게는 쓰레기에 불과한 고기를 나는 돈을 주고 사먹었다. 오 기자에게 건넨 봉투 속의 현금이 고기값이었던 셈이었다.

조금 전 그 일이 일어나기까지 멧돼지 고기를 먹었다는 사실을 잊고 있었다. 로드킬과 멧돼지 고기를 먹은 일, 얼른 보면 전혀 관련도 없을 것 같은 두 개의 사건이 내 뜻과 다르게 서로 얽히기 시작했다. 생각을 떨쳐내려 할수록 사념의 흡혈판은 집요하게 달라붙었다. 오히려 더 또렷하게 머릿속을 채워가더니 분명한 사실 관계처럼 자리를 잡았다. 이들을 이토록 선명한 이미지로 남도록 만드는 매개물은 무엇인가. 찜찜한 뒤끝을 따라가던 생각은 차가 터널로 진입하면서 까닭모를 짜증으로 돌변했다.

길가에 차를 멈추고 아내에게 전화를 걸었다. 아내가 전화를 받으면 무슨 말부터 꺼내야 할까. 재수가 없으려니 젠장, 생돈 버리게 생겼어. 액땜한 걸로 치지 뭐, 이만하기 그나마 다행이지. 아내는 전화를 받지 않았다. 아직 잠자리에 들 시간은 아니고, 또 아이들도 자지 않고 있는데 먼저 잠자리에 들 위인은 아니었다. 그렇다고 통화 중이라는 멘트도 없는 것을 보면 뻔했다. 아내는 요즘 들어 건망증이 생겼는지 휴대폰 찾는 것을 일로 삼았다. 아내의 동선과 휴대폰을 두는 장소는 서로 어긋났다. 설거지하다가 거실 소파에, 딸 옷을 챙기다가 화장실에, 빨래를 널다 안방에 두는 식이었다.

"당신 어디야?"

아내는 내가 두 번씩이나 전화를 했다는 사실은 모르고 있었다. 어디냐고 묻는 아내의 목소리에 날이 섰다.

"엄마가 좀 이상해. 치매기가 있나봐. 이런 날은 빨리 좀 들어오지!"

멀쩡하던 양반이 갑자기 치매가 걸렸다는 아내의 말은 내가 할 대답과 상관없이 먼저 나에 대한 추궁의 벼리를 당길 참이었다. 장모가 이렇게 된 그 책임의 일부가 내게 있다는 뜻이었다. 지난 달 화장실에서 넘어져 병원에 갔을 때 의사는 특별히 이상한 곳은 보이지 않는다며 운이 좋았다는 말을 했다. 아내는 정밀검사를 받자고 우겼다. 엑스레이로는 정확한 진단을 내릴 수 없으니 이참에 엠알아이도 찍어보고 종합검진을 받자는 것이었지만 장모는 한사코 거부했다. 병원을 나서던 아내의 입이 한 자나 나왔다. 장모가 내 눈치를 보아 마음에도 없는 거절 의사를 표시한 것인데 내가 그런 낌새도 알아채지 못하는 꽉 막힌 어른아이라고 한심스런 표정을 지었다. 아내는 장모의 치매기가 그때 제대로 치료를 하지 않은 후유증 때문이라고 결론을 내리고, 내가 그 책임에서 벗어날 수 없다는 점을 에둘러 얘기하고 있었다.

거실 중앙등 전구가 또 나갔다. 내가 전구 갈아끼우기가 여간 불편하지 않다는 말을 푸념으로 늘어놓았을 때 아내는 엘이디로 바꾸라고 몇 번 얘기했다. 누구 남편은 설거지까지 도맡아한다는데 그깟 전구 하나 제대로 해결하지 못하느냐는 말을 들은 지도 며칠 되었다. 소파 모서리에 걸터앉아 밖을 내다보고 있는 아내의 허리가 제법 굽어보였다. 내가 인기척을 냈는데도 고개조차 돌리지 않는다.

"장모님은 좀 어때?"

"그렇게 궁금한 사람이 하루 종일 전화 한 통 없어, 당신이 사위가 맞긴 맞아?"

"갑자기 일이 좀 생겨서 지방 출장 좀 가느라."

아내가 얼굴을 돌렸다. 아내의 눈길을 피해 냉장고에서 생수를 꺼내 벌컥벌컥 들이켰다. 아내가 일어나 안방으로 향했다. 무슨 말이든 붙여보려고 뒤따르는데 코앞에서 안방 문이 세차게 닫혔다. 나는 서류가방을 소파 위에 아무렇게나 던졌다. 회사에서나 집안에서나 내가 잘못한 게 뭔지 알 수가 없는 것이 울화통이 난다. 그렇다고 성질을 부릴 누군가가 있지도 않은 점이 더 열받게 만든다. 일상이지만 늘 낯설고 목구멍이 조이는 기분이다. 넥타이를 풀면서 딸아이 방문을 열었다. 장모는 방바닥에서 이불도 덮지 않은 채 잠이 들었다. 침대 이불을 끌어서 덮어주고 나오는데 안방에서 훌쩍이는 소리가 들렸다.

"내가 못나서 그래. 딸이 뭔 일을 당하고 있는지도 모르는 게 무슨 엄마야!"

아내는 베갯잇으로 눈물을 닦으면서 내게 들으라는 듯이 푸념을 했다.

"내가 평소 뭔 죄를 지었길래 이러냐 말야!"

"뭔 일인데 또?"

"여보, 우리 딸 어떻게 해!"

아내가 이번에는 나를 올려다보며 울음을 터뜨렸다.

딸은 그동안 학교에서 왕따를 당하고 있었다. 며칠을 영어학원에 가지 않았다는 사실을 뒤늦게 안 아내는 딸과 실랑이를 벌였던 모양이었다. 아내의 추궁에 딸은, "관심 좀 꺼주시죠"라며 짜증을 냈다. 이런 비아냥이나 엄마의 말을 무시하는 행동을 소위 중2병이라는 사춘기 증상으로 치부하기엔 딸의 행동이 점점 이상해졌다. 먹지도 않고 방안에 틀어박혀 잠만 잤다. 그러다 때때로 한숨과 흐느낌이 방을 넘었다.

"돈 좀 줘."

"용돈 준 지가 언젠데 벌써 돈을 달래?"

"아, 그냥 묻지 말고 좀 주면 안 돼?"

점점 엇나가는 아이의 버릇을 고치겠다며 아이를 닦달하자, "엄마가 언제 나한테 관심이나 있었어? 그냥 돈이나 줘" 같은 말로 소리를 질렀다. 아내는 뭔가 이상한 낌새를 느끼고 아이를 주의 깊게 관찰하기 시작했다. 어젯밤 자고 있는 아이의 방에 불을 끄러 갔을 때 휴대폰 SNS 알림음이 울렸고 무심결에 문자를 확인했다.

"존나 쩔어요."

아내는 어둠 속에서 환한 빛이 꺼질 틈 없이 울려대는 딸의 휴대폰 속 문자를 뜻 없이 읽다가는 기어이 몸을 떨었다.

"미친년, 너 걸레냐? 남자한테 미쳤냐?"

"별게 다 꼬리치고 지랄이야."

선배 남학생의 추근거림을 딸은 별다른 의미 없이 받아줬고, 이 사실을 남학생의 일진 여자 친구가 알게 되었다. 딸아이의 "내 탓이 아니야"라는 일관된 항변은 그 여학생의 분노를 일으켰다. 학교에서 딸을 불러내 다른 학생들 앞에서 예쁘지도 않은 게 감히 자신의 남자 친구를 넘봤다고 모욕을 주었다. 여학생은 SNS에 이 사실을 퍼뜨렸고 다른 학교 일진들이 합세하면서 순식간에 딸에게 집단 왕따가 시작되었다. 혼자 고민을 하던 아내는 오늘 학교 선생님을 찾았다. 그리고 당분간 딸에게는 우리가 알고 있다는 사실을 비밀로 해달라고 부탁했다.

"너무 걱정 마세요, 그런 학생들은 주의인물로 관리대상이기 때문에 늘 더 큰 문제가 일어나지 않도록 지도 관찰하니까요. 우선 왕따를 당했다는 기록이 남아 있어야 하니까 문자 내용은 지우지 마시고요. 그 내용이 사라지면 기록이 없어서 저희도 처리하기가 어려워지거든요."

담임은 아이를 위한 말인지, 학교를 위한 말인지 모를 모호한 대답으로 일관한 채 아내를 돌려보냈다.

"애가 무슨 잘못이겠어? 다 내 탓이야. 당신 회사 일 열심히 하면서 주는 돈으로 애 하나도 똑바로 못 키우고."

아내의 말이 은근히 거슬렸다. 아내는 내가 회사에만 충성한다고 알고 있지만 부장은 도리어 그 반대였다. 늘 개인적인 일만 머릿속에 가득 채우고 있어서 매사에 불성실하고 업무 처리에는 요령만 피운다고 생각했다. 그는 말끝마다 업무에 대한 열정을 가지라는 말을 내뱉었다. 자기 생각대로 하지 않으면 열정이 식었다는 것으로 결론을 내렸다. 그에겐 회사에 대한 무조건적 충성심이 곧 업무 능력과 열정을 가늠하는 척도였다. 맡긴 일을 성사시키지 못한 이유를 대면 핑계거리에 불과한 것이고, 상사에 대한 불만의 표시로 받아들였다. 나는 집에서는 아내에게, 밖에서는 부장에게 무능력한 인간이었다. 그 세계에서 내가 설 자리는 없었다. 그들 시선의 사각지대에서 회색인의 존재로 살아가야 하는 시간은 버려도 될 것들이었다.

"그래, 다 내 잘못이다."

"내가 언제 당신 잘못이라 그랬어?"

"그래서 나더러 뭘 어쩌라는 거야?"

아내가 나를 노려보았다. 씁쓸함과 실망감이 가득한 눈길이 내 몸을 훑었다. 아내는 딸의 방문 앞에서 한참 동안 서 있었다. 아내를 지켜보면서 어떤 말이나 행동도 취할 수 없었다. 하루 종일 돌아다니느라 지친 몸뚱이를 얼른 침대에 던지고만 싶었다. 아들녀석은 아직도 집에 들어오지 않았다. 등을 돌려 누운 아내는 밤새 어깨를 들썩였다.

가뜩이나 해결되지 않는 오 기자의 일로 마음이 무거워져 있는데 부장은 회사 주변으로 4차선 도로가 개설된다는 소문의 사실 여부와 도시개발계획에 대한 정보를 파악하라는 사장의 엄명을 보탰다. 그들이 살고 있는 곳은 나와 다른 세상이었다. 원하기만 하면 그게 무엇이든지 말 한마디로 해결된다고 믿는 그들은 내 시야가 닿지 않는 하늘 위 어디쯤, 만약 그런 세상이 있다면 낙원이라 불리는 곳에 살고 있었다. 거인처럼, 또는 신처럼 세상을 내려다보며. 나는 부장 앞에서 벌레가 된 기분이 들었다. 내가 문을 열고 나가면 그레고리 잠자처럼 변신하는 것은 아닐까.

서류가방을 챙겨 책상 위에 올려놓고 출입문 냉온수기로 향했다. 여직원이 혼자 지키는 사무실은 썰렁하다. 그녀는 컴퓨터 모니터에 시선을 고정하고 숨소리조차 내지 않았다. 영업팀과 운송팀원들이 이 시간에 사무실을 지킬 이유도 없었다. 얼굴을 맞대고 있다한들 그들이 나를 도와줄 수 있는 일은 없다. 모두가 세포처럼 얽혀 조직이라는 공동체를 중심으로 일사분란하게 움직이고 있는 것처럼 보이지만 그들 나름대로 꿍꿍이속은 따로 있었다. 술을 마실 때는 조직이 되지만 업무 시간으로 돌입하면 점조직처럼 움직였다. 팀 간 협조는 자발적이지 못하고 반드시 지시가 있어야 움직였다.

"편하잖아요. 뭘 안 해도 되고, 눈치볼 필요도 없고."

운송팀장의 지론이었다. 그렇다고 그가 무슨 비밀스런 업무를 가지고 있는 것도 아니었다. 직원들을 그렇게 만든 것이 사장인지 조직인지는 아리송했다. 사장은 늘 개인을 위해 희생할 필요는 없지만 회사를 위해 야근을 하는 일은 아름다운 모습이라는 야릇한 논리를 폈다.

커피를 마시며 문을 나서는데 휴대폰이 요동쳤다. 별로 친하지 않은 고등학교 동창이었다. 다짜고짜 백만 원만 융통해줄 수 없느냐고 물었다. 지난 달 동창모임에서 요즘 같으면 사업도 할 만하다고 호기를 부리던 녀석이었다. 이틀만 쓰고 바로 돌려줄 수 있다고 했지만 이미 혀가 말려드는 말투였다. 나는 세상이 말 한마디로 되는 일이 있다면 너를 신으로 모시겠다고 소리쳤다. 백만 원이 아니라 백억 원도 줄 수 있노라고 비꼬았다. 말 한마디로 모든 걸 해결하는 그들의 세상 속에서 터진 내 속내는 녀석에게 던진 또 다른 푸념일지 몰랐다. 녀석도 내 말이 뜬금없는 소리로 들렸는지 잠시 머뭇하다가 이내 요란한 웃음소리를 냈다. 하긴 요즘 세상에는 넘쳐나는 신들 때문에 남대문시장에서 옷을 사는 일처럼 골라잡기가 어렵다고 맞장구를 쳤다. 나는 농담삼아 유행하는 신이 무엇이냐고 물었다. 그가 킬킬거리면서 대답했다. 여신, 정신, 물신. 여자가 신이라는 그의 주장은 셋 중에 가장 그럴싸한 것이었다. 돈이나 권력은 아무나 갖지 못하므로 신으로 모실 만하고 여자는 남자가 아니므로 신이 될 수 있다는 얘기였다. 석가나 예수, 마호메트 등은 모두 남자였기 때문에 언젠가는 여자가 신이 될 날이 올 것이고 그때를 위해 미리 신으로 모시겠다는 말이었다. 평소 기발한 농담으로 좌중을 휘어잡던 녀석이었다. 한참 동안 뭐라고 지껄여대던 친구는 그때마냥 저 혼자 신나게 떠든다는 것이 머쓱했는지 미안하다며 전화를 끊었다. 휴대폰 기계 속으로 사라지는 그의 말소리가 외롭게 들렸다. 그는 백만 원에 양심을 팔고, 게다가 약장수 짓까지 해야만 하냐고 자문했을지도 모르는 일이었다. 갑자기 속이 메슥거렸다.

도청으로 향하던 핸들을 오창으로 돌린 것은 하루에도 몇 개의 신을 만들지 않으면 버틸 수가 없다던 그 친구의 마지막 말이 왠지 우스갯소리처럼 들리지 않았기 때문이었다. 며칠 사이에 내게 일어났던 일들은 우발적이거나 또는 필연적인 사고들이었다. 로드킬을 경험하는 일이 드물기는 하지만 누구에게든 일어날 수 있는 일이고, 노인의 치매는 그런 면에서 본다면 더구나 자연스런 현상일 수 있었다. 딸의 왕따도 문제가 심각하다는 정도의 차이일 뿐이지 학교 사회에서 생소한 일은 아니었다. 하필 내 딸이냐는 것에 무게를 둔다면 이기적인 발상이라는 비난은 감수해야 할 것이었다. 그런데 이런 별나지 않은 것들이 유별나게 어떤 의미로 다가오는 건 어떤 경고의 의미로 받아들이려는 내 생각 때문이었다. 그 경고의 징조가 멧돼지 고기였다.

멧돼지 고기를 오 기자의 입막음용으로 먹으면서부터 멧돼지는 단순한 동물이 아닌 엄청난 비밀을 가진 미로의 입구가 되고 말았다. 미로의 시작은 멧돼지였지만 그것이 로드킬이 되고, 장모 치매로 발전하고, 딸의 왕따 사건까지 현란하게 변모하는 중이었다. 내가 두려운 것은 그 다음으로 나타날 예측 불가능한 미로의 장애물이었다. 이미 보이지 않는 거대한 족쇄가 나를 옭아매고 있다는 환상에 사로잡힌 것이 평상적인 일상 유지를 어렵게 만든 것이 분명했다. 일상을 일상으로 수용하지 않고 특별한 경험의 시간 매듭으로 바라볼 때 생각지도 않은 의미가 부여되고 그것은 나를 구속하는 상징으로 자리잡게 된 모양이었다. 출장길이 그렇게 싫고 찜찜했던 기분도 이것과 연계선상에 있다는 느낌을 지울 수 없었다.

고속도로 휴게소에 들렀을 때 멧돼지농장 주인의 명함을 찾은 것은 뭔가 돌파구를 마련하지 않고서는 숨이 막혀 죽어버릴 것 같은 간절함 때문이었다. 멧돼지사건 이후 세상은 두 쪽으로 갈라졌고 나는 혼자만 이쪽 세상에 내버려졌다는 패배의식이 찾아왔다. 부장도, 아내도, 가족도, 친구도 나를 이쪽으로 떼다 밀어놓고는 그들의 세상으로 숨어버렸다. 내 세상은 오로지 나와 멧돼지 둘뿐이었다. 모든 것들이 신이 될 수 있다는 친구의 말은 이 상황에 딱 들어맞는 말이었다. 내 세계에서 어떤 방식으로든 멧돼지를 정리하지 않으면 저들의 세상으로 되돌아갈 출구는 없었다. 멧돼지라는 미로를 통과하는 것은 이제 선택이 아니라 생존의 유일한 탈출구가 되고 있었다.

멧돼지농장 주인은 늦어도 점심시간까지는 서둘러 현장에 도착해야 할 것이라고 말했다.

"원체 귀한 광경이니께, 멧돼지 잡는 거 우덜이야 구경이야 시켜줄라나 그건 모르겄는디, 말이나 넣어둘께요. 내 부탁이면 또 모르는 일이니께."

멧돼지가 나타났다고 신고가 들어온 곳은 진천의 어느 곳이었다. 마을 사람들 몇몇이 사냥꾼들이 준비하는 것을 멀거니 보고 있었다. 어제 낮에 뒷산 안 씨 조상 묏자리에 멧돼지 무리가 나타난 것은 겨울철 먹을 것을 찾아 내려왔을 거라고 단정했다.

"사냥개가 얄궂게 생겼어. 덩치가 저리 작아서야 멧돼지한테 가당키나 할까 모르겄어."

"저거 보우, 네 마리나 되잖어. 설마허니 넷이 덤비면 한 놈 못당허겄어?"

사냥개에 추적용 목줄을 매고 있던 강 포수는 내 차림새를 보고는 헛웃음을 지었다. 구두에다 넥타이 차림으로 산을 오르겠다고 왔으니 그럴 만도 했다. 트럭에서 낡은 운동화를 꺼내 흙을 툭툭 털어내더니 신으라고 눈짓을 했다.

"유 사장이 특별히 부탁해서 그러라고 했지만 별 구경거리는 아닐

거요."

같이 온 두 명의 포수들과 산의 지형을 살피면서 사냥 계획을 설명하던 강 포수는 어정쩡한 모습으로 서 있는 나를 돌아보며 말했다. 다른 포수들도 내 존재에 대해 크게 신경쓰지 않는 눈치였다.

외제차를 몰고 온 포수는 사냥을 취미로 즐긴다고 말했다. 생명을 죽이는 것을 취미로 갖고 있는 인간이라, 강자의 논리는 그래서 당당한 모양인지 그는 호탕한 웃음소리를 냈다. 또 다른 포수는 나름대로 명분을 가지고 있는 듯했다. 천적이 사라진 숲에 번식력이 뛰어나 기하급수적으로 불어나는 멧돼지의 개체수 조절을 이유로 들었다. 그들이 나누는 대화는 자신들 세계의 논리였다. 멧돼지가 삶의 터전인 산을 벗어나 마을이나 도시에 나타나는 것이 인간에 대한 경고라고 말하는 사람들이 옳은 건지, 도로 건설로 서식지가 조각나고, 도시개발로 임야가 줄어들면서 도시로 나올 수밖에 없는 상황에서 개체수 조절은 필수적이라는 말이 맞는 건지, 그것도 아니면 돈벌이수단으로 멧돼지를 잡는다는 사냥꾼들의 웃음이 절실한 건지 알 수 없었다. 서식지를 잃은 멧돼지가 도심 아파트와 음식점을 헤집고 다니는 뉴스가 시선을 끌지 못하는 세상에 멧돼지에 대한 이런저런 말들도 이미 사라져버린 시간 속에서 잊힐 것들이었다.

산을 오르는 일은 쉽지 않았다. 멀리서 보는 것과는 달리 가파른 경사와 미끄러운 낙엽 때문에 몸 가누기도 어려웠다. 길 옆 봉분이 심하게 훼손된 묘지에 카메라를 들이대자 강 포수는 멧돼지가 칡뿌리를 파먹은 흔적이라고 알려줬다. 산으로 오를수록 길은 없어지고 잡목이 앞을 가로막았다. 쌓인 활엽수 낙엽에 미끄러지면서 상수리 나무 잔가지에 머리가 부딪쳤다. 통증으로 정신이 가물거렸다. 다친 부위로 손을 가져가자 끈적끈적한 액체가 묻어났다. 손바닥에 묻은 피를 보자 두려움이 왈칵 밀려왔다.

미로는 예상 외로 어둡고 위험했다. 다시 세상에 혼자 남았다는 불안감이 엄습했다. 절망적인 이 느낌은 분명히 처음이 아니었다. 누구도, 부모님까지도 나를 구원해줄 수 없을 것이라는 소외감이 얼마나 무서운 일인지 내 몸은 기억하고 있었다. 하늘이 조금씩 내려앉는 것을 보면서 꼼짝도 할 수 없을 때의 공포감, 점점 좁혀지는 공간, 끝내 하늘과 땅이 맞닿고 그 사이에서 질식해가는 나, 그것은 꿈이 아니었다.

초등학교 때 노루사냥을 따라나선 적이 있었다. 엽총을 어깨에 멘 포수를 따라 친구들은 뒷산을 오르고 더 먼 산으로 향했다. 원을 그리며 빙 둘러선 친구들 가운데에서 나와 아이는 엉키고 흙바닥에서 굴렀다. 왜 둘만 싸워야 했는지 이유는 없었다. 싸움을 구경하고 싶은 친구들 때문이었다. "싸워라 싸워!" 친구들의 선택을 받은 그 아이는 알았을까. 왜 자신이어야 했는지. 내가 몰랐으니 그도 몰랐을까. 아이에게 어설픈 주먹을 내밀고 그 아이의 발길이 내 허벅지를 쳤을 때 나는 세상이 무너지는 것을 보았다. 꿈결 같은 세상이 또 있음을, 그동안 내가 알지 못했던 그들과 다른 세상이 있음을 똑똑히 보았다. 싸움은 앞서가던 포수의 재등장으로 시작도 끝도 없이 흐지부지되었고, 친구들은 포수 뒤를 좇았다. 나는 아픈 허벅지를 한 손으로 문지르며 절뚝이는 걸음으로 아이의 꽁무니를 따라갔다. 그렇지 않으면 나 혼자만 세상의 외톨이가 되고 말 것 같았기 때문이었다. 산봉우리 두 개를 넘으면서 친구들과의 간격은 점점 벌어지기 시작했다. 뒤돌아보는 친구는 아무도 없었다. 그들은 오로지 포수를 놓칠까봐 필사적으로 앞으로만 달렸다. 바위를 건너다가 발을 헛딛고 몸이 굴렀다. 데굴데굴 구르다가 무엇인가에 머리가 부딪쳤고 정신을 잃었다. 몇 바퀴를 굴렀는지 숫자를 세기에는 이미 정신은 까마득해졌다. 눈을 떴을 때 처음 느낀 것은 미로의 한가운데 혼자 내버려졌다는 공포감이었다. 주위는 어두웠고 어떤 소리도 들리지 않았다. 포수의 군화발 소리, 친구들의 시끄럽게 떠드는 소리, 날 부르는 엄마의 화난 목소리, 모든 소리들이 사라졌다. 나는 소리를 크게 내질렀다. 지르고 또 지르고. 소리가 나를 삼킬 때까지.

능선에 올라 주위를 살피던 강 포수는 습지 진흙 바닥을 가리켰다.

"저기 멧돼지가 몸을 뒹군 흔적이 보이죠? 근처에 있을 겁니다. 내 뒤에 바짝 붙어요."

추적기를 확인하는 강 포수의 눈매가 날카로웠다. 사냥개 짖는 소리가 가까이에서 들려왔다. 강 포수는 다른 포수들에게 무전기로 위치를 정해주었다. 네 마리의 사냥개가 멧돼지 한 마리를 둘러싸고 빙글빙글 돌고 있었다. 멧돼지가 이리저리 움직일 때마다 사냥개들은 원형을 유지하며 집요하게 에워쌌다. 강 포수가 멧돼지를 향해 총구를 겨누었다.

장모 입원 수속을 하면서도 마음이 급했다. 부장에게 조금 늦었을 것 같다는 전화를 해놓았지만 불편하기는 마찬가지였다.

"얼른 가. 이젠 내가 알아서 할게."

등을 떠미는 아내의 손길이 편안했다.

책상 위에 누가 갖다놓았는지 K신문이 있었다. 사회면을 가득 채운 기사가 눈에 들어왔다. '대기업 불법 건축 성행'이라는 기사 제목 아래 회사 건물 사진이 큼지막하게 떴다. 건물 뒤편 철골조 천막창고의 흑백사진이 선명했다. 내가 부장실로 들어가려하자 조금 전 사장님 호출이 있었다고 여직원이 짤막하게 말했다. 신문을 덮으려다 작은 박스 기사의 사진이 눈에 띄었다. Y여중 학생 일진회 후배 폭행이라는 기사 제목 아래 한 여중생이 몇 명의 여학생들에게 둘러싸여 무릎을 꿇고 있는 사진이었다. 나는 급히 아내에게 전화를 걸었다. 아내는 아직 병원에 있었다.

"밖에서 뭘 하고 다니는 거야, 대체? 그 자리 들어올 사람은 차고 넘쳤다고."

부장은 사장 호출의 불편한 기색을 그렇게 내게 풀어냈다. 그동안 내가 가만히 있었던 것은 아니었다. 오 기자에게 끊임없이 연락을 취했지만 그는 계속 뜸만 들였다. 부장의 말대로 수단과 방법을 가리지 않고 마무리를 지으려했지만 오 기자는 가타부타 결정을 내려주지 않았다. 간혹 자신이 편한 시기에 전화를 걸어 오늘 날씨가 좋다는 둥, 어제 마신 술이 덜 깼다는 둥, 요즘 무슨 일 없느냐는 둥 시답지도 않는 말만 내뱉고는 전화를 끊었다. 무엇을 원하는지 분명하게 말하지 않았다. 돈을 요구하든지 술을 사달라고 하든지 무슨 표식이라도 주면 어찌하던 해보겠지만 도통 속내를 드러내지 않는 데야 속수무책이었다. "하이에나 같은 놈." 덕분에 마음은 초조해지고 몸무게는 줄어들었다. 일상은 말하자면 지옥 불길 위를 지나는 것처럼 위태했고, 처음도 끝도 보이지 않는 미로 속에서 이성의 몸피는 야위어가면서 굵은 주름으로 쭈글쭈글해졌다.

부장실을 나오자마자 오 기자에게 전화를 걸어 당장 신문사로 찾아가겠다고 말했다. 그가 노골적으로 불쾌감을 표시했지만 나는 아랑곳하지 않았다. 오 기자에게 어렵게 약속을 받아낸 나는 오늘은 어떻게든 매조지를 하리라는 결심을 다졌다. 눈물을 보이든가, 아니면 무릎을 꿇어서라도 이번 일을 끝낼 작정이었다.

"큰애가 멧돼지한테 물렸대."

아내의 울음 섞인 말소리에 멧돼지라는 뚜렷한 울림이 머리를 쳤다.

'이건 또 어떤 신의 장난질이야.'

오 기자와 담판을 짓기 위해 약속 장소로 가고 있을 때, 아내로부터 병원이라는 말을 듣고 처음에는 장모의 치매 증상이 심해진 건가라고 생각했다.

"중요한 약속이 있는데…."

의식과는 다른 또 다른 의식적인 말이 입 밖으로 튀어나갔다.

멧돼지에 물렸다면, 만약 송곳니에 물렸다면 살점이 여지없이 찢겨나갔을 것이다. 물린 부위가 팔인지 다리인지 몸통인지 아내는 말하지 않았다. 팔이나 다리에 물렸다면 골절은 기본일 것이고 몸통에 물렸다면 중상일 것이다. 멧돼지에게 물려 목숨까지 잃은 사람이 한 둘이 아니었다.

"당신 자식이 다쳤다구요!"

아내는 전화를 끊었다.

고대 사회에서 멧돼지를 신성한 짐승으로 받드는 경우가 있었다. 그리고 용맹함의 상징으로 멧돼지 소재의 신화도 세계 여러 나라에서 발견된다. 강원도 어느 곳에서는 멧돼지 형상의 나무를 마을 수호신처럼 보호하기도 한다. 그건 멧돼지가 인간의 적이 되기 전까지 적어도 터부시하는 대상은 아니었다는 이야기가 된다. 물론 그렇더라도, 동창 녀석의 말처럼 세상에 신이 넘치고 넘쳐나더라도 내가 멧돼지를 신으로 모시는 우스꽝스럽고 바보스런 미친 짓은 하지 않았겠지만. 그러나 이것은 내가 멧돼지와 교감을 하려는 것과는 다른 성질의 것이다. 예고 없이 내 삶으로 뛰어든 멧돼지에 대한 최소한의 배려였다. 또한 궤도를 벗어나고 있는 일상의 회복, 따돌림 당하면서 상처받고 훼손당한 내 존재의 치유라는 소박한 희망의 출발점이었다.

그날은, 신일지도 모르는 그 멧돼지는 내가 보는 앞에서 총 한 방에 쓰러진 날은, 멧돼지 사냥을 직접 눈으로 목격하고야 말겠다는 내 의지를 스스로 칭찬했던 날이었다. 강 포수에게 멧돼지는 단순한 취미용 사냥감에 불과할지 몰라도 내게 엄청난 의미를 가진 영험한 상징이 될 수 있었다. 멧돼지 죽음은 미로 탈출의 실타래였다. 그날 이후 모든 일이 이제 잘 풀릴 것이라고 믿고 싶었다. 그게 멧돼지든, 신이든, 거인이든, 내가 벌레로 변신하는 끔찍한 일을 막아줄 부적처럼 생각했다.

아들의 상처는 깊었다. 삼겹살집으로 난입한 멧돼지는 아들을 집중적으로 공격했다. 내가 화난 것은 다른 이유였다. 고등학생이 술집에서 소주를 마셔? 차라리 길을 가다가 멧돼지에 받혀 갈비뼈 두어 개 부러진 것이었다면 이렇게 처참한 기분이 들지 않았을 것이다. 딸은 연애질하다가 왕따를 당하지 않나, 아들은 불량배들과 어울려 대낮부터 소주를 마시지 않나.

"졸업한 선배라잖아?"

"후배 데려다 술 먹이는 게 무슨 선배야 양아치지. 도대체 뭘 어떻게 하고 다니기에 그런 놈들이 너를 넘보게 해?"

아내가 고개를 돌려 나를 쳐다보았다. 내 말소리는 초점 잃은 아내의 눈길에 흩어져버렸다. 말이 의미를 잃으면서 아내에게서 나라는 존재도 사라지고 있었다. 내가 쏟아낸 말은 파편이 되어 내게 되돌아왔다. 아들은 병실 창밖으로 고개를 돌린 채 입을 닫고 있었다. 침묵을 지키고 있는 아내와 아들의 자리에 내가 있을 곳은 없었다. 멧돼지가 물고 간 아들의 허벅지 살점이 내 뱃속에서 꿈틀거리고 있었다.

가벼운 침·묵

가벼운 침·묵

설핏 든 잠결에 달그락거리는 소리가 들렸다. 더듬더듬 열쇠를 꺼내고, 어렵게 꺼낸 열쇠를 손잡이 작은 구멍에 밀어넣기를 반복하는 소리가 끊어질듯 이어졌다. 철컥. 또렷하고 분명한 소리가 났다. 다 낡아 녹이 슨 현관문이 열리면서 나오는 쇳소리였다. 신경을 거슬리는 묘한 자극을 가진 소리다. 기름칠을 해야겠다는 며칠 전부터의 생각이 오늘도 지켜지지 못했다. 불편한 심사로 이불깃을 끌어올리며 돌아누었다. 현관문이 닫히고 둔탁한 소리들이 연이어 들렸다. 잘 벗겨지지 않는 신발을 내던지듯 벗어버리곤 좁은 현관에서 비틀대며 엇박자로 걸어들어오는 아내는, 제멋대로의 발걸음으로 오늘도 많이 취했음을 알렸다. 바닥에 널어놓은 밥상이 발에 걸렸는지 상 위에 있는 빈 그릇이 밀리면서 서로 부딪치는 소리가 났다. 화장실로 들어간 아내가 구토를 시작했다. 등을 두드려줄까 갈등하다 매일 반복되는 행동이란 생각에 살짝 미간에 힘이 들어갔다. 나는 잠든 척 미동도 없이 숨을 쉬며 아내의 행동에 촉을 세웠다. 어쩌면 아내는 내가 잠들지 않았음을 알고 있을지도 모른다. 아내가 옷을 갈아입으려고 옷장을 열었다. 아귀 맞지 않는 문짝 소리가 유난히 크게 들렸다.

"문짝 고쳐놓으라고 한 지가 언젠데, 하루 종일 그거 손볼 시간도 없든가…."

취한 아내는 한숨을 쉬며 중얼거렸다. 혼잣말 치고는 목소리가 컸다. 망가져버린 경첩 때문이라는 말이 목구멍까지 올라왔다. 사실 아내가 아니면 별로 열 일이 없는 옷장은 내게는 손봐야 할 목록에 있지도 않았다. 아내의 지시 이후 철물점에 들러볼 생각을 하고 있던 터였지만 역시나 옷장을 열 필요를 느끼지 못하는 내 하루의 계획에선 잊힌 일이기도 했다.

아내의 한숨소리에 섞여 나온 술 냄새가 코의 점막을 사정없이 훑고 지나갔다. 방 가득히 암울하고 팽팽한 기운이 거미줄처럼 얽혔다. 구시렁대던 아내가 아무렇게나 옷을 벗어던지고는 주방을 기웃거렸다.

"먹었으면 씻어놓던지, 라면 먹는다고 시위하는 거야 뭐야, 쳇, 누가 라면 먹으랬다고."

아내의 술주정 같은 빈정거림이 가슴을 후벼팠다. 나는 몸을 돌려 이불을 걷어냈다. 부스럭거리는 소리에 개수대 앞에 선 아내가 나를 돌아보았다.

"깼어? 내가 시끄럽게 했구나. 미안해. 갈증이 나서 물 좀 마시려구…."

아내의 반색에 역겨움이 솟았다.

"미안해. 내가 어떻게든 빨리 일자리 알아볼게."

"무슨 소리야? 나 괜찮아. 다른 데 신경쓰지 말고 공부나 해. 새벽에 공부할 사람 내가 부주의하게 깨웠네, 얼른 자."

수선스레 나를 밀어내는 아내의 눈동자는 풀어져 있었다.

"공무원 시험 준비는 뒤로 미루고 내일부터라도 인력시장에 나가 볼까?"

딱히 그럴 마음도 없으면서 나는 아내를 위하는 척 위선을 떨었다.

"인력시장? 거기서 뭘 하는데? 막노동? 당신 미쳤어? 그러지 마. 당신 그런 일 잘 못하는 거 내가 더 잘 알아. 올 가을 당신 시험 볼 때까지 나 참을 수 있어. 그동안 공부한 게 아깝지도 않아?"

"아니… 당신이 너무 힘들어하니까."

이런 대답이 아내에게 어떻게 들릴지 계산을 하는 스스로의 비열함에 자꾸만 등짝으로 벌레가 스멀스멀 기어가는 느낌을 떨쳐내지 못했다.

"나한테 미안하면 더 열심히 공부해. 이상한 소리 자꾸 하지 말고."

아내는 이불을 둥싯거리며 내가 빠져나온 자리를 차지하고는 벌렁 누워버렸다. 금세 아내의 코고는 소리가 들렸다. 술 냄새가 유별난 날이면 코골이도 덩달아 심했다.

처음 술 냄새를 풍기며 들어오던 날 아내는 손님들이 권하는 술을 피하지 못하는 이유를 변명처럼 떠들었다. 나의 시선을 외면하는 아내의 눈빛에서 불길함을 읽었다. 그때부터 아내는 술을 마시고 오는 날이 잦았고, 그 상황에 쉽게 익숙해지는 듯했다. 그리고 밤 늦게까지 기다리고 있는 내게 번번이 손님을 핑계 삼는 변명의 끝은 늘 미안하다는 말이었다.

"물… 나, 물 좀 줘."

나는 들여다보고 있던 책에서 눈을 떼고 아내를 돌아보았다.

"갈증이 나서. 당신은 안 자?"

나는 대답 대신 느리게 냉장고를 향해 걸었다. 물병을 꺼내 컵에 물을 흘려넣었다. 내가 컵을 내밀자 아내가 눈웃음을 지어보이며 컵을 받았다.

"아, 시원하다. 고마워. 나 먼저 잘게."

아내는 교태를 부리듯 살짝 웃고는 다시 이불을 끌어올려 몸을 뒤척이다 돌아누웠다. 등줄기로 서늘한 기운이 지나갔다.

눈을 떴을 때는 정오가 가까워져 있었다. 하지도 않는 공부를 한다고 책을 펴두고 잠을 설친 탓인지 몸이 뻐근하고 머리가 지끈거렸다. 살갗은 까칠하고 양 볼의 근육은 뻣뻣했다. 팔을 뻗어 머리맡에 둔 아내의 손거울을 가져다 얼굴을 비췄다. 푹 꺼진 눈 밑으로 주름살이 깊고 어둡게 패였다. 미간을 찌푸리는데 아랫입술이 경련을 일으키며 파르르 떨렸다. 나는 거울을 내던지고 벌떡 일어났다.

다시 미간을 모아 가늘게 눈을 뜨고 방안을 둘러보았다. 문짝이 네 개뿐인 작은 싱크대와 2구짜리 가스레인지, 키 낮은 낡은 냉장고와 10kg 쌀 한 봉지가 정량인 쌀통이 눈에 들어왔다. 쌀통 위에는 라면 박스가, 그 옆에는 넘치기 일보 직전인 쓰레기통이 반쯤 열린 채 놓여 있다. 벽에 박힌 콘크리트 못에는 세탁소용 흰 옷걸이가 걸려 있고, 옷걸이는 해어진 청색 운동복과 카키색 반바지를 후줄근하게 매달고 무게를 이기지 못한 채 벌어져 있었다. 옷걸이 아래에는 밥상 겸 책상으로 쓰고 있는 접이식 탁자가 얌전히 다리를 접고 벽에 기대서 있다. 벽 콘센트 가까이 전기밥통이 붙박이로 붙어 있고 그 옆으로 몇 권의 공무원 시험 교재와 영철이 그림책, 바퀴 빠진 소방차, 장난감 권총이 자리를 찾지 못하고 널브러져 있었다.

아내는 외출한 모양이었다. 찜질방에 갔는지도 몰랐다. 틈날 때마다 찾는 찜질방은 정말 아내의 말처럼 쌓인 피로와 허리 통증을 줄여주고 있을까. 요즘 들어 아내의 외출이 부쩍 늘었다. 다른 일을 찾아본다며 나가기도 했고, 때때로 등산을 간다며 배낭을 메고 나섰다. 냉장고에 노란 메모지가 붙어 있었다.

'미역국 끓여놨어. 아마 바로 출근할 것 같아.'

메모지를 구겨 쓰레기통으로 던졌다. 반쯤 열린 쓰레기통 뚜껑을 맞고 메모지가 바닥으로 떨어졌다.

어쩌면 아내의 외출은 바람직한 것인지도 몰랐다. 그 언저리로 상대방에 대한 믿음이 조금씩 무너지고 있다는 느낌만 갖지 않는다면 문제되지 않았다. 때때로 보여주는 눈웃음이라든지, 얼핏 내 눈치를 살핌으로써 배려하는 것처럼 보이는 아내의 태도를 믿음의 증거로 인식할 수 있으면 되는 일이었다. 취업 대신 공부만 하라는 아내, 취직에 대한 내 안의 거부감. 어느 것도 분명치 못한 상황에서 아내의 외출은 자연스러워졌고 내 늦잠도 습관처럼 굳어졌다. 나는 차츰 아내의 행선지를 묻지 않았고, 아내도 굳이 밝히지 않았다.

"피곤할 텐데 그냥 집에서 쉬지 그래?"

날선 신경에 간혹 아침 일찍 잠을 깨 아내를 참견했다. 물론 아내가 싫어할지 모르는 내 이른 기상은 아내를 위하는 일이 아닌 것은 분명했다.

"오늘 언니랑 산에 가기로 약속했는데…. 당신도 갈래?"

"아냐. 당신이 힘들까봐 그러는 거지. 난 시험 날짜도 얼마 안 남았고."

"참, 공부해야 하는구나. 난 당신의 그런 자세가 정말 존경스러워. 나 같으면 하루쯤 쉴 텐데. 그나저나 점심 챙기지 못해서 어쩌지? 그렇다고 또 라면으로 때우면 안 돼."

미안한 표정을 짓는 아내의 목소리는 늘 그랬던 것처럼 배려와 염려가 묻어났다. 영철이가 돌도 되기 전에 직장을 그만두게 되었을 때에도 아내는 동요하지 않았다. 오히려 직장을 구하는 일에 조급증을 나타내는 나를 위로했다. 두 번째 실직을 했을 때에도 아내는 모든 것이 잘될 것이라며 파이팅을 외쳤다. 나이 때문에 회사 취직이 점점 힘들어진다는 걱정에는 공무원 시험을 권유했다. 아내는 내가 시험에 합격할 때까지 생활을 책임질 테니 걱정하지 말라며 내 손을 꼭 잡았다.

"언니가 식당이 자리잡을 때까지만 좀 봐달래. 영철이는 어린이집에 보내든가 아님 엄마한테 얼마간 부탁하지 뭐."

아내가 일을 하겠다는 말에 나는 침묵을 지켰다. 막다른 골목으로 내몰린 기분이었다. 선택의 여지가 없는 상황이었지만 아내의 말투는 조심스러웠다. 학교 선배가 지배인으로 일하고 있다는 오거리 근처 일식집이 아내의 첫 직장이었다.

"출퇴근 거리가 좀 멀어서 그래. 퇴근할 때 버스도 잘 없구…."

두어 달 뒤 아내는 이사를 하고 싶다고 했다. 살고 있던 지하방 전세금과 은행 대출금을 합해 지금 이곳 열두 평짜리 오피스텔로 이사 올 때까지만 하더라도 일상은 크게 달라진 것이 없었다. 가끔 다투는 일이 있었지만 서로가 조심스러웠기 때문에 마음에 둘 정도는 아니었다. 몇 달 뒤 그 선배가 매출장부 조작으로 공금을 횡령하였다는 사실이 밝혀지면서 일식집에서 쫓겨나자 아내도 함께 그만두었다. 아내가 두 번째 직장을 구할 때는 목소리에 조금 힘이 들어갔다.

"사는 게 정말 맘같이 쉽지가 않네. 하기야, 누군들 다르게 살까만은…."

그 뒤로도 아내는 몇 차례 카페, 음식점을 옮겨가면서 혼자 살림을 꾸렸다. 아무 대책 없는 나로서는 아내의 어떤 결정에도 의견을 낼 수 없었다. 미안한 마음이 들었지만 겉으로 내색하지 않는 아내의 마음씀이 고마웠다. 둘 사이의 말수가 점점 줄어들고 있는 것 말고는 특별히 문제될 것은 없었다. 그때까지만 해도 아내의 눈웃음은 그림을 그린 것처럼 깔끔하고 단정했다.

아내가 식사로 때우지 말라던 라면을 후후 불어 입에 넣는데 휴대폰이 울렸다.

"갑자기 웬 등산이야?"

산에 가자는 두식의 목소리는 가라앉아 있었다.

"기분전환이나 하자고. 왜, 싫어? 그럼 그냥 술이나 마실래?"

등산을 가자던 녀석이 차린 차림새는 등산객들하고 영 어우러지지 못했다. 소매가 긴 점퍼를 걸친 두식은 꼭 얻어입은 옷을 걸친 듯 그들 사이에서 마냥 어설퍼보였다. 게다가 표정마저 낮게 내려앉은 구름처럼 음울해 들떠보이는 사람들과 여전히 동떨어져 있었다. 인파에 휩쓸려 오르는 동안 두식은 말수를 아꼈다.

오르내리는 등산객들과 몸을 툭툭 부딪칠 때마다 짜증이 났다. 한적한 산길의 고요한 기분을 예상했던 것부터 잘못이었다. 검은 선글라스를 끼고 빨간 립스틱을 바른 여자가 우리를 지나쳐갔다. 싸구려 화장품의 질 낮은 향이 땀과 범벅이 되어 코를 후벼팠다. 나는 얼른 고개를 돌리고 숨쉬기를 멈추었다. 구역질이 날 듯 역겨운 화장품 냄새는 분명 내가 평소에 싫어하는 아내의 몸에서 나는 것과 비슷했다.

"남자들은, 꼭 애같지 않아? 정말 바보들 같다니까. 물론 자기는 빼구."

나란히 걷고 있는 대머리 남자를 향해 빨간 립스틱이 경박하게 웃는다.

"남자는 단세포동물이라는 말이 정말 딱 맞아. 멍청하게 하나밖에 생각할 줄 모르잖아."

빨간 립스틱은 대머리 남자의 팔짱을 끼며 자신의 가슴을 바짝 붙였다. 대머리 남자는 정말 멍청한 단세포 바보처럼 입을 헤 벌리고 웃는다.

'아내가 오늘 산에 간다는 말을 했든가….'

갑자기 빨간 립스틱이 아내일지도 모른다는 생각이 들었다. 그러고 보니 말투도 비슷한 것 같았다. 대머리 남자의 존재가 의문이었지만 아내가 남자와 산에 오르지 말라는 법은 없었다. 머리가 지끈거렸다. 내가 발걸음을 빨리하자 두식이 끙끙거렸다.

"야, 천천히 가. 뭘 그렇게 서두르냐? 어차피 할 일도 없는 놈이!"

두식이 숨을 몰아쉬며 길가 바위에 등을 기댔다.

"그만 돌아갈까?"

나는 혼란스런 마음을 가다듬고 싶다는 생각에 주차장 들머리 두부집으로 두식을 이끌었다. 목선이 깊은 하얀 민소매 블라우스를 입은 옆 좌석 여자가 해물파전을 젓가락으로 집어 마주 앉은 남자에게 권하고 있었다. 들어올린 팔 안으로 검은 브래지어가 비쳤다. 남자가 손사래를 치자 여자는 눈을 흘기며 입을 벌리라는 시늉을 했다. 여자의 눈웃음이 아내를 닮았다.

"꽤나 좋겠다."

내가 아니꼬운 눈초리를 보내자 두식이 고개를 저었다.

"칫, 저게 정답 같냐?"

두식은 옆자리 남녀에게 눈길을 떼면서 입술을 비틀었다. 내가 웬 뜬금없는 소리냐고 묻자 두식은 입을 다물었다.

"애는 잘 크지? 오산으로 이사 갔다면서, 집들이 한번 해야지?"

"젠장, 집들이는 무슨, 나 이혼했어."

두식은 한숨을 길게 쉬며 술병을 들어 자신의 잔에 따랐다.

"그게 최선 같더라. 제길, 어떻게든 파국은 막아보려고 했는데 안 되는 건 안 되는 건지. 한 두어 달 됐어. 쪽팔려서 누구한테 말도 못 하고."

음식점을 가득 메운 하산객들의 시끄러운 소리가 두식의 넋두리 같은 말을 삼켜 잘 들리지 않았다. 두식은 아는 사람이라도 찾을까 주위를 둘러보더니 의자를 가까이 당겼다.

"미워했지만 이혼까지는 생각 안 했거든? 대체 내가 뭘 잘못했는지 모르겠어. 내가 뭘 그렇게 잘못했다고 사는 게 이렇게 엉망진창이 됐는지 알 수가 없다고. 생각할수록 억울해서 미치겠어."

얼굴이 불쾌해진 등산객들이 하나둘씩 빠져나가자 실내의 소란스러움이 조금씩 잦아들었다. 관계를 알 수 없던 옆자리 남녀도 어느 틈에 자리를 떴다.

"솔직히 나한텐 과분했지. 그런데 그런 여자를 두고 이 년씩이나 지방근무를 했다? 내가 미친 거지. 그렇지만 그렇다고 다 그러진 않잖아? 젠장, 얼굴값한다는 옛말 하나도 안 틀리더라."

서쪽으로 난 비닐창으로 들어오는 빛이 점점 약해지고 있다. 두식은 다시 자신의 술잔에 술을 채웠다.

"결국 실패했어. 방심했던 탓이지. 쓸데없는 생각만 너무 많았어. 시간이 모자랐다기보다도 염병할…. 정이라는 게 더럽게 더럽더라구!"

술을 털어넣은 두식의 얼굴이 침통하게 일그러졌다. 무엇을 실패했느냐고 물으려다가 입을 다물었다. 모질지 못한 두식의 성격으로 보아 예상이 가는 일이었다.

"나가서 한잔 더 할래?"

두식은 초점 없는 눈동자를 두어 번 굴리더니 몸을 비틀대며 일어서 그냥 가라고 손을 휘휘 내젓는다.

문을 나서자 현기증이 일었다. 돌아서 고개를 푹 떨군 채 터덜대며 걷는 두식의 뒷덜미를 향해 뭔가 말을 던지고 싶었는데 자꾸만 발음이 샜다.

"잘 · 가, 어 · 서…."

잘가라는 말을 하려는데 혀가 제대로 돌아가지 않았다. 입술에 힘을 주자 입술 사이로 바람이 설렁설렁 빠지는 기분이 들었다. 신경을 쓸수록 안면근육은 제멋대로 일그러지는 듯했다.

생각대로 집안은 텅 비었다. 밥솥의 전기코드는 꽂혀 있었고 가스레인지 위에 있는 뚝배기 그릇도 그대로였다. 먹다 만 라면도 우동면발 마냥 굵어져 다 식은 국물과 기름져 엉켜 있었다. 둘둘 말아 밀쳐둔 담요 사이에서 베개를 꺼내 벽면에 붙이고 덜렁 누었다. 텔레비전을 켰다. 이혼율이 급증하고 있다는 뉴스였다. 샹들리에 조명이 가득한 결혼식 장면과 야간업소가 즐비한 거리의 화려한 네온 조명이 점멸하듯 망막에 비치다 사라지고, 가동을 멈춘 녹슨 기계와 인적이라고는 없는 지방공단의 을씨년스러운 광경이 이어졌다. 지하철역에 신문지를 덮고 누워 있는 노숙자들의 광경, 연도별 이혼율 증가를 표시하는 막대그래프가 화면을 채웠다. 그래서 이혼 증가는 조명 때문이라는 거냐? 불편해진 심사로 텔레비전을 꺼버렸다.

화장실 거울 앞에 섰다. 이맛살을 찌푸리자 눈꺼풀이 파르르 떨렸다. 눈 모양을 가늘게 만들면서 눈살과 눈언저리로 신경을 모았다. 눈자위에 힘을 빼고 숨을 깊게 들이켰다. 콧구멍을 부풀리면서 입술을 얇게 오므렸다가 앞으로 쭉 내밀었다. 다시 왼쪽 입술꼬리를 아래로 늘어뜨리고 오른쪽 입술은 위로 비틀었다. 안면에 힘을 주자 근육이 뻣뻣해지면서 비틀고 있는 입술 주위에 마비증세가 오는 듯했다. 거울 속에는 영락없는 괴물이 들어 있었다. 흉측한 몰골은 또 다른 내 모습이었다.

냉장고 문을 열었다. 냉김이 모락모락 새어나왔다. 냉동칸은 성에가 두껍게 쌓였다. 냉장실 쪽으로 김치와 콩자반, 마른멸치를 넣은 반찬 그릇들이 보였다. 언제나 빈약했지만 오늘 따라 더욱 휑하게 느껴졌다. 물통을 꺼내고 문을 닫는데 삐꺽거리는 소리가 났다. 삐꺽대면서 닫히는 품에 냉장고에도 문이 달렸다는 사실을 깨닫는다. 이 집에서 열 수 있는 문은 온전히 닫히는 법을 모른다.

아내는 캐비닛 투 도어 냉장고를 갖고 싶어했지만 내가 이태 전 대리점 재고조사에 대한 허위보고가 빌미가 되어 회사를 그만두게 된 이후로는 더 이상 입에 담지 않았다. 냉장고를 열 때마다 채울 것이 없다는 입에 밴 푸념이 사라진 것은 대리점 사장이 생색을 내며 소개한 할인점의 계약직을 그만둔 시기였다. 낮은 보수도 보수지만 하루 종일 박스를 나르는 일은 적성에 맞지 않았다. 새로운 직장을 구하는 것이 얼마나 힘든 것인가를 미리 알았더라면 좀 더 버텼을지도 몰랐다.

배 속에서 꼬르륵 소리가 났다. 생수병에 입을 대고 벌컥벌컥 들이켰다. 온몸이 물 먹은 솜처럼 무겁게 느껴졌다. 힐끗 벽시계로 눈길을 주다 옷장 문을 열었다. 비틀린 문짝의 삐걱대는 소리가 귀에 거슬렸다. 원목 장롱은 군데군데 칠이 벗겨지고 흠집이 났다. 문짝의 벌어진 간극 사이로 아내의 해진 베갯잇 모서리 부분이 삐죽 나와 있었다. 다시 문을 닫았다. 방바닥에 뭉쳐둔 담요를 펼쳐 발로 네 귀퉁이를 벌렸다. 여전히 방 아귀와 맞지 않았다. 오피스텔로 이사하던 날, 사다리꼴 방 구조 때문에 이리저리 위치를 바꾸어가며 이불을 깔아보던 기억이 났다. 애써 펴려던 담요를 아무렇게나 밀쳐놓고 밖으로 나왔다.

저수지로 흘러드는 개천 물빛은 형형색색 휘황찬란했다. 하천을 중심으로 길 주변은 삼겹살, 곱창, 낙지볶음, 아귀찜 음식점과 노래방, 슈퍼, 모텔의 네온사인 불빛이 함께 어우러져 밤마다 불야성을 이루었다. 하천을 잇는 다리 위로 떡볶이, 액세서리 가판점이 빈자리를 차지하였고 그 사이로 더위를 피해 나온 사람들의 행렬이 이어졌다. 다리 아래로 보이는 물길은 늘 그렇듯 불빛에 제 더러운 몸을 감추고 멋진 야경으로 변신해 있었다.

하천변 주차장으로 향하는 철제계단으로 발길을 옮겼다. 하천 양쪽으로 길게 만들어진 주차장에는 차들이 빼곡하게 들어찼고, 오가는 차량들의 전조등이 방향을 찾지 못하고 위아래로 번쩍거렸다. 다리 부근에서부터 하천의 폭도 제법 넓어지면서 물길도 몇 갈래로 갈라졌다.

교각 주변은 인적이 없었다. 주위를 한 바퀴 둘러보고 경사진 둑을 따라 아래쪽으로 내려갔다. 가로등의 희미한 불빛이 하천 줄기의 윤곽만 겨우 보여주고 있었다. 둑 가장자리 움푹 파인 웅덩이가 맹수 아가리마냥 음침했다. 돌 사이에 설치해놓았던 쥐덫을 끌어냈다. 쥐한 마리가 갇혀 있었다. 속으로 횡재를 부르면서 입안에 침을 모으기 시작했다.

두식의 입에서 침이 독이 될 수 있다는 말이 나온 것은 지난해 늦가을 노래방에 갔을 때였다. 두식이 도우미를 부르면서 실실거렸다.

"한마디로 저 좋아 즐기는 거잖아. 공짜 술 주겠다, 실컷 놀겠다, 세상 돈 쉽게 버는 거지. 얼굴까지 반반해? 그러면 더 좋지. 한번 먹어보겠다고 돈들고 대기하는 놈들이 쌨으니까. 지 마음에 드는 놈 골라서 단물 빼먹고 딴 놈 만나고, 정말 요지경 아니냐?"

두식은 요즘 도우미는 집에선 조신한 척하는 가정주부가 널렸다고 어이없게 웃었다. 그리고 남편들은 노래방에서 자기 마누라를 도우미로 만나는 웃기는 세상이 지금 우리가 사는 이곳이라며 경멸하듯 바닥에 끌어올린 가래침을 뱉었다. 그러다가 불쑥 침 이야기를 꺼냈다.

"너 모르지? 침에도 독이 있는 거. 초등학교 때 벌에 쏘인 적이 있었거든. 그때 언뜻 돌아가신 할머니 말씀이 떠올라 침을 발랐지. 거참 신통하더란 말야. 부기가 곧 가라앉았거든. 그때 내가 딱, 인간의 침이 다른 동물들에겐 독으로 작용한다는 걸 알아버렸지."

궤변이라 생각하면서도 그 말을 듣자 사라져버린 아내의 눈웃음이 떠올랐다.

덫에 갇힌 쥐는 미동도 하지 않았다. 쥐덫을 발로 툭 치자 쥐가 움질거렸다. 나는 번쩍이는 노래방 불빛 아래에 앉아 남자의 품에 안겨 있는 아내를 상상하며 쥐를 노려봤다. 쥐를 노려보는 내 미간이 점점 좁아지는 걸 느꼈다. 아내가 눈웃음을 치며 배시시 웃는다. 나는 심호흡을 하면서 얼굴을 일그러뜨리기 시작했다. 눈알을 굴리고, 입술을 비틀고, 안면근육을 위아래로 움직이자 조금씩 얼굴에 경련이 일어났다.

"우우욱! 크악!"

쥐덫 문을 열었다. 미동도 없던 쥐가 갑자기 튀어나왔다. 순간적으로 팔을 뻗었으나 쥐는 내 손을 비웃으며 후다닥 어둠 속으로 사라져버렸다. 나는 급하게 쥐를 쫓으며 연신 침을 뱉었다. 교각 아래 어두운 곳에서 갑자기 한 사내가 모습을 드러냈다. 나는 흠칫 걸음을 멈추었다가 쥐가 도망간 방향을 가늠하며 몸을 움직였다.

"이봐 형씨, 그냥 가면 안 되지!"

사내가 발을 걸었다. 나는 중심을 잃고 넘어졌다. 그 사이 쥐는 돌틈 사이로 도망치고 말았다. 울화통이 터져 사내에게 욕설을 뱉었다.

"얼씨구, 사람 얼굴에 침 뱉고 욕까지 한다? 이건 또 무슨 개 같은 경우야!"

"이 새끼가? 너 땜에 쥐를 놓쳤잖아!"

내게는 소중한 실험용 쥐였다. 이틀 만에 겨우 한 마리가 걸렸는데 사내 때문에 놓치고 말았다. 소리를 지르자 사내의 주먹이 날아왔다. 나도 덩달아 주먹을 마구 내질렀다.

지구대 경찰은 내가 쥐를 잡으려 했다는 사실을 믿지 않았다. 사내는 아예 나를 머리가 돌아버린 미친놈 취급하듯 했다. 동물인 쥐에게 인간 침의 독성을 실험하려고 했다면 누가 믿겠는가. 나는 입을 다물었다.

지구대로 달려온 아내는 사내의 손을 잡으며 미안하다며 고개를 숙였다. 사내가 빤한 걸 요구하듯 계속 거들먹대자 아내는 사내의 귀에 입술을 바짝 붙였다.

"이 구역에 너 같은 것들 밟아줄 오빠들 많아. 나이도 어린 게 껀수 잡았다고 좀 뜯어먹으려나본대, 니가 먼저 때렸다며? 일 커지기 전에 대충 합의하고 끝내!"

사내의 눈이 동그래졌다. 아내는 사내를 향해 눈웃음을 지었다. 나는 눈을 감았다.

결혼하면서 아내의 눈웃음은 나 혼자만의 소유물로 남게 될 것으로 믿었다. 그것이 바보 같고 멍청한 자의 단세포적인 판단이었음을 깨닫게 되기까진 오랜 시간이 걸리지 않았다. 아내의 눈웃음은 모두에게 공유되고 모두에게 열려 있었다. 아내의 의지이거나 혹은 그와 상관없이도 눈웃음은 꽃피듯 피어났다. 작년 겨울 부부동반으로 연말 동창모임에 갔을 때 아내에게 농담을 던지며 음흉스런 미소를 보내는 동창 녀석을 보고 비로소 눈웃음의 속성에 대해 관심을 갖기 시작했다. 놀랍게도 아내는 친구들의 진한 농담에 입이 웃으며 동시에 더 짙어진 눈웃음을 흘리고 있었다.

"여자가 술을 대체 왜 그렇게 많이 마셔?"

모임이 끝나고 집으로 돌아오자마자 나는 내내 불쾌했던 속내를 드러냈다.

"못 마실 술 마셨어? 또 뭘 그렇게 많이 마셨다는 거야? 안 좋은 일 있어서 좀 마셨어. 그게 그렇게 잘못한 일이야?"

"굳이 자리를 옮겨 다니면서까지 부어라 마셔라 할 필욘 없잖아. 그리고 술장사해? 천박하게 웬 웃음을 그렇게 흘려? 아무한테나 실실!"

나는 점점 이성을 잃어갔다.

"이제 못하는 말이 없네. 술장사하냐고? 술 마시면서 웃지도 못해? 그래, 웃었다. 그래서 내가 바람이라도 피웠다는 거야 뭐야? 이게 아내한테 할 소리야? 거기 다른 여자들은 나보다 더하더라. 다음부터 모임에 안 나가면 될 거 아냐!"

화가 가득 든 아내의 얼굴로 눈물이 흘러내렸다. 화장이 지워지면서 엉망이 된 얼굴에서는 분노 말고 어떤 것도 찾을 수 없었다. 눈웃음이 사라진 아내 얼굴이 낯설었다.

"당신이 나를 얼마나 가치 없게 여기는지 알겠어. 그래도 해서는 안 될 농담도 구별 못하는 당신보단 술 마시고 기분좋아 웃는 내가 훨씬 인간적이지 않겠어? 꿔다놓은 보릿자루마냥 사람들하고 어울리지도 못하면서, 술 마시는 아내나 비아냥거리는 당신보단 차라리 술집 여자가 낫겠다고."

아내는 휴지를 들고 코를 풀면서 연신 눈물을 찍어댔다. 아내의 생기 있게 빛나던 눈동자는 풀어져 빛을 잃었다. 가슴에 구멍이 숭숭 뚫리고 그 사이로 바람이 지나갔다.

지구대를 나오면서 아내가 내 손을 잡았다.

"조금만 마시지 그랬어?"

아내는 두식과 낮에 마신 술 때문에 시비가 일어난 것으로 생각하고 있었다.

"공부고 뭐고 다 때려치우고 취직이나 해야 될까봐."

"또 그 소리! 술 먹고 싸울 수도 있지 뭐. 너무 맘에 두지 마."

집안에서 변변한 가장 노릇도 못하는 나를 두고 아내는 싸울 수도 있다고 말했다. 어쩌면 위로도 아닐 그 말로 아내는 내가 취직하겠다는 반 거짓과 같은 마음을 몽땅 읽고 있다는 듯 대수롭지 않게 대꾸하면서 내 팔짱을 꼭 꼈다. 갑자기 빨간 립스틱의 여자가 상기되고 온몸으로 소름이 돋았다.

"당신 먼저 집에 가 있을래? 식당 일 마무리하고 얼른 올게. 잠깐이면 돼."

나는 고개를 끄덕였다. 아내가 일한다는 곳이 정말 새벽까지 영업을 하는 해장국 전문 음식점인지 알 수 없었다. 아내가 그렇다고 말했으니까 그런 줄로 믿었다. 아내는 언제나 자신의 일에 대해선 구체적인 얘길 하지 않았다. 처음엔 힘든 일을 토로하거나 손님들의 진상에 대해 떠들기도 했었지만 언제부턴가 식당에서 일어난 어떤 일도 함구하기 시작했다.

변화가 시작된 시점을 언제라고 확언할 수는 없었지만 그 변화의 바람을 눈치챈 내겐 짚이는 것이 있었다. 지난해부터 그것이 다소 질이 좋지 않은 것일 수 있음을 느끼고 있었다. 아내가 거울 앞에 앉은 시간이 길어질수록 화장은 짙어지고, 그렇게 짙어진 얼굴은 의식적으로 내 눈길을 피했다. 그 불길한 예감은 빗나감 없이 내게 해대는 아내의 잔소리를 줄였고, 전화를 받는 목소리도 줄였다.

"식당에서 화장을 꼭 해야 해? 음식에서 화장품 냄새 나게."

"그래도 맨얼굴은 좀 그래서."

나를 대하는 아내의 이중적인 행동의 감지는 처음엔 누구나 그렇듯 앞과 뒤가 달랐던 데서 시작됐다. 그러나 아내의 속내를 모를 행동은 단순히 인간의 다면적인 성격적 요인과는 달랐다. 나는 아내의 보이는 모습에서 돌아선 모습을 예측하는 일이 점점 불가능해졌다. 그것이 애초부터 누적된 피로 따위로, 혹은 사지 육신 멀쩡한 남편의 무능에 대한 것 때문은 아닐까 염려했던 건 그저 내 자격지심일 뿐이었다. 그런 단순함을 넘어서 아내는 얼굴에 몇 겹의 가면을 쓴 것이 틀림없었다. 그러나 나는 이런 판단의 실체가 옳은 건지 그른 것인지조차도 판단을 내리기 어려운 탓에 늘 마음은 불편했다. 아닌 듯 아내의 눈치를 살피며 어느 날엔 벼르던 용기를 냈다. 나는 제 흥분에 날뛰는 미치광이처럼, 어쩌면 못남을 감추기 위한 억지처럼 차라리 나를 욕하면서 속마음을 털어놓으라고 고래고래 소리를 질렀다. 아내가 위선을 가리려 가면을 쓸수록 나는 파괴당하지 않고 파괴하려는 괴물이 되어야만 한다고. 아내는 고개만 설레설레 흔들었다.

"무슨 말인지 모르겠어. 당신 너무 예민한 거 아냐? 신경 안 쓰게 내가 더 조심할게. 당신이 시험 스트레스를 많이 받나봐. 좀 쉬어가면서 공부해."

눈웃음을 짓는 아내가 처음으로 두렵게 느껴졌다. 밤마다 악몽에 시달리는 횟수가 늘어갔고 근원도 모르는 불안함이 늘 가슴을 조이게 만들었다.

두식의 말이 실체를 가진 모습으로 의식 속에 자리잡기 시작한 때도 이 무렵이었다. 연말쯤인가 포장마차에서 두식과 마주 앉았다.

"독성의 정도는 다를 수 있지만 그 마비처럼 기능을 정지시키게 하거나 아니면 작은 흉터 정도는 만들 수 있다니까. 이건 확실해!"

침의 성분 중 어떤 것은 상황에 따라 독성으로 작용하는 것이 있으며, 이것이 억제된 분노, 저주의 마음과 결합하여 일순간에 폭발하여 화학반응을 일으켜 강력한 독이 될 수 있다고 주장했다.

"경우에 따라서는 사람에게도 치명적이 될 수도 있다는 거지."

술 취한 사람답지 않게 차분하고 또렷한 목소리였다. 두식은 침을 독으로 만드는 구체적인 방법에 대해서는 말하지 않았지만 원리를 터득하는 것은 어려운 일이 아니었다. 내게는 이미 충분히 억제된 분노와 저주의 마음이 내재되어 있었으며 악한 성격의 근원을 안고 있는 셈이었다. 나는 두식이 느끼는 분노의 한 축을 깊게 공감하며 소주를 털어넣고 꼼장어를 질겅질겅 씹었다.

뿌연 화장실 거울로 비쳐내는 내 얼굴을 찬찬히 들여다보았다. 침에 더한 독성을 내기 위해선 분노와 저주가 필요했지만, 그것이 가득한 얼굴을 만드는 행위 역시 큰 작용을 할 것이 분명했다. 나는 퍼즐 조각처럼 얼굴을 쪼갰다. 먼저 콧잔등을 중심으로 이마에서 턱까지 위에서 아래로 세로로 일직선을 그어 좌우 이등분으로 나누고, 눈썹과 코를 가운데로 하는 두 개의 가로선을 교차시켜 모두 여섯 개의 조각으로 만들었다. 이를 조각별로 먼저 숙달시키고 나면 점차 연관성이 가까운 조각을 동시에 움직일 수 있도록 연습했다. 훈련의 마지막 목표는 6개 조각이 각자 자유자재로 움직이면서 얼굴 전체를 내가 원하는 표정으로 만드는 것이었다. 표정 만들기는 소요되는 시간과 집중도를 따져서 나름대로 일정한 기준을 정해놓았다.

처음에는 근육을 일그러뜨리는 단순한 동작조차도 쉽지 않았다. 일시적인 근육의 움직임으로 끝나서는 되지 않고 계속적으로 형태를 바꾸어야 했기 때문이다. 그러나 얼굴에서 분리된 동작이라는 건 개연성이 없었다. 찡그림 같은 일을 위해 일사분란하게 움직이는 수많은 근육을 분리한다는 건 애초에 불가능한 일처럼 보였다. 훈련이 본격적인 궤도에 오르게 된 것은 체계적인 학습과정과 끊임없는 반복연습이 중요하다는 것을 깨닫고부터였다.

'내가 지금 뭘 하는 거지?'

처음 시작의 망설임을 아내가 눈치챈다면 그만둘 생각도 했다. 집에서 빈둥대면서 엉뚱한 사고나 친다는 소리는 듣기 싫었다. 그러나 아내는 무심했고 나는 오기가 생겼다. 안면근육의 마비증세가 심해지고 있는 듯했지만 곧 끝날 것이라고 마음을 다잡았다. 스스로 생각해도 그 동안의 노력이 여간 대견스럽지 않았다. 그렇게 연습의 마지막으로 쥐 실험을 통해 그간의 결과를 보려던 내 계획은 사내의 등장으로 운 나쁘게 틀어져버렸다.

아내가 택시를 향해 손을 들었다. 나는 잠깐 망설이다 뒤따라오는 택시를 잡았다. 아내를 미행한다는 것에 죄책감은 들지 않았다. 개나 소나 모두 미쳐버린 세상이지만 나는 정신을 가누어야 했다. 아내까지 비정상을 보이는 상황을 그대로 둘 수는 없는 일이었다.

아내가 내린 곳은 유흥가가 밀집된 도심의 복판이었다. 아내는 횟집, 노래방, 주점, 단란주점들이 제 위치를 알리느라 번쩍이는 사이 휘황한 네온의 불빛 속으로 사라졌다. 나는 커다란 빌딩 앞에서 걸음을 멈추었다. 블랙홀. 한번 빨려들면 다시는 헤어날 수 없을 거라는 지하 입구 단란주점의 입간판은 흰 와이셔츠를 입은 한 무리의 남자들을 빨아들였다. 계단을 내려가는 그들에겐 단란주점 상호뿐일 블랙홀 따윈 의미가 없었겠지만 내겐 까닭모를 공포가 엄습했다. 나는 무리지은 그들을 따라 블랙홀로 빠져들었다. 음악소리가, 괴성을 지르는 소리가 여기저기서 들려오고 유쾌하게 떠드는 남자들의 목소리가 복도를 가득 메웠다. 두리번대는 나를 사람들이 힐끔거리며 지나갔다. 대수롭지 않은 듯 나를 스쳐가고, 얼굴에 웃음이 만연한 그들은 거칠 것 없이 당당해보였다. 가끔씩 은밀한 공간처럼 분리된 문이 열리고 음악소리와 함께 사람이 쏟아졌다. 관음증처럼 엿보고 싶은 욕망이 일었다. 낮은 먼지와 함께 희부연하게 돌아가는 조명 아래에서 남자들의 흰 와이셔츠와 여자들의 살결이 희뜩희뜩 보였다. 나는 고개를 떨어뜨리다 도망치듯 블랙홀 밖으로 빠져나왔다. 블랙홀을 빠져나올 수 있는 방법은 내게만 유일했을지 모른다. 시공의 불확실성은 시끄러운 음악과 얼굴을 모르는 사람들이 내 곁에 있을 이유가 사라지면서 인지되고, 내가 있어야 할 시공간이 그곳이 아님을 상기할 때 탈출이 가능했다. 아니 그보다 아내가 있을지도 모를 블랙홀은 내가 있을 곳은 아니었던 탓에 가능한 탈출일는지도 몰랐다.

터덜대며 걷다 편의점에서 캔맥주를 사서 길가 인도에 걸터앉았다. 빌딩 정글의 한복판에서 미아가 된 느낌이었다. 수많은 건물과 사무실, 또 그 안에서 필요로 하는 수많은 사람들 중 내가 갈 곳은 아무데도 없다는 것이 현실이었다. 심지어 아내조차도 어느 한 구석을 차지하고 있는데, 그래서 사람들과 어울려 웃고 떠들며 세상을 만들어가고 있는데, 나는…. 맥주를 벌컥벌컥 들이켜다 말고 깡통을 던져 버렸다.

“아저씨, 예쁜 아가씨 있어요!”

깡통이 쩔렁대는 소리와 함께 젊은 여자가 생긋 웃으며 전단지를 건넨다.

“기본 오만 원, 맥주 세 병에 과일 안주. 노래는 무료예요.”

“아줌마는 없어? 식당에서 서빙하는 그런 아줌마 말고….”

“미시 아줌마도 있어요. 원하시는 연령대로 맞춰 드려요.”

휴대폰이 울렸다.

“여보게, 애 엄마가 연락이 안 되네. 영철이가 열이 좀 있는데 병원에 안 가봐도 될지 모르겠어서…. 어멈 들어오는 대로 전화하라고 하게. 내일쯤 같이 들르든가….”

장모는 말꼬리를 흐렸다. 영철이는 정말 아픈 것일까. 아니면 그냥 해보는 소리일까. 아무리 탐탁지 않는 사위라지만 아이를 두고 거짓말을 할 것 같지는 않았다. 하지만 아이가 아프다는 말보다 뜻밖의 방해물에 신경이 곤두섰다. 아이가 집으로 돌아오게 된다면 기회를 잡기가 쉽지 않을 터였다. 그렇다면 오늘 밤뿐이었다. 완벽하지는 않지만 이 정도면 눈웃음이 추하게 보이게 할 흉터 정도는 만들 수 있으리라.

집으로 돌아오는 길에 지하 슈퍼에서 맥주 세 병과 새우깡 한 봉지를 샀다. 호흡을 조절하며 의식의 순서를 머릿속으로 그렸다. 현관문 자물쇠 구멍에 열쇠를 집어넣었다.

"어디 갔다 인제 와?"

아내가 벌써 집으로 돌아왔으리라고는 예상하지 못했다. 아내 입에서 술 냄새도 나지 않았다. 뭔가 일이 뒤틀리는 느낌이 들었다.

"맥주네! 한잔 할까? 잠깐만 기다려."

아내는 멸치와 고추장을 꺼내 술상을 차렸다. 아내는 빈 잔에 맥주를 따르다가 넘치는 거품을 호로록 들이마셨다. 평소와는 달리 내 눈길을 피할 생각도 않고 계속 말을 걸었다. 아내의 표정은 시종 밝았고 눈웃음은 여전히 매혹적이었다.

아내가 씻으러간 사이 나는 얼른 이부자리를 깔고 누웠다. 맞지 않는 모서리의 네 귀퉁이를 반듯하게 잡아당겨두고 두 팔로 머리를 괸 채 화장실 문틈에서 새어나오는 불빛을 뚫어지게 바라봤다. 아내는 수건으로 젖은 머리를 털면서 나를 보며 소리 없이 미소지었다. 눈에서 웃음이 흘러내렸다. 아내가 불을 끄고 이불 속으로 들어오자 나는 길게 심호흡을 했다. 아내의 얄팍한 옷을 벗겨내는 손길이 떨렸다.

'약해져서는 안 돼!'

나도 모르게 입술을 잘근 깨물었다. 나는 아내가 팔고 있을 눈웃음을 연상하며 서서히 침샘을 자극했다. 모든 것이 톱니바퀴 맞물리며 돌아가듯 어긋남 없이 움직여야 했다. 숨이 가빠지면서 행동도 거칠어졌다. 등줄기로 아내의 손길이 스치듯 지나갔다. 천천히 입속의 침을 모았다. 이마의 주름살을 만들면서 양쪽 눈꼬리를 치켜올리고 콧구멍을 최대한 확대시켰다. 턱을 끌어내리고 입술꼬리를 비틀었다. 눈에 핏발이 서고 전신이 부르르 떨렸다. 여섯 등분한 안면근육을 한꺼번에 움직이기 시작했다.

"으으으…. 카, 캭!"

얼굴에 경련이 일어나고 있음이 느껴졌다. 입술꼬리로부터 통증이 전해왔다. 그동안 고통스런 훈련과정을 생각해서라도 결정적인 순간에 낭패를 볼 수는 없었다. 속으로 비명을 지르면서도 조금만 더 버티자고 연신 되뇌었다.

"왜, 왜 그래?"

아내가 의아스러운 목소리로 감고 있던 눈을 뜨고 올려다보았다. 손으로 아내의 눈꺼풀을 아래로 쓸어내렸다. 얼굴 전체가 마비되는 듯한 고통을 느끼면서 입속에 가득히 고인 침을 이리저리 굴렸다.

"으으으…."

제대로 움직여지지 않는 입을 벌리기 위해 안간힘을 주었다. 그때 아내가 비명을 지르며 몸을 일으키는 바람에 옆으로 쓰러지고 말았다. 아내가 불을 켰다. 아내는 방바닥에 누운 채 꼼짝도 못하고 있는 나를 보고 비명을 질렀다.

"여보, 여보! 당신 왜 그래!"

'아, 안 돼. 어버버….'

무엇인가 말하고 싶었지만 비틀린 입술은 나무토막처럼 꼼짝하지 않았다. 다리를 움직이려고 했으나 오른발도 말을 듣지 않았다. 팔도 마찬가지였다. 입가로 침이 질질 흐르고 있음을 느끼면서 무참해졌다. 게거품을 물고 바동거리고 있는 내 몰골을 멍하게 내려다보고 있는 아내에게 나는 완전히 무방비 상태였다. 아내 말대로 산다는 건 정말 맘대로 되지 않는 것인가보다. 아내가 갑자기 홱 돌아서 냉장고로 다가갔다.

"이제 별 거 다하네! 와사증도 유행병인가보지? 식당 손님 그 새끼도 입술은 비뚤어져가지고 무슨 독액이 어쩌고저쩌고 횡설수설하더니만…."

물병을 가지고 다가오는 아내의 얼굴에 비웃음이 얼핏 스쳐지나갔다.

술과 개미

술과 개미

그로부터 내일 약속을 지키지 못하겠다는 문자가 온 것은 대패삼겹살로 패밀리 1차 모임을 끝내고 2차로 이곳 호프집에 들어설 때였다. '미안해'라는 끝말이 눈에 거슬렸다. 그럴싸한 이유나 변명까지는 바라지 않았지만 미안하다는 한마디 말로 자신의 행동을 정당화하려는 태도가 얄팍한 술수처럼 보이는 것이 무시당하고 있다는 느낌에 마음이 언짢았다. 소주가 맹물처럼 싱겁다.

"정 선생 오늘 술이 받나보네. 호프집에서 소주를 시킬 때부터 알아봤지."

"칭찬이에요, 아님 관심이에요, 교수님?"

오 교수와 학생들의 웃음이 동시에 터졌다.

"다들 왜 웃어요, 제가 말을 또 잘못했나보네요."

마주앉은 박 선배가 또 웃었다.

"교수님, 다들 제 말이 우스운가봐요. 전 소주가 좋거든요. 살아 있음을 느끼게 만드는 일용할 양식이기도 하구요. 그래서 제 주량을 칭찬하는 건지 아니면 소주에 관심이 있는 건지 여쭤본 건데요, 이게 우스워요?"

내가 할 말이 아닌 말을 했다는 식으로 받아들이는 오 교수나 학생들 모두 타인이었다. 그들이 스스로 한정한 세계 속의 시각으로 나를 재단하는 것이 불쾌했다. 패밀리 모임 술자리가 늘 떫은 풋감을 씹는 기분이 된다는 것이 나름대로 이유가 있었던 것이다. 내가 그 세계로 들어가는 일은 어렵지 않았으나 살아 있는 내가 죽어 있는 규정에 맞추는 일은 영혼을 파는 일이었다. 모임이 공지되면 이유 없이 의무적으로 참석해야 한다는 것이나, 어느 방향으로 튈지 모르는 오 교수의 취향대로 움직여야 한다는 것이나, 오 교수가 자리를 뜨기 전까지 먼저 일어나서는 안 된다는 불문율의 존재나, 그에 대한 무조건적 애정과 존경을 공식적으로 표방하는 일, 그런 규정은 내 세계에는 없는 것들이었다.

패밀리 모임에서 학생은 오 교수의 존재를 부각시키기 위한 장식일 뿐이었다. 학위는 그냥 주는 것이 아니라는 말을 서슴없이 내뱉는 오 교수를 거부하거나 그것으로 얼굴을 붉힐 학생은 없는 것 같았다.

"세진이 알아서 잘하겠지만…. 술은 좀 조절해가며 마셨으면 좋겠어."

그는 내가 패밀리 모임이 있다고 할 때마다 녹음기처럼 종알댔다. 그게 남자로서의 질투인지 자신에 대한 걱정인지 애매할 때가 많았다. 깜냥에 보호자처럼 구는 것이 부담으로 다가오는 이유는 은근히 자존심을 건드리고 있다는 느낌 때문이었다. 그의 말을 정면으로 반박하는 것은 상대적으로 내 처지에 대한 약점을 인정하는 꼴이어서 억지 맞장구를 치는 수밖에 없었다. 패밀리 모임에 대한 그의 인식이 고정관념화되고 있다는 것을 느낄 때마다 마음이 편치 않았다. 내가 몸담고 있는 세계가 어떤 메커니즘으로 움직여지고 있는지 그는 무관심했다. 배려까지는 바라지 않았지만 그가 굳이 들추지 않더라도 충분히 나 혼자 혼란스러워하는 처지만큼이라도 알아주면 좋지 않을까. 그의 패밀리에 대한 성토는 나의 음주 습관에 대한 걱정으로부터 시작됐지만 나중에는 교수에 대한 성토로 이어지곤 했다. 나의 침묵이 길어지면 그는 자신의 논리에 정당성을 부여받은 것으로 오해하고 한술 더 떴다.

"지도교수가 학생들에게 무소불위의 권력을 휘두른다는 것은 삼척동자도 알아. 학위에 목매인 학생들에 대한 교수의 갑질 행위는 언론의 단골 메뉴라구. 성적 추문 기사는 이제 듣는 것도 지겨워."

"듣기 좋은 소리도 한두 번이면 족해."

"내 말 뜻은 그게 아니라…, 세진이가 걱정돼서 하는 말이라는 걸 왜 몰라."

"집요하네. 그만 좀 하지."

결국 내 입에서 못된소리가 나오고서야 그는 입을 다물었다. 그는 내 성격을 거칠고 나쁘게 만드는 박쥐 같은 남자였다.

거푸 석 잔을 마셨더니 빠르게 취기가 올랐다. 수박씨 뱉어내듯 퉤퉤거리는 오 교수의 분절음을 꿰맞추기가 점점 힘들어졌다. 문장 어미를 마음대로 잘라먹는 발음 때문에 단어들은 뿌리를 잃고 공중에서 곤두박질쳤다. 학생들이 발제할 때마다 문장의 주술불일치를 들먹이던 오 교수였지만 정작 자신의 강의에서는 그것을 무시했다. 수업 때마다 오 교수의 길고 좁은 입가로 새어나가는 소리를 붙잡기 위해 고개를 옆으로 돌리고 귓바퀴를 쫑긋 세우곤 했다. 입안에서 우물거리거나 입술만 달싹거리며 내뱉는 말본새마저 교수 능력과 무관하지 않은 듯하여 답답했다.

"하던 말을 계속하자면 말이야, 음…."

오 교수가 팔을 뻗어 내 어깨를 둘렀다. 뒷덜미로 징그러운 파충류가 스멀스멀 기어가고 있었다. 반사적으로 목이 움츠러들었다. 팔의 무게감 때문만은 아니었다. 마주 앉은 박 선배와 이 선생이 고개를 슬쩍 돌렸다.

박 선배는 오 교수가 동료 교수를 학교에서 쫓아내고 학과장 자리를 차지했다며 강한 불신감을 드러냈다. 그것도 오 교수의 사회적 능력일지 모른다며 이 선생이 비호하자 박 선배가 발끈했다. 교수가 여학생 허벅지를 더듬는 것도? 그러면서 나 들으라고 하는 말이 뭔지 알아? 사랑이래. 제자에 대한 스승의 사랑 뭐 어쩌고. 나 참 역겨워서.

오 교수의 느끼한 시선과 능글맞은 웃음소리, 때와 장소를 가리지 않는 여학생들에 대한 추태를 경멸하던 박 선배도 정작 오 교수 면전에서는 살갑게 굴었다. 스스럼없이 자신의 어깨를 내주고 안주를 입에 넣어주었다. 다 그런 거지, 참으면 끝나니까. 비아냥거리던 박 선배의 말에 나도 맞장구를 쳤다. 논문 쓰는 것보다 훨씬 쉽죠.

"그러니까 교수님 말씀은… 패밀리 정신으로 똘똘 뭉치자, 이 말이죠?"

나는 오 교수의 술잔에 거품이 넘치도록 맥주를 따랐다. 오 교수의 게슴츠레한 눈길이 내 가슴으로 향했다. 이마까지 눌러쓴 헌팅캡 때문인지 눈이 유난히 돋보였다. 깊이 파인 눈매와 눈동자의 붉은 혈관이 금방이라도 터질 듯했다. 나는 블라우스를 여미며 가슴골을 숨겼다.

"교수님, 화장실 좀…."

오 교수에게 눈웃음을 주고 자리에서 일어났다. 화장실은 핑계였고 조금 전부터 느껴졌던 현기증 때문이었다. 처음에는 술기운이려니 여기고 참으려 했는데 목구멍에서 꾸역꾸역 올라오는 구역질로 속이 점점 메스꺼웠다. 벌린 입속으로 불쑥 들어온 서늘한 느낌을 따라 목구멍이 간질거렸다. 메슥거리던 속이 뚫리면서 욕지기가 올라왔다.

달랑 문자 한 통으로 약속을 깨고 이틀 동안 아무 소식도 없었던 그의 연락이 온 것은 늦은 오후였다. 박 선배의 저녁 약속에 나가려던 참이었다. 휴대폰 벨이 울렸을 때 발신자가 그라는 것을 확인하고 일부러 받지 않았다. 엊그제 일로 마음이 상해 있었기도 하지만 그냥 만나고 싶지 않았다.

남자가 추해보이기 시작하는 것은 비밀스러운 면이 더 이상 남아 있지 않음을 알게 되면서부터다. 처음 만났을 때의 해박하다고 느꼈던 그의 지식은 이제 새로운 것이 아니었고, 내게 보여준 행동의 상당 부분이 자신의 논리를 합리화시키기 위한 작의적인 것일지도 모른다는 불편한 감정이 덩치를 키워갔다. 근래 다툼이 잦아진 것도 이와 같은 의도하지 않았던 불신감과 알게 모르게 관련이 있었다. 이에 대한 뾰족한 해결 방법을 찾지 못한다는 것이 문제가 된다면 그 정도였다. 방법 찾기가 무심해지도록 그와의 관계가 심드렁해진 것인지도 몰랐다. 엊그제 그에게 만나자고 문자를 보낸 것도 이쯤에서 매듭을 풀든지 아예 엉킨 실타래를 싹둑 잘라버리든지 어떤 방향으로든 결정을 내리고 싶었기 때문이었다.

한 시간쯤 뒤에 걸려온 그의 세 번째 전화를 마지못해 받긴 했지만 마음을 바꾼 것은 아니었다. 그는 지금 있는 곳이 강원도 어디라고 말했지만 나는 시큰둥했다. 산삼을 캔답시고 전국의 산을 돌아다니는 처지에 특정 지명은 의미가 없었다.

"다리가 부러져서 이곳 병원에 입원했어. 미안해…."

거짓말을 하는 것 같지는 않았다. 문병을 와달라는 말 대신 미안하다는 말을 했다. 약속에 나가지 못한 이유를 진작 말하지 못한 것에 대해서. 그의 말을 듣자 방귀가 피식 나왔다. 아침을 잘못 먹은 것일까. 내일 오 교수 수업 시간 발제 준비 때문에 새벽까지 책상 앞에 앉아 있었다. 커피까지 마셔가며 졸음을 누른 탓일까.

깁스를 한 다리를 지지대에 올려놓은 그의 모습이 약간 우스꽝스러웠으나 웃지 않았다. 그는 내가 병실에 들어서자마자 고민에 찬 눈길을 보냈다.

"개미 한 마리 때문에…."

다리가 부러졌다며 심각한 표정을 지었다. 그 말을 듣자마자 느슨해져 있던 긴장감이 갑자기 팽팽해졌다. 그의 말투나 행동은 늘 이런 식이었다. 자신을 세상의 중심에 놓고 나머지는 주변인으로 도매금에 넘겨버렸다. 내가 낯선 산골 소도읍에 오기까지의 수고 같은 것은 안중에도 없었다. 아픈 사람은 그이긴 하지만 초행길에 힘든 일은 없었는지 안부 말부터 듣고 싶었다. 자신은 있는 듯 없는 듯 숨기고 남을 배려하는 시늉이라도 내면 좀 좋을까. 만날수록 점점 피곤하게 느껴지는 이유가 바로 이런 일상사로부터 시작되고 있음을 그는 몰랐다. 몇 번 이야기를 했지만 행동으로 옮기려는 의지는 보여주지 않고 변명만 입에 올렸다.

"개미가 빠르게 기어올라왔어. 딱 한 마리. 겨우살이를 따기 위해 가지 위에서 자세를 취하던 순간, 설핏 눈길을 주었는데 머리가 멍해졌어. 나무에서 떨어지는 건 순식간이었어."

개미 때문에 나무에서 떨어졌다는 것이 무슨 무용담이라도 되는 양 열을 올렸다. 다리를 다친 것이 잘못됐다는 것인지 개미 때문에 그렇게 된 것이 예사롭지 않은 일이라는 것인지 말뜻을 종잡기 어려웠다. 이걸 믿어야 할지 말아야 할지 헛웃음이 나왔다. 좀 더 근사한 핑계를 댔다면, 예를 들어 멧돼지라도 만나 도망가다가 부상을 입었다면 아마 속는 셈치고라도 고개를 끄덕였을 것이다.

"개미가 창우 씨를 적으로 알고 페로몬이라도 뿜었다는 거야?"

"개미가 움직일 때는 아무렇지도 않았거든. 그것이 발 아래에서 멈추는 순간 갑자기 눈앞이 아찔해졌어."

"말이 되는 소리야? 개미를 보고 어지럼증을 느꼈다는 게."

"믿기지 않겠지만 사실이야. 내가 점점 이상해지나봐."

"알긴 아네. 그러니까 멀쩡한 사람이 갑자기 왜 책을 덮고 산삼을 캔다고 그래?"

"함부로 말하지 마. 산삼을 제대로 알고서나 얘기해."

그는 자신의 일에 대해 놀라울 정도로 자부심을 갖고 있었다. 나는 그것이 자신의 약점을 미리 방어하려는 속셈이라고 단정하고 있었지만 입 밖에 꺼내지는 않았다. 그랬다면 그는 더욱 자신을 안으로 깊이 밀어넣고 꽁꽁 숨길지 모른다는 생각 때문이었다. 이렇게까지 그를 배려하려는 이유가 무엇인지는 나 스스로도 정확히 알 수 없었지만 일종의 예의러니 했다. 그런 그에게 산삼 어쩌고 했으니 발끈한 것은 당연했다.

두어 달 전, 그는 산삼을 눈으로 직접 구경시켜주겠다며 나를 불러냈다. 산삼 채취하는 일이 내가 생각하고 있는 것처럼 기이한 일이거나 유별난 것이 아님도 동시에 증명해보이겠다는 것이었다.

산행에는 그가 약초 카페에서 만난 두 사람의 심마니가 동행했다. 산은 깊지 않았다. 경기도를 벗어나 강원도 횡성으로 들어가는 도로에서 조금 벗어난 야산이었다. 심산유곡일 줄 알았는데 싱거운 느낌이었다. 마을이 내려다보이고 낯선 사람을 경계하는 개 몇 마리가 목청을 높였다. 나는 숲길을 만들면서 앞서가는 심마니 뒤꽁무니에 바짝 붙었다.

"옛날에는 산삼 지역이 깊은 산으로 한정되어 있었지만 지금은 전국이 산삼밭이라 할 수 있죠. 인삼 재배 지역이 한반도 전체로 확대되면서 가능하게 된 일입니다."

그만큼 흔해졌고 가격도 낮아진 대신 제대로 된 산삼은 보기 드물다는 말이었다. 50년산 이상 되는 것은 구경조차 힘들게 되면서 산삼의 대중화가 이루어지고 있다고 말했다. 몇 만 명의 회원을 가진 인터넷 동호인 사이트가 늘어나고, 덩달아 산삼 캐기를 직업으로 삼는 소위 심마니들은 셀 수 없었다. 전문 약초꾼을 따라 1년 정도만 다니면 누구나 캘 수 있는 것이 산삼이고 보니 젊은이들도 적잖게 산을 오른다. 굳이 산삼이 아니더라도 더덕, 산대, 도라지 등 약초를 캐는 것만으로도 쏠쏠한 수입이 보장된다.

"산삼이 자라는 곳은 햇볕을 충분히 받을 수 있는 산의 동쪽 면입니다. 인삼 씨를 먹은 새들은 높은 나뭇가지에 앉아 배설하게 되는데 소화되지 않은 씨앗은 햇볕과 그늘, 그리고 수분이 적정한 곳에서 몇 해를 두고 썩지 않으면서 싹을 틔우게 되죠. 결론적으로 산삼은 큰 나무 아래 낙엽이 쌓여 있는 빛과 그늘이 공존하는 장소에서 생명력을 키워가는 것이죠."

야산이라고 하지만 강원도 산의 경사는 가팔랐다. 산허리를 가로지르는 산행은 예상보다 힘들었다. 우거진 잡목을 헤치면서 숨을 헐떡이는데 앞서가던 심마니의 작은 외침이 들렸다.

하얀 줄무늬가 선명한 다섯 개의 잎, 심마니가 지팡이를 꽂은 곳의 야생초는 산삼이었다. 심마니가 손으로 주변 낙엽을 긁어내고 흙을 파기 시작했다. 말로만 듣던 삼삼을 직접 눈으로 보고 있다는 것이 신기했다. 내 머릿속의 산삼은 전설 속 영물이었다. 한 뿌리만 먹어도 죽었던 사람이 살아나는 영약의 형상으로 새겨져 있었다. 단순한 야생초가 아니라 몇 백 년 전으로 되돌아가 시대를 거스르는 매개물이었다. 신비스런 의식이 행해지고 심마니의 춤사위가 벌어지는 이미지 속에 현전하는 또 다른 세계의 표상이었다.

"유삼입니다. 몇 년 더 두어야 합니다."

심마니가 고개를 흔들었다.

"세진 씨한테 산삼 맛이라도 좀 보게 하면 안 될까요?"

흙을 도로 덮으려던 심마니가 그와 나를 번갈아 쳐다보았다. 심마니는 유삼을 캐더니 뿌리에 묻은 흙을 손을 닦아냈다.

"씹어봐요."

내가 머뭇거리자 먹어두면 좋은 거라며 입속에 넣어주었다.

"산삼을 먹어본 느낌이 어때? 멋지지 않아?"

그의 목소리는 활기가 넘쳤다.

"잘 모르겠어. 산삼을 이렇게 쉽게 먹으리라고는 생각 못했어."

나는 산을 내려가고 싶었다. 몸도 피곤했지만 산삼에 대한 호기심은 이미 사라지고 말았다. 나를 산으로 데려온 그의 의도가 무엇인지 혼란스러웠다. 산에는 내 관심을 끌 만한 것은 없었다. 일확천금을 바라는 그의 욕심만 여기저기서 보일 뿐이었다. 산삼이 주는 신비감이 사라진 그 간격만큼 오히려 그와의 거리감만 더 생기고 말았다.

"산에 그만 가. 창우 씨 점점 이상해지는 것 같아."

"또 그 소리. 내 일은 내가 알아서 해. 넌 패밀리 걱정하기도 바쁘잖아."

그를 위해 문병을 온 내 행위는 어느새 의미를 잃고 말았다. 그의 심드렁한 눈빛을 받아내기가 힘들었다. 하지 않아도 될 말을 꺼내 괜한 부스럼을 만들었다는 떫은 느낌만 주었다. 그의 얼굴이 낯설어 보였다. 무관심으로 치닫고 있는 내 감정 탓이었다. 우리는 언제 끝날지 모르는 불안한 동반관계에 놓여 있었다. 소모적인 감정싸움은 될수록 피하는 것이 내게 피해가 덜하리라는 이기심이 머리를 내밀었다.

"창우 씨가 개미 어쩌고 한 것은 이치에 안 맞아. 누구나 알아들을 수 있는 뚜렷한 이유가 없다면 그건 말이라고 할 수 없지."

"말이 아니라면, 아니라면 뭔데?"

"망상이거나 아니면 궤변에 불과한 거고. 궤변은 자기 합리화로 향하는 길목이고."

"궤변? 패밀리 핑계로 교수와 어울려 다니면서 밤낮을 모르는 누군? 학위 때문에 어쩔 수 없다는 유일한 그 이유가 내겐 궤변으로 들리는데."

그의 말에는 독한 가시가 숨어 있었다. 모든 일에 자신만만했던 그에게도 패밀리는 넘기 어려운 장벽인 것 같았다.

'패밀리는 무슨 패밀리….'

내가 처음 패밀리라는 단어를 꺼냈을 때 그는 학교가 무슨 마피아 조직이냐며 코웃음을 쳤다. 그의 말은 단호했고 자신감이 넘쳤다. 그에 대한 환상이 깨진 것은 학자금 대출과 쪼들리는 생활을 때문에 회계사를 포기하고 공무원 시험을 보겠다고 하면서부터였다. 공시생이 된 그는 6개월만 기다려달라고 했으나 그 말은 허공으로 이미 사라졌고 벌써 3년째 접어들었다. 3년이라는 그 시간은 그만의 것이 아니었다. 자신의 가난을 원망하고, 기업가를 매도하고, 정치가를 멸시하면서 펼치던 그의 논리들, 그것이 모두 옳은 것만은 아니라는 사실, 그가 모르는 것이 더 많다는 사실을 나도 깨닫기 시작한 것이다. 그가 인정하지 않았던 세계도 나름대로 법칙과 의미가 있음을 그는 알지 못했다. 그의 존재가 현실세계를 벗어나지 못하는 이상 그의 삶이 예전과 같을 수 없음을 의식하는 것은 서글픈 일이었다.

내가 그를 받아들이는 것은 그가 만들어놓은 틀 속으로 나를 던지는 것이고, 틀 속의 세계인 공시생이라는 상황을 인정함으로써 가능했다. 패밀리도 특별하지 않았다. 패밀리는 내가 안고가야 할 짐이었지만 감당하지 못할 정도의 무게는 아니었다. 패밀리 자체의 무게라기보다 그 세계 속에서 내 위치가 갖는 무게일 뿐이었다. 선택은 내 몫이지 패밀리의 강요가 아니었다. 그는 자신의 산삼 캐는 일에 대해 내가 이해해주기를 바랐지만 내가 정말로 염려하고 있는 것이 무엇인지에 대해서는 관심이 없어보였다. 패밀리와 산삼을 동일시하는 그에게 내 뜻은 정확하게 전달될 수 없었다.

"사람 사는 곳으로 돌아오라고. 일상에서 멀어지지 말라는 얘기야."

"무슨 뜻이야?"

"다 힘들게 살아. 창우 씨만 힘든 건 아니라는 말을 하고 있는 거야."

"일은 하되 밥은 먹지 말라는 얘기와 뭐가 달라. 우리 사는 곳, 거기가 어디든 바로 일상이고 현실이야. 개미가 나무 위로 오르든 내가 산삼을 캐든."

그가 고개를 돌렸다. 병실 창문으로 보이는 쪽빛 하늘이 금방이라도 내려앉을 것 같았다.

"하늘이 너무 깊어, 밤하늘만큼."

"저 너머 다른 세상이 있을까. 꼭 또 다른 세계가 있을 것 같지 않아?"

"공시생이 없는 세계, 창우 씨 그걸 꿈꾸는 거지?"

그는 미동도 하지 않았다.

"고향에 가고 싶어…."

공무원이 되기 전에는 안 간다며. 나는 목구멍까지 올라온 말을 도로 삼켰다.

그가 고향 얘기를 처음 꺼낸 날은 3년 전 노량진 고시원으로 짐을 옮기던 날이었다. 그의 고향은 목포에서 배로 두어 시간 가야 하는 작은 섬이었다.

"어머니는 늘 섬을 벗어나 뭍으로 나가고 싶어했어. 안개가 낀 날 먼 바다가 보이지 않으면 내 손을 잡고 갯가로 나갔어. 저기 안개 너머에 목포라는 도시가 있단다. 작고 예쁜 곳이야. 엄마 고향이란다. 아버지는 늘 말했어. 한해만 참자고. 어머니가 참아야 하는 햇수가 늘어났지만 아버지의 그 한해는 변함이 없었어. 어머니가 아버지의 말을 믿지 않게 된 때가 언제일까. 나는 늘 그것이 궁금해."

그가 대학을 입학하던 해 어머니는 당신이 간절히 바라던 뭍으로 떠났다. 안개가 자욱한 날이었다고 아버지는 말해주었다. 아버지는 배가 없어 어머니를 찾으러 갈 수 없었다고 했다. 작은 배를 갖고 싶다는 아버지의 소원을 들어주겠다던 그의 약속은 지켜지지 못했다. 그는 고시원을 나가게 되면 맨 먼저 고향을 찾겠다고 말했다.

"일 년만 고생해. 간과 쓸개는 내게 저당잡혔다고 생각하고."

그럴 수 있을 것이라고, 능력이 있는 남자라고 나는 그에게 말해주었다. 열심히 하면 6개월 내 합격한 사례들도 많이 보았노라고 마음에도 없는 말까지 했다. 그가 공무원 시험을 준비하겠다고 했을 때 받았던 암담한 느낌을 지우려고 애썼다. 그의 능력을 믿지 못해서가 아니라 해줄 수 있는 위로의 말을 찾지 못했기 때문이다. 늘 시간이 모자란다며 안타까워하던 그는 생활비와 학자금 대출 이자가 목을 조여온다며 단 한 달만이라도 온종일 공부만 할 수 있기를 바랐다.

논문 발표를 마친 박 선배를 이끌다시피 커피숍으로 데려갔다. 머뭇거리던 이 선생도 내 눈치를 읽고 박 선배의 한 쪽 팔짱을 꼈다. 박 선배가 손부채를 만들며 툴툴거렸다.

"난 여름이 싫어."

이글거리는 열기를 품은 바람 한 줄기가 덮쳤다. 나도 여름이 싫다. 땀에 젖은 속옷의 축축함이 짜증스런 날이면 유난히도 추웠던 지난 겨울 날씨가 간절했다. 박 선배의 걸음걸이가 깨지락거렸다. 화를 내며 무슨 말을 했지만 귀에 들어오지 않았다. 박 선배가 오늘 당한 일이 일 년 뒤 내 모습일 수도 있겠지만 뭐가 옳은지 헷갈렸다.

"개념 정리조차 되지 않은 것을 논문 심사장에 들이미는 배짱은 어디서 나왔습니까? 수차례 지적을 했음에도 고치지 않은 것은 논문을 안 쓰겠다는 겁니까, 내 말을 무시하는 겁니까?"

박 선배의 논문 발표가 끝나자마자 한참 동안 고개를 설레설레 흔들던 오 교수의 첫 마디였다. 오 교수의 싸늘한 표정 위로 비웃음이 지나가는 것을 박 선배도 보았을까. 참관자로 지켜보던 내가 죄지은 사람처럼 오금이 저려왔다. 패밀리 모임에서 보여주었던 살가운 오 교수의 모습은 어디로 가고 없었다.

"난 논문 안 써. 수료만 하고 말 거야."

"진짜 무서워서 못쓰겠어요. 실력도 안 되지만."

"이 선생은 교수님이 예뻐하시잖아. 논문 제목도 받았다면서, 왜 그래?"

커피숍으로 들어서는 박 선생의 발걸음이 어느새 가벼워보였다. 두 사람의 웃음소리가 맑게 울렸다. 언제 그랬냐는 듯이 오 교수의 흉을 보면서 깔깔거렸다.

"술만 먹이면 되는데 논문 심사장에 술상을 차릴 수가 있어야지."

"그것도 보드카로!"

"그냥 양주면 어때? 바이주도 좋고."

"술이라고 다 같은 급이 아니라잖아."

"급은 무슨 급? 속에 들어가면 그게 그거지. 남자들은 술만 마시면 개가 돼."

박 선배가 입술을 삐죽거리면 킬킬거렸다. 결국 그날 저녁의 이야기가 또다시 화제에 올랐다. 보드카를 마시고 싶다고 끝까지 고집을 피우던 오 교수는 결국 술이 취해 인사불성이 되어 바지에 실례를 하고 말았다. 의식은 있지만 스스로 몸을 가눌 수 없는 오 교수의 낭패스러워하는 꼴이라니.

"교수님이나 우리가 무슨 죄가 있겠어. 이 지경으로 만든 대학문화가 문제지."

운동장 뒤 푸른 숲이 너울거렸다. 어디선가 바람이 부는 모양이었다. 여름이 절정을 향해 치닫고 있었다.

종강 후 이틀 뒤부터 다시 학교로 나왔다. 며칠이라도 침대에서 빈둥거리고 싶었지만 틈만 나면 말을 걸고 싶어하는 엄마 눈치가 신경쓰였다. 부천 사는 사촌언니 딸이 방과후교산가 뭔가 들어갔다고 하는데 그게 뭐하는 거냐고 묻기도 하고, 고등학교 동창 친구 아들은 법대를 나와 출판사에 취직했다는데 그게 말이 되는 소리냐고 고개를 갸웃거렸다. 그러면서 나를 빤히 쳐다보는 엄마의 시선을 불편하고 당황스러웠다. 학교에 왔으나 딱히 갈 곳이 없어 도서관을 들락거리거나 커피숍에서 시간을 죽였다. 때때로 먼저 졸업한 친구들을 만나 수다를 떨기도 했지만 카페라떼의 온기가 식어갈 때쯤 대화거리가 바닥이 나기 시작했다. 오랫동안 만나지 못했다는 시간적 거리감이 그들과의 관계를 낯설게 만들었다. 그럴 때마다 불쑥 찾아드는 당황스러움은 생경한 것이었다. 기질이 비슷하다고 생각했던 친구들이었는데 서로에 대해 아는 것이 없다는 불편한 기분은 가슴을 답답하게 만들었다.

"세진이 너처럼 대학원 가서 박사나 따야 할까봐. 교수님 소리라도 듣게."

그들의 목소리는 밖으로 나오는 순간 허공으로 사라졌다. 여운이 없는 대화는 말하는 사람의 형체까지 지우고 있었다. 백화점에 진열

된 마네킹들과 마주하고 있다는 공허감으로 속은 점점 메말라갔다. 허비하고 있는 시간들이 의미를 찾지 못하는 날들이 계속됐다. 방학 기간 중 스터디를 하자던 박 선배와 이 선생의 제안이나, 광화문을 배회하다가 목적 없이 교보문고를 들르는 일도 시들했다.

골절 사고 이후 그와는 연락이 되지 않았다. 고향 가고 싶다는 말을 했지만 그것이 소식을 끊어야 할 이유는 될 수 없었다. 그렇지만 내가 먼저 연락하고 싶을 정도로 마음이 끌리는 것도 아니었다. 절실함이 사라진 것이 이유가 될 수 있었다. 생각해보면 그가 그다지 매력적이지도 않았고 그저그런 평범한 부류에 불과했다. 오히려 반듯한 직장도 갖지 못한 그는 어떤 면에서는 사회 열등생의 표본처럼 여겨지기도 했다.

그런데 갑자기 그가 생각난 것은 그가 말했던 개미 때문이었다. 그날도 도서관에서 시간을 때우다가 해가 뉘엿해지자 불현듯 술 생각이 났다. 학과 조교를 하는 친구에게 연락해놓고 도서관 뒷문 벤치에서 기다리고 있었다. 우연히 시선이 멈춘 곳은 발 아래 작은 개미집이었다. 개미 한 마리가 부지런히 땅을 파고 있었다. 모래알갱이보다 입자가 가늘고 부드러운 흙을 계속 땅 위로 밀어올렸다. 다른 개미들은 보이지 않았다. 개미는 내가 보고 있다는 것을 전혀 개의치 않는 듯했다. 쉴 새 없이 더듬이를 흔들며 사방을 휘젓고 다녔다. 세상이 온통 그의 놀이터 같았다.

"뭘 그렇게 유심히 보는 거야?"

친구가 가까이 다가오는 것도 모를 정도로 개미에 골똘해 있었다.

개미가 놀고 있어,라고 말을 하려다가 멈칫했다. 친구는 뭐라고 대답할까. 세상에 그냥 노는 개미는 없어라고 말하거나, 아예 대답조차 하지 않을지도 모른다는 생각이 퍼뜩 들었기 때문이다.

"아무것도 아니야. 가자, 소주 마시러!"

말은 그렇게 했지만 문득 그가 생각났다. 개미라는 단어가 머리를 헤집기 시작하면서 그가 떠올랐다는 것이 정확한 표현이다. 그가 보았다는 그 개미가 궁금해졌다. 지금 생각해도 개미 한 마리 때문에 나무에서 떨어졌다는 그의 말은 논리가 맞지 않았다. 그는 가끔 엉뚱한 행동으로 나를 놀라게 했지만 스스로 논리가 서지 않으면 움직이지 않았다. 그런데 그런 일들이 그에게는 자연스런 현상으로 비쳐지곤 했다. 내가 보기엔 무의미하게 여겨지는 것들도 그가 관심을 가질 때는 생각조차 못한 어떤 의미가 부여되었다. 그것은 개미로부터 연상된 그의 이미지였다. 그 이미지가 아직 내 머릿속 어딘가에 남아서 개미를 불러오고 또 그를 꺼냈다.

2년 전쯤 처음 응시했던 공무원 시험에 떨어진 그를 사당역으로 불러냈다. 첫술에 배부를 수 있겠어. 최소한 준비 기간은 필요하다더라. 급할 거 없어. 나는 생각나는 대로 떠들었다. 마음에도 없는 말로 억지로 위로해주지 않아도 돼. 그는 말을 아꼈다. 풀이 죽은 그를 이끌고 지하철에 올랐다. 몇 개 역을 지나고 그가 갑자기 내 손을 잡아끌었다. 내린 곳은 우리가 가기로 했던 서울대공원이 아니라 과천 경마장이었다.

"갑자기 말 달리는 것이 보고 싶어졌어. 한 시간만 있다 놀이공원

가자.”

그는 복승식 마권을 끊었다.

“천 원이야. 그냥 구경하는 것보다 재미있을 것 같아서.”

경마가 시작되었다. 출발 신호와 함께 말은 질주하고, 그 모습은 대형 전광판으로 생생하게 중계되었다. 요란한 장내 마이크 소리와 뒤섞여 들려오는 관중들의 함성은 아우성이었고, 그들은 이성을 잃은 미친 말처럼 보였다. 로마 검투사를 소재로 한 영화의 장면이 떠올랐다. 인간의 목숨을 걸고 열광하는 로마 시민들의 모습은 광기에 지나지 않았다. 그들은 검투사의 삶이 자신들과 다르다는 고정관념에 함몰되어 스스로 미쳐갔다. 광기의 분출을 통해 그들이 얻는 것은 검투경기에 대한 중독이었다.

말은 빠른 속도로 주로를 따라 트랙을 돌고 결승점으로 들어섰다. 세상이 끝난 것처럼 무섭게 질주하던 말은 거친 울음소리를 내며 달리기를 멈추었다.

“초원에서 저 말을 달리게 하고 싶어. 내가 역마살이 있나봐.”

말은 자신이 달릴 초원은 이미 사라졌다는 것을 알고 있는 것일까. 울타리를 넘는다고 해야 온통 아스팔트와 콘크리트로 발린 도로일 뿐임을 알기에 끊임없는 주로 쳇바퀴 돌기를 숙명으로 받아들였을까.

“어디 갈 곳이라도 있다면. 그게 아니라면 도피행각일 뿐이지. 세상이 두려워서 꽁무니를 빼는 것. 그렇지만 어디에도 그런 곳은 없어.”

“알아. 차라리 모르면 마음이나 편하지.”

그는 돈을 따기 시작했고 약속한 한 시간은 훌쩍 지나갔다. 한번만 더. 그는 계속 땄다. 그의 눈은 벌겋게 변해갔고 얼굴에는 붉은 기운이 솟았다. 몸을 떨면서도 안절부절못했다. 천 원으로 시작한 그의 마지막 경주 마권 금액은 삼십만 원이었다. 마지막 그 경주에서 그가 지목한 말은 결승점을 바로 앞두고 등외로 밀려났고, 그때까지 딴 돈을 모두 날렸다. 그는 누군가의 농간이라며 사기극에 당했다고 날뛰었다.

"그만 좀 해. 창우 씨 돈 잃은 것 때문에 그러는 거 아냐?"

"돈이 문제가 아냐. 내가 처음 천 원으로 시작했으니 잃어봤자 그게 전부야. 그런데 잘 달리던 말이 결승점 바로 앞에서 왜 갑자기 속도를 줄이느냐에 대해서 아무도 말해주지 않거든. 세상 일이 비논리적이라는 말을 하고 있는 거야."

그는 자신의 행동을 합리화시키는 특별한 능력이 있었다. 그것이 그가 살아남는 방법이라는 것을 나는 조금씩 알아차리기 시작했다.

그날 나는 밤 늦도록 친구를 붙잡고 술집을 전전했고, 때때로 그를 원망했고 그런 그를 떠올리게 만든 개미를 저주했다. 친구는 갑자기 웬 개미 타령이냐고 묻긴 했지만 내 주정으로 받아넘겼다.

오 교수와의 약속 시간에 늦지 않기 위해 아침도 거르고 학교로 허겁지겁 달려갈 때였다.

'그동안 연락 못해서 미안. 여기 우이도.'

계단을 오르다 말고 걸음을 멈추었다. 명절에도 가지 않던 고향,

그가 입에 올리는 것조차 꺼려했던 고향 섬 이름이 낯설게 다가왔다. 길게 숨을 내쉬고 걸음을 재촉했다.

방학 동안 논문을 준비한답시고 도서관과 집을 오가면서 조금 바쁘게 보내긴 했지만 그 때문에 그를 잊었던 것은 아니었다. 연락이 되지 않자 그에게 무슨 일이 있겠거니, 내게 연락을 하고 싶지 않은 그만의 사정이 생겼거니 했다. 그렇다고 숨어서 얼굴도 내밀지 않는 그만 바라보며 지낼 형편은 아니었다. 논문 주제를 정하기 위해 연구사 검토를 하고 텍스트도 읽어야 했다. 패밀리도 마찬가지였다. 방학 중이었지만 정기 모임은 물론이고 여름 스터디까지 빠듯하게 보낸 날들이었다.

두 시간 넘게 연구실 밖에서 기다리게 했던 오 교수의 표정은 시큰둥했다. 그동안 연구한 연구사 검토와 내용에 대해 설명했으나 오 교수는 말을 중간에 끊으면서 연구 과제를 바꾸라고 했다. 내가 다시 보충 설명을 하려고 하자 오 교수가 정색했다.

"내가 맘에 안 들어? 그럼 바꿔! 정 선생이 지도교수를 바꾸면 되잖아!"

"교수님, 죄송합니다. 그게 아니라…."

"내 앞길을 막을 셈이야? 박사 논문이면 지도교수의 이름도 같이 들어간다는 걸 설마 모르고 하는 소리는 아니겠지. 내가 평생 부교수로 썩어도 상관없다는 얘기야 뭐야?"

나는 잘못했다고 허리를 꺾어 용서를 구했다. 지도교수를 바꾸라는 말은 논문을 쓰지 말라는 말이었다. 논문 발표에서 탈락했던 박 선배의 학위를 포기하고 싶다는 말이 떠올랐다. 처음으로 패밀리 무용론을 주장했던 박 선배였다.

"교수님이 필요할 때만 패밀리야."

박 선배와 마찬가지로 내게도 패밀리라는 족쇄는 운신의 폭을 제한하고 있었다. 패밀리를 걸고넘어지면서 논문 쓰는 것을 포기하면…. 처음부터 자신이 없었는데 오 교수가 가려운 데를 긁어준 셈이었다. 그의 말대로 패밀리 핑계를 대며 그동안 사치스런 놀이를 하고 있었던가. 교수실에서 쫓기듯 뛰쳐나왔다.

'내가 사회부적응자라는 생각은 해보지 않았어. 늘린 게 청년백수고 공시생들이야. 그들이 다 그런 건 아니잖아. 나도 마찬가지고. 다시 시작해야지.'

그의 문자가 또 와 있었다. 중앙도서관 계단참에 앉아 그에게 전화를 걸었다. 그의 목소리가 떨렸다.

"세진이가 전에 물었지. 이제 대답할 수 있을 것 같아."

"뭘?"

"진짜 사랑과 진짜사랑."

"내가 그랬어?"

"잊었어? 그때 청계천, 물에 빠지고 발목을 접질려서 병원까지 갔는데."

까마득히 잊고 있었다. 그날 동대문 골목 어딘가에서 소주를 두 병씩 비우고 청계천으로 내려갔다. 흐르는 물이 모두 술이었으면 좋겠다는 그의 말에 나는 청계천은 좁으니 더 넓은 개천이었으면 좋겠다고 응수했다.

“하지 않아도 될 사람은 하고, 해야 할 사람은 하지 않는 세상이야. 그게 공부든 사랑이든.”

진짜 사랑과 진짜사랑, 단지 띄어쓰기의 차이일 뿐이다. 거기에다가 또 다른 의미를 부여한다는 것은 사족이다. 그가 개미 때문에 다쳤다고 생각하는 것이나 내가 술 때문에 패밀리를 떠나지 못하는 것이나 억지인 것은 마찬가지였다.

“언제 올라올 거야?”

“곧….”

“곧? 언제?”

그는 대답을 망설였다. 나를 불안하게 만든 것은 그의 사랑놀음이나 나의 패밀리를 빙자한 술놀음이 아니었다. 시간이 흘렀지만 조금도 변하지 않은 세상이었다. 그가 말을 아무리 바꾸고 그것에 맞는 논리를 만들어낸다고 하더라도 귀담아들을 사람이 없다는 점이었다.

“개미 흉내를 내고 싶었던 내 생각이 틀렸어. 노량진으로 다시 들어갈 거야. 올라가면 세진이가 좋아하는 소주 한잔 하고 싶어.”

그가 우려하는 개미나 술은 도처에 널려 있었다. 그는 자신의 속임수에 스스로 걸려들고 있었다. 그의 말이 바람 빠진 풍선처럼 맥없이 들렸다. 나는 오 교수에게 드릴 근사한 선물로 뭐가 좋을까를 고민하기 시작했다.

붉은 까치

붉은 까치

오후 내내 심란해하다가 해 질 무렵 그곳 아파트로 간 것은 까치 때문이었다. 노을의 역광을 헤집고 까치가 불쑥 나타났다. 까치는 다세대주택단지의 낮은 하늘을 지나 날개를 솟구치며 대로 너머에 있는 모닝아파트 쪽으로 날았다. 무심결에 까치를 따라 발걸음을 옮기기 시작했다. 종이비행기처럼 빙그르르 돌던 까치는 지하 주차장 입구 화단으로 내려앉았다. 부리로 땅바닥을 두어 번 톡톡 치더니 풀쩍 날아 이팝나무 가지에 앉았다. 성근 가지 사이를 지나온 햇빛이 까치 꽁지에 머물렀다. 검은 광택이 눈부셨다. 사선을 그리며 날던 까치가 13층 베란다 둥지에 앉았다. 먼저 있던 다른 까치가 날개를 퍼덕거리며 땅으로 비행을 했다. 까치 두 마리는 교대로 나뭇가지를 둥지로 물어날랐다. 오르내리는 동선은 약속이나 한 듯 매번 똑같았다.

103동 현관 앞으로 노을빛이 스며들었다. 응달의 눈더미도 붉은 빛으로 물들었다. 눈을 배경으로 셀카 포즈를 취했다. 사진 속의 얼굴은 역광을 받아 검었다. 흐릿한 피사체가 만든 그림자는 선명했다. 길에서 시작된 짙은 그림자는 204동 축대에서 상반신이 꺾이고 쓰레기장까지 뻗었다. 목이 잘린 가느다란 몸피가 아파트 현관으로 꾸역꾸역 들어가려고 했다.

"십일층 할머니가 베란다에서 틀니를 떨어뜨렸는데 붉은 까치가 물고 갔다고 찾아달라네요. 나원참, 세상에 붉은 까치는 다 뭐고 틀니를 물어갔단 소린 또 뭔지…."

아파트 경비원은 믿지 못할 일이라는 투로 말을 아끼는 듯했다.

"까치가 집을 튼튼하게 지으려나보죠."

나는 손을 들어 103동 베란다를 가리켰다. 농담으로 던진 말이었는데 경비원은 정색하며 고개를 끄덕였다.

검은 벤츠가 '단지 내 서행'이라는 스테인리스 표지판 앞길을 결코 서행일 리 없는 둔탁한 엔진 소리를 내며 지나갔다. 깜짝 놀라 한 발짝 뒤로 물러나는 나를 물러섬 없이 서 있던 경비원은 빤히 쳐다본다.

"몇 동 사세요?"

나는 서둘러 걸음을 옮겼다. 관리사무소를 지나는데 2층에서 음악소리가 흘러나왔다. 휘트니센터였다. 창가 가까이에 붙은 러닝머신 위에서 민소매 차림의 40대 여자가 뒤로 달리는 중이었다. 저런 달리기가 가능할까. 여자를 보자 어지러움이 느껴졌다.

붉은 까치가 틀니를 물고 갔다는 할머니, 그걸 찾으러 다니는 경비원, 뒤로 달리는 아줌마. 익숙하지 않은 것들이 연속적으로 일어나는 경험을 단지 다세대주택과 아파트의 차이라고 하기에는 설명이 필요했다. 복잡한 머릿속이 더 엉클어졌다. 불유쾌한 기분 탓일지도 몰랐다. '배송기사'라는 말에 과민반응을 보이는 셈 치면서 뉘엿대는 긴 해를 더듬어 집으로 향했다.

보도조차 없는 좁은 도로, 차와 사람이 위태롭게 곡예를 벌이는 빌라촌으로 이어지는 구불구불한 길 모습이 처음 대하는 양 낯설었다.

제멋대로 자리잡은 다세대주택들. '빌라 펜스리움'. 이름처럼 있어야 할 울타리가 없어 마당과 차도의 경계를 짓지 못한 건물이 황량해보였다.

삼거리 편의점 앞에 아우디 승용차가 주차되어 있었다. 사람이 겨우 비켜나갈 좁은 틈만 남기고 떡하니 버티고 있는 겹쳐진 동그라미 네 개가 내게 말을 건다. 열받지? 하고. 발길로 차고 싶었다. 승용차 운전석 문이 덜컥 열렸다. 몇 번 얼굴을 본 적이 있는 빌라 아래층에 사는 남자였다.

"간단하게 막걸리라도 한잔 하실까?"

그가 외제차를 타고 다니는 것도 몰랐지만 뜬금없이 막걸리를 먹자고 말할 줄은 예상 밖이었다. 친하지도 않은 이웃 사람과 편의점 앞에서 새우깡을 안주로 막걸리를 마시겠다는 그의 발상이 낯설고 서먹했다. 마시겠다는 말도 싫다는 의사표시도 없었지만 나는 그가 준 막걸리 한 병을 얼른 비웠다. 내가 먼저 자리를 떠도 되는데도 뜬금없이 막걸리를 마시자는 남자에게 갇혔다는 생각을 왜 했을까.

그녀. 그녀가 아직 내 앞에서 내가 만든 어색한 분위기를 이어가고 있다. 왜 그녀를 불러냈을까. '갑자기 공장으로 발령이 났지요. 마음의 갈피를 잡지 못하다가 까치를 따라 이웃 아파트에 갔답니다. 거기서 익숙하지 못한 일들을 경험하고, 다세대주택 골목에서 덜 떨어진 아래층 남자를 만나 무례한 그의 차를 부수고 싶었지만 편의점에서 막걸리를 얻어마시곤 그 남자에게 갇혀 집으로 돌아가지 못했습니다. 당신은 그래서 얼떨결에 얻어걸린 목표물이랍니다'라고 그녀에게 말할 수는 없는 일이었다. 이 닭강정 가게는 처음부터 정해진 목적지가 아니었다. 버스 정류장에서 눈에 익은 272번 버스에 무작정 올랐고, 우연히 경쟁회사 점포가 눈에 들어와서 당신에게 문자를 보냈노라고 한다면 그녀는 고개를 끄덕일 것인가. 첫 번째 문자가 씹힌 뒤 '업무상'이라는 단어를 넣은 두 번째 문자를 보내고서야 응답한 그녀였다.

한 입 베어문 닭강정은 미묘한 차이였지만 기대했던 고소한 맛이 아니었다. 뒷맛은 텁텁했고 시큼하기까지 하다. 닭강정 맛의 기본은 입안으로 전달되는 육즙의 생생함이다. 소스에 첨가되는 재료는 브랜드마다 차이가 있겠지만 그것이 맛을 좌우할 정도는 못된다. 깔끔하지 못한 이런 뒷맛은 신선하지 못한 튀김 기름을 사용했을 때도 발생할 수 있다. 맛품평을 하려던 뜻은 없었는데 이 빌어먹을 직업의식이라니.

"잠깐만요, 사진 좀 찍구요."

그녀가 휴대폰 카메라 렌즈를 닭강정에 들이댄다.

"인테리어가 참 예뻐요, 내부 사진 좀 찍어도 돼요? 블로그에 올리려고요."

주인에게 양해를 구하는 듯한 말을 하면서도 카메라의 초점은 이미 실내의 이곳저곳으로 옮겨가고 있다. 주인은 대답 대신 웃기만 했다. 비교적 눈에 익숙한 체인점 회사 로고, 메뉴판, 튀김솥. 수없이 보아왔던 모습들이다. 주인이 서 있는 저곳 주방에서 어떤 일이 일어나는지는 눈을 감아도 훤하다. 염지가 된 닭을 미리 반죽되어 있는 파우더에 묻히고, 적당한 속도로 물방울을 튕기듯이 튀김솥에 넣고, 닭이 튀겨지는 동안 양념팬에 소스를 넣어 타이머를 맞추고, 알람 소리가 나면 튀긴 닭을 양념팬에 넣어 주걱으로 섞고….

"이틀에 한번은 꼭 포스팅하겠다고 작심했는데 마음대로 안 되네요. 잠깐 안 했다고 조회 수가 백이나 떨어지는 게 말이나 돼요?"

"홍보가 아닌 순수 맛집 블로그가 되려면 찍기 전에 먼저 맛부터 봐야 하는 거 아닌가?"

"맛이야 뭐, 일단 맵다. 근데 그게 약간 중독성은 있다. 이게 포인트예요."

그녀가 닭을 입에 넣어 오물대면서 매운 맛으로 꼬집은 포인트란 맞는 말이다. 다만 이 브랜드가 매운 양념으로 거짓 맛을 내고 있다는 사실을 모를 뿐이다. 자신이 없으면 맵게 하라! 매운 것을 극복하고자 하는 심리를 자극하는 일이야말로 매출 상승의 일등공신, 가맹점 교육이나 점포 출장 때마다 내가 써먹는 단골 수법이었다. 한국인에게 자극이 되는 것은 강한 것들에게 있다. 힘, 화끈함. 매워야 제 맛이라는 슬로건은 그 강한 것들을 극복하는 최고의 가치였다. 수많은 닭강정 브랜드를 차별화할 수 있는 것은 회사마다 특별한 맛을 내는 고유한 파우더의 개발이 아니다. 그래봤자 닭이 가진 맛의 한계를 넘기엔 이미 브랜드 수요가 포화됐고 업무상 비밀이던 맛의 비법도 평이해져버렸다. 결국 맛을 좌우하는 것은 그 회사의 광고 마케팅 능력과 가맹점 숫자였다.

"근데, 갑자기 왜 절 보자고 했는지?"

"음식의 맛이 재료에서 결정되는 것처럼 매출은 점포의 입지 여건에서 판가름이 난다, 그동안 제가 경험을 통해 터득한 노하우입니다. 그런 차원에서 다른 브랜드 제품을 우리 제품과 비교하는 일도 업무의 연장선이라 할 수 있습니다."

"무슨 말인지…."

상사가 업무라는 굴레를 씌워서 여직원을 불러 치맥을 한다는 것은 치사한 갑질이다. 더구나 친하지도 않고 직속 상사도 아니라면 더욱 그렇다. 젠장, 내가 무슨 말을 지껄이고 있는 거야. 그녀의 물음의 대답치곤 유치하고 저속한 대답이다. 그녀가 나를 힐끔 올려다본다. 눈매는 식어가는 붉은 닭강정의 바랜 윤기처럼 희멀겋다. 마치 거품을 기운을 잃은 미지근한 맥주처럼 무관심한 표정이다.

오늘 외출은 예정에도 없었고 그녀와의 만남은 더욱 그랬다. 두어 시간 전 내게 일어났던 예기치 못했던 일들, 그 어이없고 이해되지 못할 느낌이 가져온 마음의 혼란은 그녀와는 무관한 것들이었다. 당연하다 하기엔, 혹은 상황을 이해하는 내 능력 부족의 소치라 여기기엔 이번 발령은 뜬금없었다.

오전에 걸려온 낯선 번호 속 투박한 목소리의 남자는 다짜고짜 내 이름을 확인하고는 따지듯 채근했다.

"공장엔 언제쯤 내려오세요?"

나는 대답 대신 그곳 사무실의 컴퓨터 사양부터 물었다.

"공장장님이 빨리 오라는데요? 배송기사 한 명이 그만두는 바람에 일이 많이 밀려서요."

직원의 말뜻을 알아듣는 데는 시간이 걸렸다. 사업본부장은 내가 공장에서 무슨 일을 할 것인지 상세하게 말해주지 않았다.

'배송기사….'

회사 방침에 따라 성실히 근무했고, 회사 이익을 위해서라면 개인적인 희생은 감내하는 것을 미덕으로 알았다. 회사는 몸과 마음을 함께 맡길 수 있는 안식처였다. 일상의 평안을 얻었고 살아가는 보람을 느꼈고 앞으로 펼치게 될 미래를 꿈꾸었다.

공장으로 파견근무 발령이 났을 때 직원들은 내가 실적주의 제도가 낳은 희생양이라는 애매모호한 말을 입에 올렸다. 컨설턴트의 능력은 추정 매출과 실제 매출의 차이를 얼마나 줄이느냐로 판가름난다. 컨설팅 분석 결과로 나온 예상 매출이 매장 오픈 뒤의 매출과 그 간격의 폭이 지나치게 벌어지면 가맹점 점장의 민원에 시달렸다. 민원이 발생하면 사업본부장은 사장의 눈치를 보면서 컨설턴트에게 화살을 돌렸다. 컨설팅이라는 업무 자체가 입지 여건 분석과 해당 상권 가구 수, 주변 경쟁점과 유동 인구 등을 종합하여 매출을 추정하기 때문에 실제와 다른 결과가 나올 수 있다는 변수 요인은 그들에게 의미가 없었다. 어머니의 사업을 이어받은 젊은 사장은 취임하자마자 혁신이라는 이름 아래 모든 일의 성과를 수치화시켰다. 슈퍼바이저의 업무도 그래프로 그려 순위를 매겼다.

"붉은 까치를 보았거든요."

"붉은 까치도 있어요?"

그녀가 어색함을 피하려는 듯 식어빠진 닭강정을 입에 넣었다.

“웃기죠. 옥상에 올랐는데 노을에 까치가 붉게 보였거든요. 그때 명화 씨가 생각이 났습니다. 말하자면 명화 씨에 대한 이미지가 붉은 색과 연관이 되었던 것 같습니다.”

“그러니까 업무상이라는 건 핑계였다는 말씀이네요.”

“입고 있는 블라우스도 연분홍이네요. 발그레한 볼도 그렇고, 닭강정을 먹는 입술도 붉습니다. 괜찮다면 노을을 배경으로 같이 사진을 찍고 싶다는 생각도 하면서….”

“까맣게 나오겠죠. 누가 누군지 못 알아볼걸요.”

그녀의 목소리 톤이 올라갔다. 붉은 까치가 주었던 흥미는 진작 잃었고 그걸 핑계삼아 자리를 마련한 흔해 빠진 연애 고백쯤으로 받아들인 듯했다. 차라리 그녀가 농담에 서투른 사람이 어설프게 남을 웃기려다 일어나는 해프닝으로 이해해주길 바랐다. 세상 모든 것이 그렇게 쉽게 자신의 생각대로 되지 않는다는 말을 하려다가 그만두었다.

“내가 좀 이상합니까?”

“이상하다기보단 이기적이죠. 있지도 않은 붉은 까치 따위가 여직원을 불러낼 핑계가 된다는 사실에 화가 나네요. 정작 본인은 그 사실이 어떤 오해를 불러일으킬지 예측도 하지 못하구요. 이기적이려면 차라리 솔직하기라도 하던지. 암튼 정상은 아니에요.”

“솔직하지 못한 미친놈?”

“정상이 아니라고 미친 건 아니죠. 다들 조금씩은 정상적이지 않은데 스스로는 그걸 모르고 있다는 거죠. 나도 그렇고. 말하자면 그럴 수도 있다는 얘기예요."

호프 한 잔을 더 시키려고 하자 그녀는 속이 좋지 않다며 나가버렸다.

여주공장 마당에는 위생복을 입은 여직원들이 한 쪽에 옹기종이 모였고, 남자 직원 서너 명은 건물 벽면의 소화전에서 소화 호스를 끌어내고 있었다.

"양복에 넥타이로 가능하겠어? 윗도리나 좀 벗던지."

내가 엉거주춤 다가가자 공장장이 눈짓을 했다. 수염난 사내가 대뜸 내 팔을 끌더니 소화전함을 열어 호스를 손에 쥐어주었다. 나는 꼭 그래야만 할 것처럼 호스와 노즐을 끌고 가상 화재 지점으로 달렸다.

"뭐하고 있어? 노즐 밸브를 돌려!"

공장장의 외침 소리가 아련하게 들려왔다. 관창 밸브를 돌리자 엄청난 수압의 물줄기가 뻗어나왔다. 몸은 균형을 잃었고 물줄기는 미친개처럼 내 얼굴로 달려들었다. 지켜보던 직원이 황급히 내게서 호스를 빼앗았지만 옷은 이미 물에 흠뻑 젖고 난 뒤였다.

"소방훈련 제대로 했구먼."

공장장이 비아냥대며 거만하게 웃었다. 몇 해 전 화재로 공장을 태우고 난 뒤부터 불시에 소방훈련을 실시하는 것이라고 사내가 귀띔했다.

"딱 맞네. 전에 있던 직원이 입던 옷인데, 급하니 일단 입도록 하게. 세탁은 나중에 시간봐서 하고."

자신을 홍 대리라고 소개한 직원이 빛이 바랜 갈색 작업복을 건네주었다. 빨지 않은 옷에선 오래된 땀 냄새가 곰팡이와 섞여 시큼하고 퀴퀴한 냄새로 변질되면서 역겹게 코로 올라왔다. 사무실로 들어서자 이번엔 공장장의 눈꼬리가 올라갔다.

"본사에서 무슨 말을 듣고 왔는지 모르겠지만 여기 일은 몸으로 때우는 일이야. 짐도 져야 하고, 기계도 돌려야 하고, 현장도 다녀야 하고, 급할 땐 배송도 해야 해."

열 평 남짓한 공간에 집기라고는 공장장 책상 왼쪽으로 철제 캐비닛 하나, 출입구 쪽에 맞붙여둔 책상 두 개와 가운데 커다란 테이블이 전부였다. 책상 위에는 공장장의 위신을 세워줄 낡아빠진 데스크탑 컴퓨터 한 대가 덩그러니 놓여있을 뿐, 박스와 비닐, 장갑과 모자 등이 어지럽게 널려 있었다. 사무실이라기보다는 휴게실이나 창고 분위기였다. 공장장이 작업모를 벗어 책상 위에 아무렇게 던졌다.

"홍 대리, 이 친구 데리고 공장 좀 구경시켜."

"지금 양평 매장 배송나가야 되는데요. 독촉 전화가 몇 번 왔습니다."

"그럼 잘됐네. 참, 자네 이름이?"

"황두줍니다."

"오케이, 황 군은 일단 홍 대리 따라다니면서 일을 익혀."

공장장이 부여한 내 이름은 황 군이었다. 배송기사도, 등짐을 질 짐꾼도 될 이름이었다. 공장은 보기보다 허름했다. 나는 가맹점 점주 교육이나 창업자 설명회에서 최신 시설로 최고의 제품을 생산하는 최첨단 공장을 가지고 있다고 떠들었다. 물론 본 적도 없는 공장이었고, 회사 소개서나 강의 매뉴얼에 적혀 있던 말을 읊은 것뿐이었다. 흰 작업모와 앞치마를 두른 아주머니 몇 명이 작업대에서 재료 닭을 씻다가 나를 흘끔거렸다. 물은 제멋대로 흘러 바닥 전체가 물바다였다.

"창고는 내일 보죠. 급한 거 아니니까."

공장을 나온 홍 대리가 트럭에 올랐다. 나는 엉거주춤 조수석에 앉았다.

"가맹점 원료 배송도 직원이 직접 합니까?"

"배송기사가 따로 있긴 하지만 급할 땐 내 일 남 일이 따로 없어요."

여주 사거리에 이르자 신호등이 바뀌었다. 나는 코앞에 떨어진 신호등의 붉은 색을 물끄러미 바라보았다. 홍 대리가 작업복 주머니를 더듬어 담배를 꺼내며 태우느냐 물었다. 나는 고개를 끄덕였다.

"직진하면 남한강이고 다리만 건너면 양평까지는 얼마 걸리지 않습니다."

신호등은 좀처럼 바뀌지 않았다. 붉은 색이 유난히 선명했다. 무슨 주술을 부리는 것인지 눈이 점점 아파오기 시작했다. 불현듯 어제 그 노을과 붉은 까치가 기억났다. 신호등에 푸른 색이 들어왔다.

"신호등 건너서 잠깐 세워주세요."

전진 기어를 넣던 홍 대리가 나를 돌아보았다.

"일은 내일부터 배우고 우선 지낼 방부터 구해야겠어요."

"공장장이 싫어할 텐데. 먼저 전화를 드리지 그래요?"

"제가 알아서 하겠습니다."

볼펜으로 쓴 사직서는 마뜩치 않았다. 붓펜으로 쓰면 품위가 날까. A4용지를 몇 장이나 날렸지만 내용이 마음에 들지 않았다. 일신상의 사유, 그게 무엇이냐고 묻는다면 대답이 곤란했다. 공장으로 발령이 나서? 다른 직장으로 옮긴다고 한다면. 그건 거짓이었다. 그렇다면 붉은 까치를 보았기 때문에? 누가 들으면 미친놈이라고 할 것이 뻔했다. 어떻게 서울까지 왔는지 기억이 가물가물하고 머릿속은 뒤죽박죽이었다. 조금 전 겪은 세상은 수학 공식처럼 논리정연한 내 것이 아닌 공장장이나 홍 대리의 것이어야 했다.

사직서 양식을 밀쳐놓고 방바닥에 벌렁 누웠다. 팔을 뻗어 머리맡에 뒹굴고 있던 아령을 집어들었다. 천장을 보고 누워 눈을 감은 뒤 팔을 앞으로 뻗었다. 균형을 잃은 팔은 좌우 10kg의 무게를 견디지 못하고 흔들거렸다. 피로를 느끼고 아령을 굴려버렸다. 가스레인지에 라면 물을 올렸다. 라면 봉지를 뜯고 있는데 현관 벨소리가 울렸다. 아래층 아우디 남자였다.

그는 반쯤 연 현관문을 거칠게 잡아당겨 거실로 들어섰다. 밤마다 의자 끄는 소리 때문에 불면증에 걸릴 지경이라고 핏대를 올렸다. 수시로 쿵쾅거리고 한밤중에 못 박는 소리가 들리고 정체 모를 것들이 굴러다닌다며 거실을 눈으로 빠르게 더듬었다.

"그럴 리 없을 텐데요?"

"요즘 층간 소음 문제 몰라요? 살인까지 생긴다고 안하요?"

웃고 받아넘기기에는 부담스런 말이었다. 아예 범인으로 지목하고 올라온 그의 행동은 도를 넘어섰다.

"회사에서 짤렸소?"

그가 끓고 있는 물을 보며 좋은 걸 낚았다는 듯 눈꼬리를 치켜올렸다. 비열한 자식. 촌구석 빌라에 세 들어 사는 주제에 외제차라니. 허세 빼고 나면 너한테 남아 있는 건 뭔데. 입속에서 빙빙 도는 말 대신 머리로는 끊임없이 대답할 말을 찾는 내가 한심스러웠다.

"휴가예요."

"휴가라, 회사가 좋은 모양이우. 자주 쉬네. 우리 집에 가서 막걸리 한잔합시다."

나를 업신여기는 근거 없는 그의 의도를 종내 찾지 못했다. 그는 인간에 대한 예의를 갖추지 못한 자신을 애써 가다듬지 않을 것이다. 타인에 대한 배려를 행하면서 신경써야 할 수많은 것들을 눈감음으로써 타인의 시선에서 자유로울 자유를 얻었다고 믿을 테니까.

"대낮부터 술은 좀…."

"내려갑시다. 막걸리가 술인가? 그러고 대낮이면 어때, 휴가라면서."

능글맞게 웃는 그의 낯을 보며 침을 모으고 있는 나를 느끼자 소름이 끼쳤다. 하지도 못할 행동을 머릿속으로만 그려보는 약자의 원초적인 본능을 깨달았다는 게 옳을까. 비열한 자식을 비열하다 말하지 못하는 내 안의 비열함을 원망하자 배가 살살 아파왔다. 나는 얼굴에 솟은 소름을 참으며 다 졸아버린 라면 물을 쏟아버리고 화장실로 들어갔다. 그가 머쓱대다 문을 닫고 나가버렸다.

깜빡 선잠이 들었다가 악몽으로 눈을 떴다. 가위에 눌려 몸을 움직일 수 없었다. 천장에 붙은 눈동자가 나를 노려보는 것 같았다. 옥상으로 올라갔다. 노을이 산과 마을을 뒤덮고 있었다. 사위가 온통 붉은 색으로 물들어가는 일몰이 가슴을 뭉클하게 했다. 무엇을 딱히 고뇌하지 않아도 아파지는 시간. 불현듯 내가 누군가에게 동경의 대상이 되지 못하는 처지에 나앉은 기분이 들어 쓸쓸해졌다. 등산복을 입은 여자가 노을을 등지고 나란히 놓인 쌍 무덤 사이에서 불쑥 나왔다. 다시 등산복을 입은 남자 하나가 봉긋한 가슴을 어루만지듯 무덤을 더듬어가며 일어섰다. 옷을 털어주는 남자의 손이 가슴에 닿자 숨이 넘어갈 듯한 여자의 경박한 웃음소리가 들렸다. 그들은 무얼하다 저 사이로 나왔을까. 탈선의 현장을 급습한 느낌으로 여전히 붙어서 떨어지지 않는 그들을 바라보며 담배를 찾았다.

맞은편 빌라에서는 할머니가 구부정한 허리를 펴며 나왔다. 할머니는 폐타이어와 녹슨 철제 의자가 엉켜 있는 쓰레기장 가장자리에서 걸음을 멈추었다. 주차장 옹벽 아래 쓰레기장 주변에 어지러이 널린 쓰레기들이 지저분했다. 지저분하니 쓰레기일까. 쓰레기여서 지저분할까. 쓰레기가 되기 이전에 있었을 저것들의 공간은 어땠을까. 할머니가 팔을 허리 뒤로 돌려 펴지지도 않을 등을 두드려가며 구부정한 등을 다시 곧추세웠다. 한낮부터 등산을 하고 해질녘엔 무덤 사이에서 나오는 그들의 삶과 할머니의 쓰레기 같은 삶을 생각하자 부득부득 실업자가 되겠다고 사직서를 준비하는 내 자신이 딴세상 사람같이 느껴졌다.

배고픔이란 놈은 한번도 그냥 넘어가는 법이 없었다. 회사를 그만두느냐 마느냐 하는 판국에 끼니를 챙기는 자신이 초라해졌고 아무런 이유나 가치를 찾을 수 없는 지금의 상황이 서글펐다. 어디서부터 일이 꼬이기 시작했는지 알 수 없다는 것이 난감했다. 어제와 똑같이 세상, 나만 외떨어진 기분이었다. 할 일 없어 보이는 아래층 남자도, 처음 보는 등산객들도, 빌라 할머니까지도 나름 세상을 즐기는 것 같은데 젊고 유능하고 성실한 젊은이가 이렇게 세상을 암담하게 헤매고 있다는 것이 불공평하게 느껴졌다.

공장으로 파견 발령을 받았을 때만 하더라도 퇴사 문제로 고민하게 되리라고는 생각을 하지 않았다. 생각을 바꾸는 일은 거짓으로부터 시작되었다. 거짓이 용기를 불렀고 마음을 변화시켰고 몸을 움직이게 만들었다. 주변에 숨어 있던 수많은 거짓 가운데 처음 모습을 보인 것은 붉은 까치였다. 한번 드러나기 시작한 거짓들은 더 이상 자신을 위장하려 하지 않았다. 경비원, 아래층 남자, 등산객, 할머니, 공장장. 그동안 눈여겨보지 않았을 뿐 실체가 바뀐 것은 아니었다. 그들은 어울리고, 부딪치면서 같은 시대를 살아가는데도 불편을 느끼거나 문제로 삼지 않았다. 자부심을 가지고 일했던 컨설팅 업무도 마찬가지였다. 말이 컨설팅이지 판에 박은 공식에 인터넷에서 검색한 자료를 대입하는 단순한 작업이었다. 오픈 매장의 컨설팅 자료를 작성한 뒤 마지막으로 하는 것은 거짓으로 그럴듯하게 포장하는 일이었다. 결과에 대한 프레젠테이션을 할 때마다 내 가면 속 실체를 들킬까 늘 속이 메스꺼웠다. 진실과 거짓의 경계가 무너진 세상에서 규칙은 필요할 때만 써먹는 장식품일 뿐이었다. 그럼에도 불구하고 나는 살기 위해서가 아니라 사는 방법을 위해서 거짓을 무시하고 눈 감고 있었다고 스스로를 변명했다. 세상 누구도 진실을 말하지 않는다고 나 역시 세상에 없을 붉은 까치를 믿고 싶었는지도 모르겠다.

본부장은 등받이에 몸을 깊숙이 묻었다. 의자를 뒤로 젖히고 실눈으로 비스듬히 나를 올려다보았다.

"뭐가 불만인데? 갑자기 왜 그만두겠다는 거야?"

거칠고 마른 목소리가 작은 사무실을 울렸다. 직원들의 시선이 한꺼번에 나와 본부장에게 쏟아졌다. 재판정 피고석에 서 있는 느낌이었다. 죄명은 공장으로 발령받았다는 이유로 사직하겠다는 회사불충죄에다가 요즘같이 구직이 어려운 시기에 몸이 조금 힘들다고 쉽게 그만두는 직장모독죄 정도쯤 될까. 굳이 자기 변론이라도 하자면 더 늦기 전에 적성에 맞는 일을 찾아야 하고, 전공을 살려서 미래지향적인 인간이 되어야 한다는 자기 책임을 회피하지 않겠다는 청년의 바람직한 인간선언으로 보면 될까. 아무튼 제법 오랜 시간 동안 깊은 고민 끝에 내린 결정이었고, 그 결심은 본사 현관문을 들어설 때까지 변함이 없었다.

"공부도 할 겸, 좀 쉴까 합니다."

"공장에서 무슨 업무를 맡았어?"

"딱히 정해진 업무는 없었습니다. 소방훈련이나 창고업무도 하고,

재료 닭 사러다니고, 체인점 배송도 하고….”

“그 사람들도 문제네. 사직서는 좀 보류하자고. 내가 공장장에게 얘기를 해놓을 테니.”

본부장이 혀를 끌끌 찼다.

“문제야 문제….”

본부장이 말하는 문제, 무엇이 문제라는 것인지 알 수 없었지만 손에 진땀이 나기 시작했다. 본부장의 힐난, 등 뒤에서 쏟아지는 직원들의 따가운 시선이 불편해졌다. 회사의 부당한 처사에 대항하여 과감하게 사직서를 던지는 내 행동이 투사의 상징으로 받아들여질 것이라는 기대는 여지없이 허물어졌다. 직원들의 의아한 눈초리가 부담스러웠고 초라해진 자신이 부끄러웠다.

“다들 야식비 축내지 말고 얼른 퇴근들 해!”

본부장이 자리에서 일어나면서 외투를 챙겨들었다. 퇴근을 서두르는 직원들은 없었다. 한 시간쯤 뒤 본부장은 야근 확인 차 사무실로 전화를 하고, 그들은 하나둘 직급에 맞게 퇴근 준비를 할 것이다. 나는 서둘러 사무실을 빠져나왔다.

회사 정문 담벼락의 자귀나무 가지에 달이 걸렸다. 달빛을 받은 망우산 능선이 또렷했다. 서울 도심의 하늘에 달이 뜬다는 것이 신기했다. 얼마 만에 밤하늘을 보는 것인지 기억조차 아련했다. 본사 건물 옆 고물상 마당이 어슴푸레 드러났다. 달빛인지 불빛인지 알 수 없었다. 두들기고 찢고 맞추면서 쉼 없이 시끄러운 소리를 내던 고물상, 본부장은 직원들의 업무처리가 마음에 들지 않으면 고물상에나 갖다주라고 버럭 소리를 지르곤 했다.

피우던 담배꽁초를 폐지더미 위로 던졌다. 폐박스 사이로 떨어진 빨간 담뱃불이 신경을 거슬렀다. 앞뒤도 없이 뒤죽박죽인 세상에서 고물상 폐지더미가 불에 탄들 무슨 의미가 있을까. 진짜 불이 나서 본사 건물까지 옮겨 붙는다면 어쩔 텐가? 공장 발령이 취소될 수 있을 거고, 본부장은 책임을 지고 회사를 그만두게 되는 거지. 풋. 나는 담뱃불을 던져놓고 운 좋게 불이 나기를 바라는 유치한 발상에 꺼림칙해졌다. 그러다 진짜 불이 나면 그 다음은? 소방차가 오고, 경찰이 조사를 하고, 화재 원인이 담뱃불인 것이 밝혀지고, CCTV로 나를 범인으로 잡아들이고…. 화풀이를 제대로 하겠다면 폐지에 기름통을 던져놓고 라이터로 불을 붙여야지 아닐 바엔 이건 아닌 거다. 나는 폐박스더미로 부랴부랴 올라갔다. 조심스레 담뱃불을 찾고 있는 중에 몸의 무게 중심이 한쪽으로 몰리면서 폐지더미가 무너졌다. 몸이 땅바닥으로 떨어지고 굴러온 드럼통이 머리를 쳤다. 제기랄. 소심한 자식이 달밤에 벌인 행동이 신문 사회면에 뉴스가 될 수도 있었다. 담뱃불 찾다가 즉사하다쯤으로.

"공장 일이 낯설어 그랬을 거예요. 누구든 환경이 바뀌면 적응할 시간이 필요한 거잖아요. 그래도 사직은 너무 급했어요."

넘어진 나를 부축하다시피 투다리 술집으로 데려온 그녀의 첫마디치고는 뜬금이 없었다.

"다들 자기 일이 아니니까 쉽게 얘기하죠. 본사에서 책상 앞에서만 근무하다가 갑자기 공장 발령이 난 것도 그렇고. 가자마자 소방훈련에 물벼락에. 책상조차 없고….”

그녀가 베이지색 카디건을 벗었다. 황갈색 바탕에 남색 줄무늬 티셔츠가 편안해보였다. 머리칼을 쓸어넘기는 그녀는 사무실에서의 모습과는 사뭇 달랐다.

“어린애마냥 불만투성이네요.”

빈 잔을 채우면서 그녀는 내 얘기에 일침을 놓는다.

“그날은 남자 친구와 선약이 있었는데 두주 씨가 회사 일이라기에 나갔던 거예요. 먼저 가서 미안해요.”

이미 잊고 있었던 얘기를 불쑥 꺼냈다. 자존심이 없는 건지 자존감이 높은 건지. 아니면 거짓인지.

“사람은 때때로 하찮은 얘기도 필요해요. 스몰토크의 힘, 아시잖아요?”

“하고 싶은 얘기가 뭡니까?”

“두주 씨 눈빛이 너무 강해요. 시선 처리도 상대방을 힘들게 하고요. 눈길을 마주치기라도 하면 부담감부터 먼저 들어요. 공장장이 오죽했으면 본사에 전화를 걸어 다른 직원을 보내달라고 했겠어요.”

내가 공장으로 출근하자마자 일을 못하겠다고 집으로 돌아가버렸다면서 공장장이 본부장에게 언성을 높였다는 것이다. 그녀는 그만둘 때 그만두더라도 언제인지 모를 때를 위해선 우호적일 필요가 있지 않겠느냐고 반문했다.

“회사를 그만두겠다는 것도 소문처럼 그렇게 반감 때문이어선 안 되죠. 사람은 늘 대비를 해야 해요.”

"소문은 소문일 뿐이죠. 결정은 내가 합니다."

"결정은 물론 두주 씨 몫이에요. 그렇지만 번번이 그러니까 상사들 눈에도 안 좋은 이미지로 남잖아요. 세상은 하고 싶은 말 다 하면서 못 살아요. 특히나 회사는 더욱. 이번 일이 있기 전에도 두주 씨가 회사 그만두고 닭강정 체인점을 낸다는 소문이 돌았어요, 알고는 있어요?"

"홧김에 농담한 것입니다. 웃자고 한 말이었다구요."

설령 그런 소문이 있었다 해도 소문과 사실을 혼동하고 있다는 구차한 변명을 늘어놓을 일도 아니었다. 닭강정 가맹점 창업비가 경쟁회사에 비해 높다거나, 브랜드 비용이 고가라고 지적한 것들을 누가 꼬투리를 잡고 말을 부풀렸을 것이다. 그것은 슈바이저로서 객관성 확보를 위한 업무적 차원의 발언이었다. 이번 일만 없었다면 언제 그랬냐는 듯이 순식간에 깨끗이 사라질 새벽안개 같은 것이었다.

그녀는 소문의 진위 여부를 떠나서 유독 나만 구설에 휘말리고 있는 이유가 공공의 적을 두게끔 하는 의사표시나 까닭모를 적대감을 유도하는 태도 때문이라고 말했다. 피해의식과 융합된 자존심은 인격이 아니라 아집일 뿐, 사회적인 인간이 피할 수 없는 세상의 부당함과 거짓을 순순히 인정했더라면 이렇게까지 상황이 어렵게 되지는 않았을 것이라고 단정했다.

"농담과 거짓의 차이는 미묘해요. 누가 어떻게 받아들이느냐에 따라 진담도 농담도 될 수 있다구요."

본사에서 내 빈자리를 채우기 위해 경쟁회사 직원을 스카우트했다는 말을 들었다고 했다.

"사직서까지 냈으니 본사에 날개까지 달아준 격이네요."

"생맥주 하나 주세요. 냉동된 잔에 꽉꽉 눌러서. 기왕 이렇게 된 거 닭강정 체인점이나 해야겠습니다."

"말로는 뭔들 못하겠어요? 체인점 아니라 회사를 차릴 수도 있겠죠. 그렇지만 그게 남들에게 농담이 되지 못하면 곤란하다는 건 잊지 마세요."

그녀는 내가 여전히 미진한 농담과 거짓 사이에서 헤매고 있음을 일깨웠다. 세상이 마련한 거짓이란 결국 인간이 만든 결과물이 아니던가. 그 미묘한 사이 어디쯤에서 헤매는 내가 바라볼 내일은 또 다르지 않다는 것을 자꾸만 되뇌게 했다. 하루 24시간, 주어진 날들과 조각난 시간들은 누구에게나 공평한 것은 아니에요. 그녀는 자조하듯 말했다. 난 해가 다시 뜨는 내일이 늘 두려워요. 나는 그녀의 말에 무엇인가 더 보태고 싶었지만 그녀가 말하는 세상의 기준 속에서 내 말은 공허하게 입안에서 떠돌 뿐이었다.

달빛이 104동 옥상 위에 내려앉았다. 아파트 너머 산 능선에 머물러 있는 희미한 빛 때문에 산등성 아랫부분은 어두웠다. 어둠은 시야의 모든 것들을 무채색으로 만든다. 보이는 것들은 고유의 색을 잃고 검게 변하면서 빛을 온전히 흡수하지 못한 채 반사시킨다. 제 것으로 받아들이지 못하고 되돌려보내는 건 나뿐만이 아닌가 싶어 반가워진다.

손에 든 닭강정 포장지에는 아직 온기가 있었다. 그녀와 헤어진 뒤

무심코 붉은 까치와 길 건너 아파트 104동 11층의 얼굴도 모르는 할머니가 떠올랐다. 할머니를 위한 맛이 반드시 순한 맛일 필요가 있을까도 의심하지 않았다. 경비실의 닫힌 창문에는 순찰 중이라는 팻말이 걸렸다. 발돋움으로 슬쩍 안을 살폈다. 경비원이 의자에 앉은 채로 잠들어 있었다.

'틀니를 까치가 물고 갔다는데 어떻게 잡수시겠어?'

아파트를 돌아나오는데 자꾸만 뒤가 켕겼다.

욕실로 들어갔다. 거울에 비친 얼굴이 낯설었다. 사흘 동안 아무렇게나 자란 수염이 보기 흉했다. 전기면도기 날에 수염이 잘리는 소리가 익숙하게 들렸다. 거실 바닥에 뒹굴고 있는 사직서 용지가 눈에 들어왔다. 잘게 찢어서 쓰레기통에 처박았다. 다 식어 눅눅해진 닭강정을 입에 욱여넣었다.

소리의 미로

소리의 미로

남에서 북으로 흐르고 있는 내, 강이라고 하기는 폭이 좁고 물은 얕았다. 냇물은 얼어 있었지만 군데군데 맨살을 드러낸 바닥은 흐린 하늘처럼 회색빛을 머금었다. 얼음 위를 스치듯 부는 바람에 날린 눈발이 수연의 목덜미를 훑고 지나갔다. 시린 기운을 느끼며 목을 움츠렸다. 온기라곤 없는 세상, 내의 살얼음이 발을 거쳐 다리로 번져오는 느낌, 온몸이 석고처럼 굳어가고 있었다. 몸이 얼고 마음이 얼고, 얼어붙은 생각은 얼음처럼 단단해지고, 추위를 견디기 힘들어하는 가슴은 점점 사위어갔다. 날리는 눈송이에 실린 바람 줄기, 무게조차 느껴지지 않는 미세한 힘의 충격에도, 온몸은 산산이 깨어져 조각조각 공중으로 흩어져버릴 것 같았다.

개울에는 하얀 옥양목에 연한 먹물을 가지런히 찍은 듯 돌이 놓여 있었다. 누군가 건너야 할 곳이라면 길은 생기고, 길이 생긴 곳은 누구든 한번쯤 건너야 할 이유를 가졌다. 그렇지만 건너야 할 누군가가 있다는 것은 건너지 않아도 좋을 누군가도 존재하게 마련이다. 돌덩이에 발을 올려놓는 일은 수연이 꼭 건너야 할 그 누군가가 되는 일이었다. 수연은 조심스럽게 발을 디뎠다. 돌 위 곳곳의 얇은 얼음막, 살얼음의 미끄럼에 신경쓰느라 진땀이 난다. 눈발은 두께를 더하면서 시야를 점점 흐릿하게 만들었다. 바람은 방향을 잃은 듯 제멋대로

춤을 춘다. 내 가운데로 들어갈수록 깨진 얼음장 사이를 뚫고 흐르는 물소리는 거칠고 상스러웠다. 몸을 가누는 일에 힘이 들어가고, 가지런하지 못한 자신의 몸놀림이 미친 여자의 머리칼처럼 지저분하게 느껴졌다. 누군가를 위한 징검다리는 수연에게 젖은 옷처럼 찝찝하고 불편했다.

이곳이 주는 이유 모를 호기심, 그걸 탐하려는 것은 아니었으나 최소한 집을 나선 이유를 무안하게 만들지 않을 것이라는 믿음은 있었다. 낯선 곳이 두려운 것이 아니라 낯섦을 온전하게 받아들이지 못했을 때 상처받을 메마른 정서, 빈약한 가슴을 발견하는 일은 맞닥뜨리고 싶지 않았다. 이곳에 오면 뭔가 있을 것 같았던 기대는 인터넷 검색창의 글자 몇 마디가 전부였고, 그걸 의심도 않고 받아들인 넋 나간 마흔 중반 아줌마의 객기, 징검다리가 그 결론을 짓는 마중물이 되고 있었다. 여행 시작부터 삐걱거린다는 느낌은 삐뚤삐뚤하게 놓인 징검다리를 닮았다.

몇 걸음 앞의 징검돌에 서 있는 남자, 모자를 깊게 눌러쓴 남자에게서 풍기는 분위기가 음침했다. 남자가 길을 비켜주기만 했더라도 눈길 한번 주지 않았을 것이 길을 막고 있는 바람에 못볼 것을 본 셈이 되고 말았다. 돌부처처럼 징검다리에 버티고 서서 끝까지 앞길을 막고 있을 모양새, 수연이 얕은 기침소리를 냈지만 꿈쩍하지 않았다.

갯바람의 냉기가 얇은 피부를 뚫고 뼛속으로 파고들었다. 눈보라로 바뀐 눈발은 세상을 무채색으로 만들고 있었다. 강변은 지척에 있었지만 남자는 움직임이 없었다. 남자의 머리 바로 위에 내려앉은 잿빛 하늘을 보면서 수연은 가슴이 답답해졌다. 남자가 헛기침을 두어 번 하면서 목청을 가다듬는다. 허공을 맴돌고 있던 수연의 시선이 은은한 소리의 울림을 좇아 다시 남자에게 옮겨졌다. 바람을 타고 들려오는 낮고 음울한 소리. 강줄기를 굽어보며 웅얼거리고 있는 남자는 소리마디를 끊을 듯 이어갔다.

음조는 깊은 강물처럼 무거웠고 새벽안개처럼 습기를 머금었다. 소리는 눈바람을 타고 흘렀다. 강바닥으로 낮게 흐르다가 산줄기를 따라 오르면서 메아리로 울렸다. 가락은 판소리 같고 장단은 아리랑을 닮았지만 그 어느 것도 분명치 않았다. 무당의 굿 소리나 아낙의 한풀이 소리로도 들렸다. S 자로 굽은 내의 흐름이 이어지는 곳은 남자의 어깨 너머로 아련하게 펼쳐지는 강머리, 두 가닥 물길은 남자의 머리를 소실점으로 하나가 되고 있었다. 두 물줄기를 머금은 강은 서쪽으로 굽이를 만들었고 눈보라가 물결을 따라 흐늘거렸다. 하얀 설국을 배경으로 남자와 강의 모습이 한 폭의 수채화처럼 느껴진 것은 소리 때문이었을까.

수연은 남자가 서 있는 징검돌의 뒷부분을 눈으로 가늠했다. 지나갈 수 있는 공간적인 여유는 있어 보였다. 발걸음을 떼어 남자 뒤쪽으로 돌아갔다. 징검돌 경사면의 살얼음에 발이 미끄러졌다. 한쪽 발이 내에 빠지면서 얼음이 깨졌다. 비명소리에 몸을 돌린 남자가 넘어지는 수연을 부축했다.

"됐어요!"

수연은 남자의 팔을 뿌리쳤다. 좁은 징검다리를 독차지하고 있던 남자의 뻔뻔스러움에 화가 난 것인지 자신의 실수가 창피했던 것인지 남자의 탓으로 돌리기도, 그렇다고 그냥 돌아서자니 억울했던 것인지 알 수 없었다.

"죄송해요, 혹시 저 때문인가요?"

남자가 난감한 표정을 지었다. 겨울 날씨와는 어울리지 않는 개량한복에 후줄근하고 깔끔하지 못한 옷차림, 아무렇게나 기른 지저분한 콧수염, 이런 남자일수록 특이한 돌출행동이나 유별난 복장으로 남들의 시선을 끌고 싶어하지만 수연이 경멸하는 경박한 남자의 전형이었다. 수연은 남자에게서 등을 돌렸다.

돌에 부딪쳐 걸을 때마다 시큰거리는 무릎, 젖어버린 신발과 양말, 까닭 모를 미세한 어지럼증, 수연은 되돌아 건너가야 할 징검다리를 노려보았다. 누군가를 위해 다리가 만들어졌다면 적어도 남자는 아니었다. 건너지도 않을 남자를 위한 다리는 애초부터 만들어질 이유가 없었다. 그런 남자를 염두에 두는 것은 상큼하지 못한 일이었다. 탓할 의미조차 없었다.

작은 것들에 의미를 부여하기 시작하면 끝없는 미로에 갇힐 수도 있었다. 살면서 부딪치게 되는 크고 작은 일들은 우연이거나 또는 필연이거니와 밥을 먹거나 잠을 자거나 일을 하거나 그런 일상의 일 이상이 될 수 없었다. 수연이 집을 나선 것은 그런 것들에게서 벗어나고 싶어서였다. 물에 젖은 양말의 축축한 느낌과 을씨년스럽게 느껴지는 황량한 강변 풍경과는 무관한 것들이었다. 아직까지 달라진 것은 없었다. 수연은 시려오는 발의 감각을 무시했다.

두물머리는 명훈에게 이상향 같은 곳이었다. 두 줄기의 개울물이 합치면서 폭이 수십 미터나 되는 강변을 만들었다. 보기만 해도 시원하게 탁 트인 전망과 두 내가 합쳐 비로소 강의 형태를 지어가는 모양이 신천지를 보는 듯했다. 명훈은 강 가운데 서서 소리하는 것을 즐겼다. 소리 속에 마음을 정화시키는 기운이 스며 있는 것으로 믿었다. 관광지로 세상에 알려지면서 사람들 발길이 많아지고 덩달아 번잡해지면서 어수선한 분위기로 변해가고 있는 것이 아쉬웠다. 사람들의 세상 냄새 때문에 강이 가지고 있던 본래의 기운이 차츰 사라져가는 느낌, 왠지 이곳은 관광과는 어울리지 않는다는 생각이 뇌리를 떠나지 않았고, 그 때문이라고 하기는 뭣하지만 내키지 않은 무엇이 있는 것은 틀림없었다. 그 무엇이 무엇인가에 대해선 깊이 고민하진 않았지만 아마도 자신이 세상사에 찌들어가고 있다는 이유가 아닐까 막연히 생각하곤 했다.

명훈은 멀어져가는 여자의 뒷모습에서 눈을 떼지 못했다. 막연하게 느껴지는 꺼림칙한 기분, 자신은 아무 잘못도 없는데 그냥 덤터기를 쓰고 그게 빚이 돼버린 억울함이었다. 여자는 말을 하지는 않았지만 징검다리에서 미끄러지고 물에 빠진 것이 자기 때문이라는 것을 행동과 표정으로 보여주었다. 명훈은 여자가 넘어질 때까지 전혀 기척을 느끼지 못했다.

담배를 꺼내 물었다. 손바닥으로 바람막이를 하고 라이터를 켰다. 라이터 불꽃이 일어나고 불이 붙는 듯하더니 강바람에 훅 꺼지고 말았다. 몸을 절반쯤 틀고 다시 라이터를 켰다. 고개를 숙인 채 조심스런 발걸음을 하고 있는 여자의 뒷모습을 곁눈으로 살폈다. 물기를 잔뜩 머금은 회색 부츠가 눈길에 밟혔다. 돌아서면서 남긴 여자의 비웃음, 유쾌하지 못한 잔상이 자신의 평정심을 흔들고 있었다. 예상치 못한 여자의 등장이 가져온 감정선의 파문은 한동안 마음 한구석에 앙금으로 남아 자신을 괴롭힐 것 같았다. 뒤따라가서 한마디라도 해 줄 것인지 말 것인지 망설였다. 여자는 눈 쌓인 강변을 가로질러 버스 주차장으로 향하고 있었다.

명훈은 마음이 급해졌다. 근처에는 편의점도 없었다. 버스도 언제 올지 알 수 없었다. 며칠 동안 내린 폭설로 도로 구간마다 수시로 통행제한을 하고 있었다. 명훈은 입맛을 쩝 다시며 걸음을 빨리하여 여자를 따라잡았다.

"혹시… 괜찮으시다면 제 차로 모실 수 있는데요?"

여자가 고개를 돌려 명훈을 쳐다보았다.

"신발이 젖으신 것 같아서…."

"됐어요."

"버스가 언제 올지 모릅니다. 폭설로 도로 사정이 좋지 않아서요."

"제가 언제 버스 타고 간다고 했나요?"

여자의 눈매에서 찬바람이 일었다.

"그게 아니라…."

"됐어요!"

여자의 짧고 메마른 목소리에서 명훈에 대한 의도적인 무관심이 읽혔다. 그 말에는 자신에게 선부른 수작을 부리는 것이라면 결코 용납지 않겠다는 낯선 남자에 대한 경계심이 강하게 느껴졌다. 명훈은 자신의 행동이 호의를 가장한 남자의 속물근성의 다른 표현으로 받아들이고 있는 여자가 측은하게 보였다. 그것은 남자에 대한 신뢰를 거부하는 빗장 속에 갇힌 편협한 여자들에게나 나타나는 자기 보호를 가장한 과잉감정으로밖에 보이지 않았다. 멀어져가는 여자의 머리 위로 내려앉는 눈발이 점점 굵어지고 있었다.

등줄기를 누르는 부드러운 감촉이 꿀맛처럼 달콤했다. 살결을 훑어가는 안마사의 손길은 섬세하고 감미로웠다. 가려운 곳만 골라가며 건드리거나 톡톡 두드리는 손기술은 부드럽고 경쾌했다. 로마 황제가 부럽지 않은 이 순간의 느낌은 준서에게 세상이 얼마나 살맛나는 곳인지를 몸으로 확인시켜주었다. 적당히 어두운 천장 조명과 은은하게 흐르는 클래식 음악, 안락하고 쾌적한 침대와 여자 안마사의 정성스런 몸짓, 모든 것이 흡족했다. 더구나 오늘 티샷은 신기할 정도로 잘 맞았다. 박 사장도 내색은 않고 있겠지만 얼마나 속이 쓰릴까.

"오늘, 이차는, 어디로, 가지? 전에, 갔던, 아! 거기, 홍 마담, 한테서, 어제, 도, 연락, 왔어. 새로, 온 아가씨! 인사, 시켜, 준다는데?"

박 사장이 엎드린 채 안마사의 리듬에 반응하며 목소리의 강약 조절 능력을 잃어버린 듯 뜨문뜨문 준서에게 물었다. 준서는 고개를 돌려 박 사장을 바라봤다. 미소를 띠며 능글맞은 표정을 짓고 있지만 속은 여간 쓰리지 않을 것이다. 박 사장은 준서에게 툭하면 드라이버 자세를 두고 트집을 잡았다. 그런 엉성한 폼으로 언제 보기를 면하겠냐고 놀리던 박 사장 코를 납작하게 만들어준 것이 통쾌했다. 지난 주 내기 게임에서 잃었던 액수의 갑절 이상을 챙겼던 것이다.

"오늘은 안 되겠는데요, 아내와 선약이 있습니다."

"그런 말 없었잖아, 그럼 미리 말하지? 난 다른 약속도 취소했는데…."

"죄송해요, 깜박했습니다. 다음 기회에 제가 한잔 사겠습니다."

"이거, 이거 수상한데. 숨겨놓은 애인 만나러 가는 거 아냐? 조사하면 다 나온다구."

안마사가 등을 톡톡 두드리며 돌아누우라는 신호를 보냈다. 엎드린 자세로 팔을 뻗어 테이블 위의 휴대폰을 집어 아내에게 문자를 보냈다.

〈오늘 외식하자. 당신 좋아하는 랍스터 집 예약해놨어.〉

준서는 자신의 머리회전 능력에 스스로 감탄했다. 그러잖아도 아내의 기분을 풀어줄 생각을 하고 있었는데 갑자기 바닷가재의 연한 육즙 맛을 떠올리자 구미가 당겼다. 박 사장의 꿍꿍이속을 모를 리 없어 얼떨결에 아내 핑계를 댄 것인데 절묘하게 기회가 맞아떨어졌다.

바쁠 일이라곤 없을 아내는 문자를 읽지 않고 있었다. 박 사장만 옆에 없다면 당장 통화를 하고 싶었지만 능구렁이 같은 박 사장에게 자칫 속내를 들킬지도 모른다. 간혹 내기 게임에서 자신이 지는 날이면 꼭 무슨 핑계를 대면서 2차를 갔고 술값은 준서에게 떠안겼다.

〈여섯 시까지 집으로 데리러 갈게. 백화점에서 당신 겨울옷도 한 벌 사지.〉

아내에게 확실하게 쐐기를 박아놓고 싶었다. 며칠 동안 틀어져 있던 아내의 기분이 엊그제부터 조금씩 풀어지는 것 같았다. 코뼈가 내려앉을 정도로 심하게 다투었으니 아내의 태도도 이해해야 했다. 그러나 늘 그래왔듯 이번에도 아내는 시위하는 척하다가 곧 자신의 품안으로 파고들겠지. 그날 사건 이후 아내의 비위를 맞추느라 고생했지만 오늘 명품 옷과 만찬으로 마침표를 찍을 것이다. 여자는, 특히 가정이 있는 여자는 별 수 없다. 아내가 아무리 명문대학 퀸카 출신이라지만 여자는 인류학적으로 남자에게 종속될 수밖에 없는 동물이었다. 여자는 자신을 보호해주는 남자의 품으로부터 행복을 찾는 법이었다. 근래 아내가 혼자 살겠다는 말을 툭툭 던지곤 할 때마다 준서는 코웃음을 쳤다. 그럴만한 성격도 못되지만 그건 남자의 사랑을 받고 싶다는 애교의 다른 표현 방법임을 모르지 않았다. 준서는 낮게 휘파람을 불었다. 밍크코트를 걸친 아내와 바닷가재 요리를 먹을 생각을 하자 기분이 좋아졌다.

〈나 오늘 집에 안 가. 찾지 마.〉

분명히 아내가 보낸 문자였다. 처음에는 이 말이 무엇을 의미하는지 감을 잡을 수 없었다. 아내가 자신의 말을 듣지 않는 것도 납득하기 어려웠지만 집에 들어오지 않겠다는 말뜻을 어떻게 해석해야 할지 가늠할 수가 없었다.

'가출을 했다고? 집을 나갔다고? 감히 여자가?'

자신의 허락도 없이 가출한 아내의 행동은 일종의 도발이었다. 남편이 아내를 용서해서는 안 되는 일 중 하나가 무단가출이었다. 부부

문제는 어디까지나 집안에서 해결되어야지 바깥으로 동선이 연장되는 일은 막아야 했다. 아내가 이런 문자를 보내야만 하는 준서가 모르는 이유가 있는 것은 분명하겠지만 그것은 나중 문제였다. 버릇을 고쳐놓는 것이 우선이었다.

준서는 백화점으로 향하던 핸들을 급하게 꺾었다. 뒤따라오던 승용차가 연속적으로 클랙슨을 울렸다. 팔을 올려 운전자에게 미안하다는 표시를 하면서도 기분이 나빠졌다. 토라진 윤미를 달래주려는 계획이 틀어지자 아내가 원망스러웠다. 백화점을 가려던 것은 아내의 옷도 옷이지만 사실은 윤미에게 줄 목걸이를 사기 위해서였다. 얼마 전 늦은 밤 윤미의 문자 때문에 아내와 격하게 다투었지만 오히려 윤미는 준서를 책망했다. 그만한 일 때문에 연락도 못하겠다면 다시는 자신을 만날 생각을 접는 것이 나을 것이라는 윤미의 말은 협박 차원으로만 들리지 않았다. 보석과 장신구를 유독 좋아하는 그녀에게 실체적인 것으로 자신의 마음을 보여주어야 했다. 지끈거리는 머릿속, 아내도 윤미도 모두 자신의 육체를 갉아먹는 불가사리 괴물로 다가왔다.

민 형사와 약속을 정하고 난 뒤 복잡해진 머리를 정리했다. 아내의 가출 이유, 그것부터 밝혀내야 했다. 얼마 전 있었던 자신의 폭력이 원인일 수도 있겠지만 그 문제라면 이미 끝난 일이었다. 썩 내키지 않았지만 다시는 그런 잘못을 저지르지 않겠노라고 용서를 구하는 것으로 일단락이 되었다. 하지만 이후로도 아내는 준서의 폭력을 시비거리로 삼았지만 신경쓰지 않았다. 아내는 용서할 수 없다는 준서의 폭력만큼이나 자신과 헤어져 살 수 있을 만큼 과단성 있고 당찬 여자는 아니기 때문이다. 지금까지 준서는 크고 작은 사고를 치면서도 남자가 하는 일이라는 명분으로 모든 것을 넘길 수 있었다. 그것이 아무렇지 않을 수 있을 만큼 쉬울 수 있다는 건 언제든 준서의 필요에 의해 아내를 움직일 수 있다는 뜻이고, 그 간단한 방법이란 대부분 여자가 그렇듯 계절에 맞는 명품과 보석을 던져주면 그만이었다. 그렇게 언제나 아내는 준서의 생각대로 벌어진 입처럼 살짝 벌어진 심리적 거리를 좁혀왔다. 겉으로는 공주님 대접을 해주고 있지만 그것은 어디까지나 겉옷과 같은 것이다. 적당한 허영심만 채워준다면 문제는 별 어려움 없이 해결되었다. 지옥에라도 가라고 하면 갈 그런 여자였다.

아내에게 전화를 걸었다. 두 번이나 걸었으나 신호음만 울릴 뿐이었다. 머릿속에서 꺼림칙한 예감이 스멀스멀 피어오르기 시작했다. 아내가 무슨 짓을 벌일 위인이 못 된다는 것은 알고 있지만 어쨌든 자신의 손아귀에서 벗어나는 것은 두고 볼 수 없었다. 더구나 이런 식의 반항은 방치하다보면 습관이 될 수도 있다. 아예 싹을 싹둑 잘라버리는 것이 최선책이었다. 아내를 위해서라기보다 자신의 영향력을 행사하기 위해서도 중요한 일이었다. 자신에게서 도망친다는 것이 얼마나 어리석은 짓이며 아무런 소용도 없다는 사실을 확실하게 주입시킬 수 있는 절호의 기회였다.

"위치추적하는 것 불법인 거 잘 알면서 그래? 개인 가정사로 공권력을 이용하는 거, 들키면 난 바로 모가지야. 누구 밥줄 끊을 일 있어?"

커피 잔을 만지작거리는 민 형사가 자꾸 고개를 밖으로 돌렸다. 한 팔을 의자를 두르고 비스듬한 자세로 앉아 있는 자세가 거만하기 짝이 없었다. 마치 오랜만에 큰 건 잡았다는 듯이 느물거렸다. 준서가 지금까지 알고 있는 형사라는 작자들은 직업이 공무원도 아니었고 집요하게 약점을 노려 먹잇감을 구하는 하이에나일 뿐이었다. 준서는 자신의 필요에 따라 일부러 약점을 내보이기도 하면서 그들의 주린 배를 채워줬다.

"내가 왜 그걸 모르겠어? 그래서 특별히 이렇게 부탁하는 거고. 요즘 집사람 우울증이 장난 아니야. 젠장 민 형사 보기에 부끄러워 겨우 말을 꺼낸 거구만. 그래도 어쩌겠어? 세상 물정이라고는 모르는 집사람 걱정이 돼서 그러는 거지."

준서를 걱정하게 만드는 것은 아내의 미모였다. 그 눈부심이 준서에게 자랑이었다. 모든 남자들에게 보내는 화사한 그녀의 미소는 준서의 인격이었고, 침이 마르도록 칭찬하면서 그녀의 얼굴에서 한시도 떼지 못하는 그들의 질시 섞인 음흉한 눈길은 준서의 자부심이었다. 그녀를 통해서 준서는 자신이 남자들의 부러움과 선망의 표적이 되는 것을 즐겼다.

자부심은 시간이 지날수록 조금씩 변질되어갔다. 아내의 미모가 모든 남자들에게 공유되고 있다는 의심의 싹이 자라면서부터였다. 싹에 물을 주고 영양을 공급하여 점점 자라게 만드는 일을 아내가 즐기고 있다는 확신과 함께였다. 부부 모임에서 아내가 친구들에게 보내는 눈길이 게슴츠레하다든지, 웃기지도 않은 이야기에 과장된 몸짓으로 박장대소를 한다든지, 말만 해도 될 것을 괜히 팔을 툭툭 쳐가면서 애교를 피우는 것들이 증거물들이었다.

준서가 아내의 외출을 통제하기 시작한 것은 이런 생각이 머릿속을 어지럽히던 그때부터였다. 준서의 불안은 자신이 함께하지 않을 때 아내에게 일어나게 될 위험한 상황을 예방할 수 없다는 점이었다. 그것은 아내의 잘못이 아니라 남자들의 수컷 본능 때문이라고 생각했다. 준서가 믿을 수 없는 것은 남성의 본능과 여성의 미모와의 상관관계였다.

“그냥 바람 쐬러간 건지도 모르잖아? 내 말은 그러니까…. 하여간 마누라가 너무 예쁘게 생겨도 탈이라니까.”

민 형사는 주먹만큼 두터운 새끼손가락을 세워 삐져나온 코털을 쑤셔넣었다. 그리곤 그 새끼손가락으로 제 몸에 난 구멍이란 구멍은 다 후벼댔다. 그렇게 민 형사는 새끼손가락 하나로 지루하고 귀찮으니 빨리 끝내자는 표현을 노골적으로 할 수 있었다.

“어디서 조용히 바람쐬다 올지도 모르니까 조금만 기다려봐요. 너무 채근하지 말고. 암만 예뻐도 그새 뭔 일이야 나겠어?”

“민 형사 농담도 잘하네. 칭찬은 고맙지만 그래도 만일이라는 것이 있지 않겠어? 어디 있는지 위치나 알아두자는 거지. 이걸로 직원들과 식사라도 하고….”

준서는 민 형사의 호주머니에 봉투를 찔러넣었다. 손사래를 치는 시늉을 하던 민 형사가 슬그머니 자세를 고쳐 앉았다.

"이러면 안 되는데…. 사모님을 생각하시는 사장님 정성을 봐서 무리를 좀 해야겠네. 사무실 들어가는 대로 전화할게요."

나이도 어린 것이 반말짓거리더니 봉투를 받으면서 슬그머니 말투를 고쳤다. 아니꼽지만 이것이 저들의 생리임을 모르지 않았다. 세상일 중에서 돈으로 해결되지 않는 것은 없었다. 자리에서 일어나는 민 형사를 향해 준서는 고개를 꾸벅 숙였다.

명훈은 식어버린 커피를 한 모금 마시고 창문 밖으로 눈길을 돌렸다. 어둠이 조금씩 무리를 지으며 세상을 감싸안고 있었다. 눈송이가 바람에 날리면서 창문에 소리 없이 부딪치고는 이내 형체가 사라졌다. 반쯤 열린 사립문 사이로 바람 한 줌이 들어오는지 눈보라가 작은 소용돌이를 만들었다. 낮은 담장 너머 보이는 논에는 누렁이 한 마리가 종종거리고 있었다. 등줄기로 내려앉는 눈이 차가운지 이따금 걸음을 멈추고 몸을 좌우로 탈탈 털었다.

명훈은 시선을 거두어 다시 책상 위 컴퓨터 모니터를 뚫어지게 보았다. '글로벌 문화상품으로서의 소리에 관한 몇 가지 제안', 얼마 전부터 의욕적으로 작성하고 있는 인터넷 신문 기고문이었다. 이번 주까지 초고를 완성할 계획이었지만 내용에 대한 논리적 검증이 덜 된 듯하여 더 이상 진도를 내지 못하고 있었다. 명훈이 심혈을 기울이고 있는 부분은 소리에 대한 지역적 차별성을 포괄하는 구체적인 실행 방법과 이를 위한 지자체의 지원 제안 사항이었다. 단순한 문화발굴이나 현장탐방기 같은 르포 기사 수준으로서는 설득력이 부족했다.

명훈은 책상 위에 어지럽게 널려 있는 메모 쪽지들, 소리 악보, 신문 기사 스크랩들을 뒤적이다가 의자를 밀치고 일어섰다. 원목 몇 개를 벽돌로 받쳐 만든 쪽마루 위로 세설이 내려앉고 있었다.

낮에 만났던 여자가 계속 마음에 걸렸다. 특별히 잘못한 것은 없는 것 같은데 죄인 같은 기분이 드는 것이 찜찜했다. 소리를 읊조리다 주위를 살피지 못한 것이 잘못이었다. 강변으로 오랜만에 나가고 보니 자신도 모르게 잠깐 넋을 놓았다. 만약 여자가 인기척이라도 냈다면 길을 비켜주었을 것이다.

명훈은 입술을 깨물면서 고개를 흔들었다. 여자를 다시 볼 일은 없을 것이고, 산뜻하지 못한 만남이었지만 액땜으로 치면 그만이었다. 어쩌면 여자는 자신과 일어났던 그 일을 까맣게 잊었을지도 모르는 일이었다. 젖은 신발도 어떻게든 해결했을 것이고, 이곳 관광지 몇 군데를 둘러보고 지금쯤 집으로 돌아가는 버스나 기차에 타고 있을지도 몰랐다. 정작 여자는 맘에 두지 않았을지도 모를 일들을 주워 담고서 떨치지 못하는 건 자신이라는 생각이 드니 한심한 느낌이 들어 헛웃음이 났다. 생각머리를 약간 틀었을 뿐인데 마음이 한결 가벼워졌다. 명훈은 책상 위 어질러진 자료들을 주섬주섬 챙겨 가방 속에 넣고 방을 나섰다.

카페에는 박경과 장건후가 먼저 나와 있었다. 명훈이 들어서자 장건후가 손을 내밀었다.

“명훈 씨, 여전하시네. 늘 바쁜 것 같아 보기 좋습니다.”

“마침 장 작가 전화가 왔길래 같이 저녁이나 먹자고 했지. 숟가락

하나만 더 놓으면 되고."

박경은 대수롭지 않게 말했지만 자기 임의대로 일을 처리하는 그의 이런 태도는 못마땅했다. 회장을 먼저 만나 사업 취지를 분명하게 각인시키고 모임을 정식 사업으로 추진하려던 의도였는데 뜻하지 않은 장건후의 등장이 마음에 걸렸다. 박경은 회장이라는 직책에 대한 자부심이 정도 이상으로 강했다. 그가 처리하는 모든 일은 무조건 옳은 것이어야 했고, 회원들이 누구나 자신의 뜻에 동조할 것이라는 고집스런 믿음을 가지고 있었다. 늘 좋은 게 좋다는 것이 그의 지론이었다. 그렇다고 그의 의견에 특별히 반대하는 회원이 있는 것은 아니었다. 회장의 의견에 대체로 동조하는 분위기가 조성된 것이 회원들의 타성에 의한 것인지, 모임에 관한 일들이 특별히 문제로 삼을 만큼 대단하지 않고 사소한 일상 같은 성격이어서인지는 명훈은 가늠할 수 없었다. 회장이 너무 설친다는 느낌이 들기도 했지만, 그것이 사심이거나 의도적인 계략과는 거리가 있어 보였기 때문에 그럭저럭 넘어가고 있었다. 그러나 그것이 신뢰를 의미하지는 않았다. 작은 문제라도 분명하게 매듭을 짓지 않고 구렁이 담 넘어가듯 어영부영 넘어가는 것이 늘 불만이었다.

"소리로 사업을 한다구요?"

장건후가 고개를 갸웃거렸다.

"소리는 삶의 힘이라 할 수 있어요. 소리를 사람들은 보통 한민족의 한의 노래라고 말하지요. 그런데 한이란 수용이 아니라 풀어내는 것으로 이해되어야 한다는 게 제 생각입니다."

"한을 풀어낸다?"

박경이 자세를 고쳐 앉았다.

"네, 맺힌 한을 풀어냄으로써 삶의 비애를 극복하는 지혜를 생산하는 원동력으로서 한을 이해하는 거죠. 다시 말하자면, 소리를 한이라는 민족적 정서를 삶의 가치로 승화시키는 힘의 원천이다, 뭐 이런 의미로 수용하는 거죠."

명훈의 목소리에 힘이 들어가기 시작했다.

"핍박받는 민중들은 자신의 존재를 나타낼 방법으로 소리라는 가락을 선택했고, 이런 이유로 소리는 한민족 고유의 가락으로 대표성을 가지게 된 것이죠. 결과적으로 보편적 가치를 획득할 수도 있었던 것이고요."

"뜬금없이 갑자기 웬 소립니까?"

장건후는 아까부터 못마땅한 표정을 짓고 있었다.

"우리 정랑회에서 정식으로 소리에 대한 연구를 해보면 어떨까 싶어서요. 도나 군의 지원 관계도 알아보면서요."

"명훈 씨 의견이 얼른 듣기에는 그럴 듯하지만 봉이 김선달이 대동강 물 팔아먹기와 비슷하게 들리는데."

"잠깐만…."

박경이 말을 끊었다.

"명훈 씨가 연구하겠다는 그 소리의 대상이 구체적으로 무엇인지 그게 난 궁금해. 모두가 다 알고 있는 아리랑을 들먹일 것도 아니고, 그렇다고 판소리라고 해야 서편제 동편제인데 그것도 이미 연구가 많이 되어 있고, 우리가 할 것이 뭐냐 이거지?"

"그렇게 생각할 수도 있겠죠. 대한민국에 흔한 것이 소리죠. 그래서 어떤 특정 지역이 그 소리의 주인이 될 수는 없다는 것이죠. 만약 소리의 임자가 있다면 한민족 전체가 될 것이고요. 제가 말씀드리는 것은 그 소리의 본질, 또 소리를 통해 인간 존재의 근원을 도출해낼 수 있다는 거죠. 이것으로 우리 고장의 고유한 콘셉트로 가져갈 수 있다면 문제는 달라지죠."

"무슨 말인지 도통 알아들을 수가 없네요. 그것들은 행정기관에서 할 일인데 왜 우리가 여기서 괜한 열을 내고 있는 거죠?"

"그러니까 그 틈새를 노리는 거죠. 우리 제안이 긍정적으로 검토된다면 연구자금 지원이 불가능한 것은 아닐 테고요. 그렇다면 모임에서도 중요한 안건으로 다룰 수 있고요."

"소리는 어느 한 개인의 주장으로 될 일은 아니잖아요? 명훈 씨 말처럼 소리가 한민족의 정서를 대표하는 것이라면 그것은 자생력을 가지고 있다는 의미가 되는데, 그렇다면 소리는 시대와 삶의 방법에 따라 모양이 달라질 수 있다는 논리잖아요. 그걸 우리가 물리적인 힘을 가하여 흐름의 방향을 틀 수는 없는 일이죠."

"소리는 장단과 리듬이 다르고 지방마다의 고유의 가락이 있어. 그런 것들이 어떻게 하나로 묶여질 수 있겠어?"

장건후의 목소리가 커지기 시작하자 박경도 금세 동조하면서 열을 냈다.

"두 분 말씀 모두 타당해요. 틀리지 않습니다. 그렇기 때문에 우리

회에서도 연구할 가치가 있다고 생각해요. 소리도 예술의 한 분야라고 본다면 우리 모임에서 굳이 못할 것도 없죠. 행정기관에서도 반대할 이유가 없고요. 오히려 지원금을 주면서라도 후원할 수도 있죠."

"그러니까 명훈 씨는 처음부터 지원금을 염두에 두고 있었다, 이거군요?"

"제 의견을 그런 식으로 받아들인다면 조금 서운하죠. 물론 그런 점을 아예 배제하진 않지만 그렇다고 손해될 것은 없잖아요."

장건후가 팔짱을 끼면서 입을 다물자 무거운 침묵이 내려앉았다.

차창 밖으로 펼쳐지는 설경은 버스의 움직임에 따라 시시각각 모양을 만들고 또 허물었다. 강과 들이 안개를 품으면서 서로 겹쳐지고, 우뚝 솟은 산은 능선으로 오르내리는 구름장으로 머리 위 하늘과 이어지면서 하나의 세상을 만들었다. 위와 아래, 앞과 뒤 온통 하얀 빛을 뿜어내는 산수화의 세계는 땅과 하늘의 경계를 없애고 공간적 거리감을 잊게 만들었다. 자연이 세상을 다루는 법은 인간의 그것처럼 복잡한 계산식이 없다. 무엇을 예정하거나 그것이 가져올 손익 따위는 무시해버린다. 결국 남는 것은 본래의 그것이다. 바뀌지도 변하지도 않는. 수연은 마음이 차분해진다. 눈이 녹으면 드러날 세상은 지금과 무엇이 다른가. 설경에 취한 자신의 감상의 흔적도 사라진 눈과 함께 잊힐 것이다.

버스는 한가롭게 순백의 세계 그 중심을 지나고 있었다. 버스가 길굽이를 돌 때마다 색다른 선경을 빚어내는 풍경에 넋을 놓는다. 무리

지어 달려나온 산줄기가 끝없이 펼쳐진 설원으로 녹아들고, 어느새 성큼 다가온 크고 작은 암봉이 앞서거니 뒤서거니 자태를 뽐내면서 겹을 이루고 있다. 골은 때로는 길게 때로는 높게 어울리면서 그림을 그린 듯 원근의 절묘한 조화를 보여주었다. 수연은 잠시 기분 좋은 가슴 떨림을 의식한다. 그동안 마음 깊숙이 짓누르고 있던 걱정도 잠시 잊어도 괜찮다고 자신을 다독인다. 이 눈이 녹고 다시 세상이 본 모습을 내보일 때에도 이 마음이 흔들리지 않을 수 있을까.

강변에서 읍내로 오는 동안 택시 기사는 시종 룸미러로 수연의 표정을 살피면서 관광안내원이라도 된 양 말을 이어갔다. 수연은 남자와 실랑이를 하고 난 뒤라 만사가 귀찮았지만 건성건성 맞장구를 쳤다.

“이곳을 찾는 관광객들의 눈길은 들뜨거나 불안하거나 둘 중 하나죠. 시선을 어느 한곳으로 모으기가 힘들다는 뜻이죠.”

“재미있는 표현이에요.”

“눈을 크게 뜨지 않아도 되는 곳입니다. 그래서 사람들은 가슴으로 이곳을 보는 겁니다.”

수연은 고개를 흔들었다. 보고 싶은 것만 보고, 느끼고 싶은 것만 느낄 수 있다면, 기사의 말처럼 자유로운 영혼을 가질 수 있겠지만 수연으로서는 그렇게 자신을 속일 수가 없었다. 자신의 생활이 현실을 벗어나서 잠시라도 하늘을 보고, 바람결을 느끼면서 일상 때문에 묻어두었던 치기어린 감상이라도 꺼낼 수 있는 여유가 있었다면, 만약 그랬다면 오늘처럼 목적 없이 이 낯선 곳을 찾지도 않았을 것이다. 언제나 수연의 가슴 한편을 차지하고 들어서서 부릅뜬 매의 눈으로 감시하고 있는 준서의 시선을 의식하는 한, 수연에게 영혼의 자유란 딴세상 이야기였다. 그런 세상은 있을 수도 없고 있다고 해도 믿지도 않았을 것이다. 준서와의 세상에서 수연은 언제나 들러리였다. 그가 만들어가는 동선에서 그녀는 그림자일 뿐이었다.

'내가 바닷가재 요리를 좋아한다고?'

그런 말을 했던 적이 있었던가. 준서의 착각이거나 그 간호사가 좋아했거나 둘 중 하나였겠지. 그가 좀 더 똑똑했더라면 내게 들키지도 않았을 것이고, 그랬다면 오늘 이 여행도 없었을 텐데. 다른 사람들에게 있는 인심, 없는 정까지 깡그리 퍼주면서 알량한 집지킴이 한 사람 챙기지 못하는 위인이었다. 그렇다고 준서에 대한 불신을 가출 이유로 든다면 수연 자신의 모습이 초라해진다. 질책이나 비난은 나중 문제였다. 남편을 잘못 만났다는 사실을 이유로 내세우기에는 자존심의 상처를 스스로 견뎌낼 자신이 없었고, 끝없이 추락하는 자신의 존재 의미를 회복하지 못하는 한 어떤 일도 할 수 없을 것 같았다. 영혼이 조금씩 증발되고 있다는 느낌은 그것이 피한다고 해결될 문제가 아니라는 증거였다. 더 무서운 것은 스스로에 대한 혐오감이었고, 준서와의 인연을 끊는다는 것보다 두려운 것은 자신의 존재에 대한 믿음의 상실이었다. 불신의 뿌리가 더 깊어지기 전에 잘라내는 것이 급선무라는 결론을 내리면서 비로소 수연은 떠날 용기를 얻었다.

고찰로 향하는 산길, 하얀 세상의 중심에 한 가닥 실눈으로 그려놓은 눈길, 발을 디딜 때마다 부서지는 눈 소리는 은은하여 오히려 포근하고, 눈꽃 나무를 어루만지듯 스쳐지나가는 한 줄기 바람 소리는 아득하여 더욱 외롭다. 길 옆 나뭇가지에서 눈더미가 투두둑 소리를 내며 땅으로 떨어졌다. 정적을 깨는 소리는 율동적이어서 새롭고 신선하다. 간격을 두고 내는 소리의 조화로움은 숨겨진 자연의 부호일까. 수연은 걸음을 멈추고 귀를 기울였다. 도시의 소리와는 전혀 다른 울림이 가슴속으로 파고들어와 온몸으로 퍼져나갔다. 미세한 전율, 몸으로 느끼는 떨림으로 들여다본 소리의 세계는 비밀스런 경이로움으로 흥분마저 일었다.

일주문을 들어서면서 수연은 옷매무새를 가다듬었다.

"죄송하지만 겨울에는 템플스테이를 하지 않습니다."

종무소 보살님은 미소를 잊지 않았다. 하루쯤 조용한 산사에서 머리를 정리하려고 했던 계획이 수포로 돌아간다.

석탑 앞에 섰다. 휘익, 지나가는 바람이 탑신부에 매달린 풍경을 울렸다. 풍경소리는 탑신 모서리에 잠깐 모였다가 비상하듯 사방으로 흩어졌다. 옥개석 위에 쌓인 눈가루가 소리의 울림 때문인지 천천히 떨어지면서 날렸다. 탑을 돌고 있는 수연의 귓전으로 소리가 잦아들었다. 걸음을 멈추고 고개를 들었다. 한 무더기 눈이 수연의 얼굴로 쏟아졌다. 콧등이 시큰하다.

"진단서는 몇 주로 끊어 드릴까요?"

병원에서 치료를 맡았던 의사는 찬바람을 쐬지 말라는 말을 남 말하듯 툭 던졌다. 콧바람을 내는 의사의 목소리에서 환자를 위한 의사로서의 감정과 배려는 공치사로만 들렸다. 의사는 화장실에서 미끄러져 변기에 부딪쳤다는 수연의 말을 끝까지 믿지 않는 눈치였다. 남편에게 주먹으로 맞아 코뼈에 금이 갔다고 말하면, 그랬다면 의사는 2주 진단이 아닌 다른 처방을 내렸을까. 정직하지 못한 수연과 진지하지 못한 의사 사이에 남편의 가정폭력은 짜증에 울화를 보탤 뿐이었다.

집을 나오면 뭔가 정리가 될 것이라는 막연한 희망은 기대치만 높였다. 당장 하룻밤 잠자리를 걱정해야 할 처지가 되어버린 현실, 바깥출입을 즐기지 않는데다가 낯선 곳에 대한 낯가림이 심한 수연으로서는 지금 상황이 불편하고 거북스럽다. 버스 차창 너머로 보이는 카페 간판에 네온 불빛이 들어온다.

'시실리時失里.'

이름이 주는 묘한 이끌림에 수연은 가방을 챙기면서 버스 벨을 눌렀다.

카페 마당은 눈이 쌓여 있었지만 현관까지 깔아놓은 박석은 말끔하게 비질이 되어 있었다. 나무 계단 양쪽에 세워져 있는 솟대의 나무새가 앙증맞다. 깔끔하게 꾸민 카페는 고풍스런 분위기를 풍기고 있었다. 벽에는 쟁기와 멍석을 길게 걸어놓았고 홀 가운데 작은 목탑을 중심으로 군데군데 망태기, 호미, 부리망, 멍에, 워낭 등을 적당한 간격으로 장식해놓았다.

수연은 벽난로 옆자리에 앉는다. 커피를 주문하고 젖은 신발을 꺼내 난로 앞에 놓았다. 시장에서 편한 신발을 샀지만 걷는 동안 내내 방한 부츠의 따스함이 간절했다.

휴대폰을 꺼냈다. 출발하면서 은하에게 동생을 잘 챙기라는 문자를 남겼지만 마음은 편치 않다. 은하가 밝은 목소리로 전화를 받았다.

"버스 타고 집으로 가는 중이야. 엄만 오늘 집에 못 온다며? 문자는 봤어."

"친구 어머님이 돌아가셔서 아무래도 여기서 자고 가야 될 것 같아. 경민이 밥 잘 챙기고. 치킨 먹고 싶다고 하면 싱크대 서랍에 이만 원 넣어두었으니 시켜 먹고…."

"걱정하지 마. 시끄러워서 잘 안 들려. 이만 끊을게."

은하는 수연의 말이 채 끝나기도 전에 전화를 끊었다. 엄마가 밖에서 자고 오겠다는데도 무심하다. 집에서 나올 때 걱정했던 것이 아이들 챙기는 일이었는데 기우였다. 경민에게 전화를 하려던 마음을 접고 말았다. 혼자라는 느낌에 가슴이 먹먹해졌다.

따끈따끈한 커피가 목젖을 달구며 몸속으로 퍼지는 느낌이 짜릿하다. 향긋한 기운이 온기까지 실어 몸 구석구석까지 펴져나갔다. 의자 깊숙이 허리를 붙이고 고개를 뒤로 젖힌다. 자신에게 언제 이런 용기, 아니 객기가 발동하였는지 영문을 알 수가 없다. 결혼생활이 한번도 불행하다고 생각해본 적은 없었다. 집안 살림은 남편의 안정된 사업을 바탕으로 큰 소용돌이 없이 무난하게 꾸려왔다. 수연에 대한 남편의 애정도 별다른 문제가 없었다. 도박에 빠져 예고 없이 외박을 하고, 수백만 원짜리 골프채를 사고, 간혹 험한 소리를 내지를 때도 있었지만 수연이 참으면 그만이었다. 그런데 어느 순간부터 왼쪽 가슴 어느 곳에서부터 미세한 응어리가 생기는 듯하더니 어느새 제대로 자리를 잡았다. 가끔 의식할 새도 없이 문득 찌릿한 통증이 전해져오곤 했다. 처음에는 대수롭지 않게 여겼으나 언제부터인가 뭔가 특별한 점이 있는 것을 알게 되었다. 그것은 생명력을 가지고 있었다. 죽은 듯이 움츠렸다가 어느 순간 갑자기 정체모를 숙주로부터 생명을 받고 꿈틀대기 시작하는 것이었다. 그 숙주가 다름 아닌 남편이었다는 깨닫게 되기까지에는 오랜 시간을 보내야 했다.

풍족하고 전혀 부족함이 없는 생활이었지만 어느 순간부터 자신의 존재는 사라지고 없다는 것을 깨달았다. 모든 것이 그를 중심으로 움직였다. 그가 화를 내면 전전긍긍하고, 그가 달래주면 행복에 겨워 그를 위한 웃음을 남발하고, 그가 사주는 비싼 옷에서 안락함을 느끼고, 그를 빛나게 하기 위해 친구들 모임에서 공주 역할을 충실히 수행했다. 수연은 그것이 아내의 도리라는 것에 추호의 의심도 없었고, 오히려 그의 장식품이 되는 것을 보람으로 느꼈다. 그런데 어느 날부터 머리가 텅 비어가고 있음을 느꼈다. 그렇다고 괴롭거나 갈등을 느끼는 것은 아니었다. 수연은 그것이 여자의 갱년기로 생각했고 누구나 치르는 통과의례쯤으로 여겼다.

그가 밖에서 여자를 만나는 일이 단순히 사업상 일이 아닐 수 있을 것이라는 의심을 처음으로 하게 되면서부터 증상은 심해졌다. 주기적으로 반복되는 그의 여자편력, 그 또한 큰 문젯거리로 삼지 않았다. 그에 의하면 사업상 있을 수 있는 일이었고, 수연은 그의 말에 토를 달지 않았다. 며칠 전 여자 문제로 그와 싸웠던 일도 예전에는 생각지도 못한 일이었다. 처음으로 그에게 정면으로 반발했고 돌아온 것은 손찌검이었다. 폭력을 행사한 그는 당당했고, 맞은 그녀는 드센 여자가 되고 말았다. 수연이 집을 나온 것은 남편으로부터 비롯된 문제가 아니라 스스로 혼란스러운 마음을 도저히 다스릴 수가 없었기 때문이었다.

카페 뒤쪽으로 흐르는 개울물 위로 달빛이 쏟아지고 있었다. 달빛은 산기슭의 운무를 감싸안으면서 부연 빛을 뿌렸다. 창으로 들어온 희끄무레한 달빛이 벽난로 옆 낡아보이는 피아노 위에 머물렀다. 주방에서 설거지를 하던 여자가 수연과 눈이 마주쳤다.

"저는 못해요. 애가 읍내 피아노학원에 다니는데 얼마 전에 갖다 놨어요. 중고품이라 소리도 잘 나지 않을 거예요."

수연은 피아노 뚜껑을 열려다가 멈칫했다. 고개를 돌려 창밖을 바라보았다. 희끄무레한 달빛, 수연은 오랜 기억을 더듬었다.

엄마의 매서운 눈초리를 받으면서 억지로 건반을 두드리다가 건반 위에 잠이 들었던 밤, 창밖으로 스며드는 달빛에 눈물짓던 기억, 고등학교 1학년 때였다. 그날 수연은 피아노 건반 위에 붉은 색 물감을 뿌려놓고 집을 나갔다. 엄마는 피아노에 관한 한 양보가 없었다. 바이엘에서 체르니로 넘어가면서 수연은 평생 맞을 매를 다 맞을 정도였다. 수연에게 피아노는 음악이 아니라 물귀신이었다. 준서가 은하를 위해 피아노를 들이던 날 수연은 은하에게 말했다. 치고 싶을 때까지만 하라고. 그 말을 들은 준서는 벌써 애한테 기부터 죽여놓는다고 화를 냈다. 그는 이 세상에서 가장 아름다운 소리가 옆집에서 들려오는 피아노 소리라고 말했다.

'내가 치고 싶은 거야. 누구를 위해서가 아니라… 나를 위해.'

수연은 손가락을 건반 위에 얹는다. 손끝으로 전해지는 건반의 감촉이 낯설었다. 천천히 손가락을 움직였다. 굳은 손길에 건반이 파르르 떨었다. 수연의 손길이 조금씩 감각을 찾아가기 시작했다. 음률을 따라 흐르는 자신의 마음이 정겨움을 느끼는 듯했다. 여리게 세게 리듬을 타는 피아노 소리에 자신의 가슴도 강하게 약하게 요동을 쳤다. 혼란스럽던 마음이 차츰 평온을 찾아가고 있음을 의식하면서 수연은 눈을 감고 소리의 세계로 빠져들었다.

수연을 현실세계로 돌아오게 한 것은 카페 손님들의 박수 소리였다. 그들에게 목례를 보내고 일어서려는데 남자가 다가왔다.

"혹시 실례인지 모르겠지만…."

수연은 남자를 올려다보았다. 어디선가 본 듯한 얼굴이다.

"피아노 솜씨가 대단한 것 같은데, 이거 좀, 쳐줄 수 있을까요?"

겸연쩍은 표정을 지으면서 뭔가를 내밀었다. 악보였다.

"혹시 아침에, 그분, 맞으시죠? 여기서 다시 뵙네요."

남자의 말을 듣고서야 수연도 남자가 누군지 알아챘다. 아침의 징검다리에서 마주쳤던 기분 나쁜 그 남자였다.

"이런 걸 두고 실례라고 하는 거라는데?"

"죄송합니다. 괜찮으시다면…."

남자의 말은 갑자기 터져나온 박수 소리에 꼬리가 잘렸다.

"저와 함께 온 일행입니다. 그쪽이 아마 유명한 피아니스트일 거라고 아까부터 감탄사를 연발했거든요."

수연은 남자의 일행들에게 눈길을 주며 목례를 했다. 피아니스트라는 말에 웃음이 나왔지만 기분은 나쁘지 않았다. 남자에 대한 반감이 사라진 것은 아니지만 묘하게 고조되어가는 카페 분위기가 잠시 수연을 망설이게 만들었다.

수연은 악보를 훑으면서 망설였다. 피아노를 손에서 놓은 지 오래됐기 때문에 처음 대하는 곡이라면 쉽지 않으리라는 생각 때문이었다. 악보에 적힌 곡은 아리랑의 변주곡이어서 어렵지 않을 것 같았다.

수연은 눈을 감고 부드럽게 건반을 훑었다. 소리는 친숙했다. 어디서 들어본 적이 있는 가락이다. 느리게 연주해달라는 남자의 부탁을 기억하면서 손가락에 힘을 뺐다. 움직임이 점점 느려지는 것을 가늠하면서 음을 좀 더 길게 끌어갔다. 즉석 화음을 넣으면서 음색을 변화시키고, 손가락 힘 조절로 소리의 폭을 확장시켰다. 연주는 손으로 하고 있지만 가슴으로 리듬을 탄다. 소리의 음률을 따라 수연의 가슴에서 얕고 깊은 소리가 재생된다. 소리는 심장을 뛰게 만들고 눈물에 맺히게 했다.

수연은 감정을 주체하지 못하고 창문 밖으로 시선을 돌렸다. 까마득한 그 시절, 친구 집으로 달아나기 전날, 미친 듯이 건반을 두드렸던 그날도 달은 이렇게 밝았다. 수연은 창문 너머 달빛을 보면서 어떤 끌림을 느꼈고, 바로 집을 뛰쳐나왔던 것이다. 다음날 엄마는 수연을 찾아왔다. 엄마는 두려움으로 몸을 떨고 있던 수연을 가만히 안아주었다. 집으로 돌아온 수연은 자신의 피아노가 없어졌다는 것을 발견했다. 그날부터 피아노는 수연에게 없는 존재로 남았다. 수연은 가족들 앞에서 한번도 피아노를 친 적이 없었다. 은하는 가끔 수연에게 하소연을 했다. 엄마가 피아노를 조금이라도 안다면 자신이 얼마나 힘들어할 것임을 이해할 수 있을 거라고. 수연은 그때마다 은하를 가만히 안아주기만 했을 뿐이었다.

수연이 어린 시절의 기억을 되새기게 만든 것이 악보 때문인지 달빛 때문인지 알 수는 없었다. 수연은 악보의 소리가 꼭 달의 소리인 것처럼 환청으로 느껴지면서 그만 불협화음을 내고 말았다. 수연은 얼른 마무리를 지었다.

"지금까지 제가 들은 아리랑 중에서 최고였습니다."

일행 중 누군가가 엄지를 치켜들었다.

수연은 명훈의 권유에 얼떨결에 합석하긴 했지만 자신이 화제의 중심이 되고 있는 상황은 불편했다. 그들의 눈빛은 그녀의 정체성을 읽어내는 것에만 초점을 맞춘 듯 집요함이 느껴져 거북했다. 그들의 입에서 언제 튀어나올지 모르는 혼자 여행 온 낯선 여자에 대한 호기심, 내키지 않지만 어쩔 수 없이 방어막을 준비할 수밖에 없는 자신의 편협한 시선, 실속 없이 인내심만 강요하는 이런 것들도 퍽이나 신경이 쓰이는 일이었다.

"달이 참 예뻐요."

카페 베란다 너머로 보이는 개울에 달빛이 마음껏 뒹굴고 있었다.

"이곳 절경 중의 하나죠. 여긴 처음인가 봅니다."

집을 나서기 전 수연이 여행지로 마음을 둔 곳은 남도의 섬이었다. 섬이라는 이름이 주는 도시인들의 향수, 그저 그런 것이었다. 인터넷 검색으로 얻은 섬에 대한 짧은 지식, 언제든 바뀔 수 있는 구름 형태

같은 것이었다. 그러다가 이곳으로 방향을 돌린 것에 어떤 이유나 의미가 없는 것과 같았다.

휴대폰 벨소리가 울렸다. 수연은 밖으로 나왔다.

"경민이가…."

"경민이가 왜?"

수연은 놀란 마음으로 은하의 말을 잘랐다.

"오늘 친구 집으로 생일잔치 갔는데 자고 오면 안 되느냐고 그러잖아? 내일이 토요일이라면서 자꾸 고집을 부려!"

"친구 집이 어디라는데?"

"우리 집에서 멀지는 않지만…. 어떻게 해? 아빠도 안 계신데."

"아빤 아직 안 들어왔어?"

"응. 아까 전화 왔는데 지방 출장이라 오늘 못 들어오신대!"

지방 출장. 수연에게 그 단어는 속병의 화근으로 각인된 것이었다. 자신의 고정관념일 뿐일 텐데, 떨쳐버리는 것이 더 자신다운 행동임을 모르지 않았지만, 지금껏 그리고 앞으로도 헤어날 수 없는 굴레로 남아 있었다. 출장이라는 남편의 단골 메뉴의 문제는 그 다음에 어떤 무서운 일이 수연에게 들이닥칠지 전혀 예측을 할 수 없다는 점이었다. 예를 들어, 도박으로 거금을 잃었다거나, 친구에게 사기를 당했다거나, 기분 나쁜 바람기 냄새가 난다거나 하는 불순한 것들이었다. 수연이 말도 없이 집을 나갔다는 사실을 알고 있을 지금으로선 그것이 더욱 불길한 전조같이 다가왔다. 온몸으로 빠르게 돋아나는 소름과 제어할 수 없는 현기증, 마치 어둠의 마신이 소리 없이 다가와 자신의 영혼을 훔쳐가는 것처럼.

“알았어. 경민이한테 가능하면 집에서 자라고 하고….”

수연이 전화를 끊으려하자 은하가 지나가는 소리를 하며 웃는다.

“오늘 엄마 아빠 데이트 하는 거 아냐? 아빠도 엄마 있는 그곳 어딘가로 가신다고 했는데.”

전화를 끊고 난 수연은 은하의 뒷말이 계속 켕겼다.

‘그 인간이 이쪽에 어쩐 일로….’

수연은 두 손으로 얼굴을 감싸쥐었다. 느낌은 거짓말을 하지 않는다. 남편은 수연의 위치까지 정확하게 알고 있는 것이 틀림없었다. 현기증이 일어나면서 손아귀 힘이 스르르 풀렸다. 휴대폰이 손바닥에서 빠져나가 개울가로 떨어졌다. 수연은 허겁지겁 돌계단을 내려갔다. 눈길에 발이 미끄러지면서 몸이 균형을 잃고 넘어졌다. 무릎에서 통증이 전해졌다. 휴대폰을 집어 전원부터 껐다.

사람들이 다가왔다. 명훈이 수연을 팔을 잡았다. 수연은 괜찮다며 명훈의 팔을 떼어냈다. 혼자 일어서려다가 고통을 참지 못하고 신음소리를 냈다. 수연은 그대로 철퍽 주저앉았다.

“병원에 가야겠습니다!”

무릎 상처를 살피던 명훈이 고개를 흔들었다. 수연은 입을 닫았다. 정신이 몽롱했다. 자신이 무엇을 해야 할 것인지, 어떻게 하는 것이 현명한 행동인지 판단할 수가 없었다.

도로변에 차를 세운 준서는 차창을 내리고 주위를 둘러보았다. 말이 읍 소재지지 시골의 작은 면과 비슷했다. 큰 건물도 보이지 않고 도로변 가게는 절반 이상이 불이 꺼졌다. 가로등 불빛은 희미하고 인적이 없는 거리에는 음산한 기운마저 감돌았다.

준서가 걱정한 것은 수연을 찾지 못하고 허탕쳤을 때 상처받게 될 자존심 따위는 아니었다. 세상을 살아오면서 자존심만큼 아무 짝에도 쓸모없는 것들이 또 있을까. 서양 남자들이 그것 때문에 결투를 하고 목숨을 함부로 버리는 행태를 도무지 이해할 수 없었다. 누가 감정을 건드리면 욱할 수 있지만 손바닥 뒤집듯 돌려서 생각하면 아무것도 아니었다. 오히려 준서에게는 그런 사람일수록 상대하기가 편하다는 것도 알고 있었다. 알량한 자존심만 부추겨주면 상대적으로 자신에게 돌아오는 것은 돈과 인품이었다. 박 사장은 그를 마음 넓은 술친구라고 좋아했고, 민 형사는 세상을 뭘 좀 아는 통 큰 남자로 자신을 대우했다. 자존심은 평균대와 같은 것이어서 내 무게만 줄여준다면 손쉽게 세상을 얻을 수 있는 어린아이 놀이기구였다. 아내를 다루는 것도 다르지 않았다. 아내의 자존심을 세우고 자신의 그것은 땅바닥에 내팽개치면 그만이었다. 준서는 얼마든지 그렇게 할 수 있었고 누구보다도 능숙한 방법으로 해내고 있는 중이었다.

고속도로에서 빠져나와 국도로 들어섰을 때 준서는 자신의 가장 확실한 무기였던 자존심 다루기가 여의치 않을지도 모른다는 불안감이 들었다. 그것은 수연을 찾는 일이 아니라 찾았을 때 수연의 어떤 곳에서 누구와 무엇을 하고 있느냐는 곳으로 생각이 미쳤기 때문이었다.

아내가 찾은 곳은 준서에겐 익숙지 않은 풍경이었다. 온통 산과 바위, 그리고 끝없이 펼쳐지는 눈의 세상이었다. 멀리서부터 낯선 곳의 존재는 자신의 여린 숨통을 죄는 느낌이었다. 세상의 끝, 이 땅의 끝자락에 완강하게 버티고 서 있는 거대한 바위 병풍, 영원히 무너질 것 같지 않는 난공불락의 성곽을 대하는 기분이었다. 더 이상 갈 곳이 없는, 퇴로가 차단된 이곳을 찾은 아내, 그녀가 벌이고 있는 무언의 시위 속으로 조금씩 들어서고 있다는 중압감이 감지되기 시작했다. 그것은 자신이 예측하지 못한 일이 벌어질 수도 있다는 불안 때문인지 핸들을 잡은 손에서 진땀이 나기 시작했다. 제설작업을 깔끔하게 마치지 못한 산골 도로는 여기저기 눈이 그대로 쌓여 있었다. 눈길 위를 달리는 자동차가 곡예를 부리고, 눈바람까지 가세하자 준서는 세상이 바뀌고 있다는 것을 실감했다.

민 형사가 이곳을 지목한 것은 몇 시간 전의 일이었다.

'멀리도 갔네, 젠장!'

속으로 욕지거리를 내뱉으면서도 정말 세상이 좋아졌음을 느꼈다. 이런 일을 가능하게 하는 것은 모두 돈의 위력이었다. 돈으로 안 되는 것이 없는 세상을 준서는 사랑했다. 이런 세상을 살아가는 맛은 늘 달콤했다. 아내는 지금 자신의 손바닥 위에 놓인 물고기나 다름없지만 섣불리 움직일 일은 아니었다.

'이젠, 마음대로 놀겠다, 이거지? 건방진 것….'

늘 그에게 고분고분하고 말 잘 듣는 농우소 같던 아내의 돌출행동을 이해할 수 없었다. 집안에만 있으니 한번쯤은 바깥바람을 쐴 수도 있고 그래서 혼자서 여행이라도 하고 싶을 수는 있다. 그러나 이런 식은 아니었다. 이대로 두다간 습관이 될 수 있고 그러다보면 점점 돌아올 수 없는 강을 건널지도 몰랐다.

날이 점점 어두워졌다. 차량 내비게이션에 표시된 위치까지는 30여 분 거리였다. 준서는 자동차 시동을 켜고 마을을 벗어났다. 도로에는 차량이 드문드문 보였다. 어둠이 내리기 시작하는 산길은 음침했다. 산허리를 돌아 계곡으로 난 언덕길을 내려가면서 갑자기 자동차가 눈길에 미끄러졌다. 핸들이 통제가 되지 않는다고 느끼는 순간 차체는 방향을 잃었다. 굽은 도로 왼쪽은 벼랑이다. 핸들을 오른쪽으로 급하게 꺾었다. 비틀거리던 자동차는 도로 옆에 치워놓은 눈더미와 부딪치며 멎었다.

눈 둔덕 위에 덩그러니 얹혀 있는 차체를 보자 그냥 욕이 튀어나왔다. 작년에 거금을 주고 산 BMW 7 시리즈였다. 눈을 치우지 않고서는 차를 꺼내기는 불가능해보였다. 차체 아래의 눈더미는 꽁꽁 얼어 얼음덩이에 가까웠다. 급한 대로 양쪽 앞바퀴 주변의 눈을 대충 긁어낸 후 시동을 걸어보았으나 헛바퀴만 돌 뿐이었다. 트렁크에서 연장 도구함을 꺼냈으나 얼음처럼 단단해진 눈을 치울 만한 연장은 없었다. 드라이버로 몇 번 눈을 내려찍다가 팽개쳤다.

이 추운 날씨에 낯선 땅에서 웬 생고생인가라는 생각이 들자 화가 치밀어올랐다. 며칠 전까지만 하더라도 평온한 일상이었다. 부족한 것 하나 없는 충족한 생활이었다. 경기가 불황이라고는 하지만 건축 자재 납품사업은 그럭저럭 무난한 매출을 올리고 있었고, 그와 함께 관공서나 납품업체 임원들과의 골프 일정도 빈틈없이 돌아가고 있었다. 친구들은 하루가 멀다하고 술자리를 만들었고 준서는 호기롭게 술값을 계산했다. 그렇다고 친구들은 공짜 술만 얻어마시려고 하지 않았다. 자신을 친목회장으로, 동창회장으로, 또 무슨 회장으로 쌍수를 들어 추대했다. 아내와 아이들은 그런 준서를 존경했다. 바깥 모임에서 아내는 여왕처럼 떠받쳐졌고, 학교에서 아이들은 선생님들의 칭찬을 온몸으로 받았다. 준서는 의리 있는 남자였고, 믿을 수 있는 동반자였으며 거기에다가 모범적인 가장이기도 했다.

그런 준서에게도 약점이 있었다. 이름도 없는 지방의 2년제 전문대 출신이라는 꼬리표가 늘 따라다녔다. 중학교 동창회장으로 추대될 당시에도 서울 명문대 동창생들은 노골적으로 언짢은 기색을 드러냈다. 못마땅해하는 그들의 잘난 얼굴에 한방 먹이고 싶은 것을 겨우 참았다. 그러나 그동안 온갖 고생으로 일구어놓은 자신의 천사표 이미지에 흠이 나게 해서는 안 될 일이었다. 부글거리는 속을 달래면서 억지웃음을 보이며 고개를 주억거리면서 그들의 비위를 맞추었다. 이런 기분은 간혹 아내로부터도 느끼던 것이었다. 며칠 전 손찌검을 한 것도 이와 무관하지 않았다.

"당신이 얼마나 잘났는데…."

아무리 아내라고 하지만 남편으로 대우받아야 하는 일은 있다. 그런 것은 용서의 문제를 떠나 버릇을 고쳐놓는 것이 다음을 위해 중요했다. 결단은 빠른 것이 좋고, 효과는 강력한 것이 필요했다. 준서가 주먹을 날린 것은 절반은 의도적인 것이었다. 그날부터 꼬박 사흘 동안 잘못을 빌었다. 준서가 아침에 집을 나올 때만 하더라도 아내에게서 별다른 느낌은 받지 못했다. 비교적 편안해보이는 아내의 표정을 보면서 기분 좋게 필드로 나온 참이었다. 무엇이 어디서부터 잘못됐는지 알 수가 없었다.

아무래도 눈더미를 파낼 연장이 있어야 할 것 같았다.

'찾기만 해봐라!'

준서는 차체에 맞닿아 있는 눈을 삽으로 긁어내면서 연신 욕을 내뱉었다. 얼어붙은 눈더미는 좀처럼 떨어지지 않았다. 아랫마을까지 삽을 빌리러 내려갔다가 다시 경사진 도로로 올라오면서 기력을 다 빼버렸다. 준서는 삽을 내던지고 한숨을 길게 내쉬었다. 자신의 꼬락서니가 우스웠다. 짙어지는 어둠과 함께 외로움이 밀려왔다. 자신에게 일어나고 있는 일들이 꼭 남의 일같이 여겨졌다. 외진 길에서 차 사고를 당한 초라한 행색이 될 줄 생각이나 했겠는가. 밤이라는 사실을 다행으로 여겨야 할 판이었다. 박 사장이나 민 형사, 아이들이나 아니면 아내까지 이런 몰골을 보게 된다면 정말 자존심 상하는 일이 될 것이다.

헤드라이트를 켠 차량이 지나가면서 경적을 울렸다. 깜짝 놀란 준서는 욕을 내뱉으며 눈더미를 발로 찼다. 바퀴 앞뒤에 쌓였던 눈을 대충 치우고 난 뒤 산비탈에서 흙을 몇 삽 떠서 바퀴 앞뒤로 뿌렸다. 자동변속기를 2단에 놓고 힘차게 액셀러레이터를 밟았다. 자동차는 굉음을 내며 눈밭을 간신히 빠져나왔다.

삼거리 가게에 빌린 삽을 돌려주고 차에 몸을 얹었다. 삽질의 피로와 추위로 몸뚱이는 얼었다. 의자를 한껏 뒤로 젖히고 몸을 뉘었다. 눈이 저절로 감겼다.

항상 흐르는 물처럼 조용하던 일상의 리듬이 깨진 것은 누구의 잘못 때문일까. 자신이 알지 못했던 아내의 모습, 아내가 알지 못하는 자신의 마음까지 제멋대로 뒤섞이고 있다는 혼란스러움인지도 몰랐다. 준서는 아내를 사랑했고 아이들을 사랑했고 자신의 삶을 사랑했다. 그렇기에 그 사랑의 방식이나 표현이 남들과 다르다는 것이 비난의 이유가 되는 것은 견딜 수 없었다. 아내를 사랑하지만 바람은 피울 수 있다는 준서의 논리는 사랑을 지키는 또 다른 방법이라고 항변할 수 있었다. 한때는 내 것의 소중함을 알기 위한 방식이라고 웃기는 소리도 했었지만, 설령 그것이 누구에게나 먹히지 않는다고 아내를 사랑하지 않는다고 말할 근거를 찾을 수 없는 것도 아니었다.

평온하던 일상이 그리웠다. 평상시라면 아내는 어느 때와 다름없이 저녁 준비를 할 것이고, 아이들에게 몇 가지 잔소리를 하며 미간을 찌푸리기도 할 것이다. 옷을 아무렇게나 벗어던지는 은하에게는 다시 한번 주의를 줄 것이고, 컴퓨터 게임에 빠져 있는 경민에게는 오늘 해야 할 공부 분량은 다 마쳤느냐고 다그칠 것이다. 때때로 준서를 향해서는 지난 달 휴대폰 통화료가 너무 많이 나왔다며 눈을 흘기기도 했을 것이다.

아내를 찾아나서면서 지극히 자연스럽고 영원히 변하지 않을 것 같았던 자신의 생활이 비로소 궤도를 이탈할지도 모른다는 불안감에 사로잡혔다. 그것은 아내가 집을 비워서가 아니라 자신의 세계에서 아내의 역할이 사라지는 것에 대한 두려움이었다. 그 역할이란 현재 준서가 누리고 있는 일상의 즐거움들이 계속되어지기 위해서는 감당해야 할 아내의 몫 같은 것이었다. 아내를 찾는 것은 가장에게 지워진 당연한 의무의 하나이고 또 그래야 된다는 윤리의식이 그 중심에 자리잡고 있다. 그러나 지금은 자신도 모르는 다른 이유가 있을지도 모른다는 까닭모를 두려움을 분명하게 느낄 수 있었다.

아내의 존재가치에 대한 혼란으로 아내를 의심하는 것, 그것은 맞지 않았다. 준서가 겪어본 아내는 현명한 여자였다. 남자라고는 자신밖에 모르는 여자였고, 지금까지 한번도 준서의 말을 거슬리는 행동을 한 적이 없었다. 스스로 세상에서 제일 행복한 여자라고 말하는 아내는 준서를 올려다보는 반짝이는 눈동자로 그 말이 거짓이 아님을 증명했다. 아내는 준서의 모든 말과 행동을 그대로 믿었다. 준서는 자신에 대한 아내의 무조건적인 믿음이 영원할 것으로 생각했다.

산골의 어둠은 예상보다 깊고 무거웠다. 보이는 것은 아무것도 없었다. 준서는 아내의 위치를 확인하기 위해 다시 민 형사에게 전화를 걸었다.

"휴대폰이 꺼져 있어. 이젠 위치추적이 안 되겠는데."

아내가 자신의 위치추적을 피하기 위해 휴대폰 전원을 꺼버렸을 리는 없었다. 준서가 알고 있는 아내는 그렇게 영악한 여자는 못되었다. 자신의 전화를 받기 싫거나 아니면 배터리가 방전된 것이 분명했다. 어쨌든 더 이상 방법은 없는 셈이었다. 아내를 찾겠다는 생각을 너무 쉽게 했거나 아니면 좀 더 치밀한 계획이 필요했는데 민 형사만 믿었던 것이 잘못이었다.

“그럴 리가 없어. 조금만 더 수고해줘.”

“오늘은 이만하지. 언제 켜질지 모르는 휴대폰 기다리며 내가 밤을 새울 수는 없잖아. 내일 다시 연락해.”

민 형사가 전화를 끊었다. 그동안 알게 모르게 쥐어준 돈을 생각하자 속에서 욕지기가 나왔다. 준서는 휴대폰을 집어던졌다.

어렴풋이 편두통 증세까지 오고 있다. 마치 목표물을 조준하고 쏘는 화살처럼 콕콕 쑤시는 통증에 머리를 세차게 흔들었다. 시동을 켜고 유리창을 내렸다. 가게 앞 가로등 불빛 사이로 약한 눈발이 희미한 궤적을 그리며 비행하고 있었다. 지면 위로부터 일정한 높이를 유지하면서 떨어질 듯 말 듯 여름 불나비처럼 가로등을 에워싸며 돌았다. 눈 조각이 지나간 자리에는 언뜻 언뜻 어둠 속의 산과 계곡이 파스텔 그림처럼 시야를 메웠다. 안개에 젖어 있는 듯 어둠은 깊었지만 세상을 덮고 있는 하얀 눈으로 새벽인 듯 저녁인 듯 구분이 되지 않았다. 자세를 고치고 핸들을 잡자 허기와 갈증이 동시에 몰려왔다. 준서는 도로를 가로질러 맞은편 카페로 자동차를 움직였다.

손님이 없는데도 실내는 훈훈했다. 탁자를 정리하고 있는 여자에게 술과 안주를 주문했다. 연거푸 몇 잔을 들이켰다. 속이 화끈거리고 얼굴에 열기가 올랐다.

“근데 여긴 늘 이렇게 눈이 많이 옵니까? 날씨도 장난이 아니고요.”

주방에서 안주를 준비하고 있는 여자에게 말을 건넸다.

“조금 전까지 달빛이 들어왔는데, 정말 눈이 또 오네.”

"정말 지겹네요, 눈이."

"그렇죠 뭐. 겨울에 눈이 없는 이곳은 생각하기도 어려운걸요. 눈이 많이 오긴 하지만 그 때문에 별천지가 되죠. 사장님은 서울에서 오셨어요?"

"같이 한잔 하실래요? 괜찮으시다면."

"아니에요. 제가 술을 잘 못해서…. 난로에 장작 좀 넣어놓을게요."

여자가 일어서서 벽난로 쪽으로 걸어가다가 멈칫했다.

"이걸 어째? 그분이 신발을 두고 갔네!"

준서는 여자가 들고 있는 신발을 바라보았다. 회색 부츠였다. 비슷한 신발은 얼마든지 있겠지만 같은 신발은 하나밖에 없다. 몸이 부르르 떨리면서 머릿속 생각이 빠르고 복잡하게 엉켰다. 장마에 저수지 제방이 무너지듯이 수많은 상념들이 전신을 괴롭혔다. 자신의 몸뚱이지만 통제가 되지 않는 것은 몸과 정신이 분리되어 있다는 증거였다. 둘을 하나로 일치시키는 것이 어려울 때가 있다. 그건 위험에 대한 몸의 경고였다. 몸과 마음이 따로 놀게 되면 자폭의 위험성이 있다. 머리가 몸을 통제하지 못하고, 온몸의 신경계가 뇌의 지배구조에서 벗어나는 것은 상극의 길이다. 심호흡하면서 떨리는 가슴을 진정시켰다.

"신발도 없이 어떻게?"

"물에 젖어 말리던 중이었어요. 그나저나 어떻게 한다?"

"전화로 알려드리면 되잖습니까? 근데 뭐가 급해서 신발도 챙기지 못했죠?"

"뒤란 쪽 돌계단을 내려가다가 눈길에 미끄러져 무릎을 다쳤어요. 병원에 급히 가느라고 잊어먹은 모양이에요."

자신과 아내의 지금 상황이 예사롭지 않았다. 다른 사람들의 눈에 비치게 될 두 사람의 행태는 상식의 범위를 벗어나는 일이었다. 부부싸움, 가출, 그리고 불법적인 추적. 신문 사회면을 장식할 만한 이야기꺼리로 손색이 없었다.

애초 집을 나설 때 구체적인 계획이 있었던 것은 아니었다. 아내를 무조건 찾아야 한다는 생각뿐이었고 민 형사 도움을 받아 이곳까지 온 것이다. 그런데 아내로 의심되는 여자가 이곳을 다녀갔다는 말을 듣는 순간 두려움이 엄습했다. 아내와 맞닥뜨린 뒤 자신의 행적을 해명하는 일이 부담으로 다가왔다. 휴대폰 위치추적으로 왔다는 말을 할 수는 없었다. 아내의 가출은 이유가 있었고, 지금은 자신이 근신을 해야 마땅한 상황이었다. 카페 주인의 태도처럼 과민한 반응을 보이는 자신이 오히려 비정상적인 일이었다.

카페를 나서는데 냉기가 전신을 파고들었다. 계단을 내려서다가 눈길에 발목을 접질렸다. 몸을 비틀거리다가 솟대에 이마를 부딪쳤다. 이마를 쓸어내린 손바닥이 뭔가 끈적거렸다. 한번의 발길질에 솟대가 우두둑 소리를 내며 부러졌다.

'그래. 아무 일도 없었던 것처럼….'

준서는 눈을 부릅뜨고 차를 출발시켰다.

명훈이 차를 멈추고 룸미러로 수연을 쳐다보았다. 보건소와 약국도 모두 문을 닫았다.

"조금 멀지만 읍내 병원 응급실로 가겠습니다."

수연은 명훈의 행동이 배려를 넘어 자신의 속내까지 헤아리려 한다는 생각이 들자 마음이 불편해졌다. 경미한 찰과상에 불과한 데 응급실이라니. 수연은 대답 대신 고개를 저었다. 수연을 대하는 명훈의 태도가 자연스러워서 수연에게 특별한 호감을 가지거나 그것이 대가를 바라는 행동이 아니라는 것은 느낄 수 있었다. 그러나 세상일은 수학공식처럼 단순하지 않다. 명훈의 행동은 언뜻 몸에 밴 것 같지만 상황을 만드는 것은 여자의 책임이 될 수가 있다. 명훈의 덤덤한 행동을 수연이 말없이 따르고 있는 것은 그를 믿어서가 아니라 둘 사이의 팽팽한 기운을 계속 유지시키려는 의지 때문이었다. 힘의 균형의 추가 한 쪽으로 기우는 예기치 않은 상황의 발생을 미리 막고 싶은 것과 무관하지 않았다. 그의 행동이 일상적인 예의와 절차라는 이름으로 포장한 과장된 버릇이어서 어느 순간 그 의도적인 포장을 걷어내야 할 이유가 생길지도 모르지만, 그건 그때의 일이 될 것이고 지금은 아니었다.

"어디 묵을 만한 곳이 없을까요?"

길 건너 모텔의 붉은 네온 간판이 생경스러웠다.

"가까운 곳에 이모님 댁이 있는데 수연 씨가 괜찮을지…."

수연은 명훈의 말에서 묘한 친밀감이 느껴졌다. 고개를 끄덕이고 눈을 감았다. 노곤함이 빠르게 편안함으로 바뀌는 기분 좋은 느낌이 달콤했다.

"집에 잠깐 다녀올게요. 잠시만 차에서 기다리실래요?"

명훈은 수연의 대답을 기다리지 않고 마을 길로 종종걸음을 쳤다. 수연은 옷매무새를 가다듬으며 차에서 내렸다.

마을 입구에 작은 돌탑이 세워져 있었다. 탑으로 반사되는 보안등 불빛이 은은하게 주위를 밝혔다. 가만히 돌탑을 만지다가 투박한 감촉에 선뜻 놀랐다. 얼른 보기에 아름다웠던 돌탑이었지만 막상 돌 자체는 꺼칠하고 볼품이 없었다. 누가 돌로 이 탑을 쌓았을까, 아니 쌓을 생각을 했는지 궁금해졌다. 힘들게 하나씩 돌을 쌓아가면서 무슨 생각을 했을까. 돌탑을 쌓은 사람은 훗날 누군가가 어떤 의미를 주게 되리라 생각이나 했을까. 그들의 행동은 돌탑 쌓는 그 자체에만 의미를 주지 않았을까. 삶이 덧없다는 생각이 드는 것은 특별한 경우여야만 하는 것은 아닌 모양이었다. 돌 하나에도 이렇게 의미를 부여하는 것이라면 세상사와 인연에 얽혀 정작 자신의 존재에 대해 돌아볼 여유를 갖기 어려운 일상이라면 더할 것이었다. 수연은 아이들에게, 준서에게, 자신을 알고 있는 모든 사람들에게 갑자기 부끄러워졌다. 그들의 시선을 의식하면서 보이지 않는 굴레 속에서 자신을 잊고 그것에 꿰맞추기에 급급했던 것은 분명 바람직한 일은 아니었다.

"집에서 연고와 붕대 좀 챙겨왔습니다."

명훈이 급하게 달려왔는지 숨을 몰아쉬었다. 입김이 하얀 안개처럼 허공으로 퍼졌다.

"이모님께 전화했습니다. 부담 안 가져도 될 겁니다."

명훈은 뒷좌석 문을 열어주었다. 자신은 지금까지 누구에게도 이런 에스코트를 받아본 적이 없었다. 수연은 조금 민망해진 기분이 들었지만 싫지 않았다. 등받이 깊숙이 기대는 느낌이 편안했다.

사실 은하와 통화 이후로 불안은 점점 커지고 있었다. 준서가 이쪽 지방으로 갔다는 말은 자신을 찾기 위해서임은 명확했다. 수연에 대해 무서울 정도로 집착을 보이고 있는 준서로서는 충분히 그럴 수 있음을 알기 때문이다. 급히 휴대폰 전원을 껐지만 그때부터 준서가 이곳 어딘가에 와 있을지도 모른다는 생각으로 시종 마음이 불편했던 터였다. 준서가 마음을 먹는다면 자신이 대한민국 어디에 숨더라도 그의 레이더망에서 벗어나지는 못할 것 같았다. 준서가 원인을 제공했지만 자신의 가출이 칭찬받을 일은 아니라는 강박관념이 집을 나설 때부터 수연을 짓누르고 있었다. 준서가 원망스러웠다. 그냥 모른 척 편안하게 내버려두었더라면 내일 아침 일찍 집으로 돌아갔을 것이고, 어쩌면 자신의 미안한 행동 때문에 준서의 잘못을 어느 정도 용서할 수도 있었을 것이다.

불안은 두려움으로 바뀌가고 있었지만 명훈에게 내색할 수는 없었다. 그의 이모님 댁이라면 그곳까지 준서의 손길이 미칠 수는 없을 것이다. 오늘 하룻밤은 편안한 마음으로 지낼 수 있다고 생각하면서도 왠지 서글픔이 몰려왔다. 만약 자신이 남자였고 결혼을 했다면, 그게 아니라 여자이지만 그가 아닌 다른 남자를 만나 결혼을 했다면, 이도 저도 아니라 치고 그저 자연의 섭리처럼 인간의 의식이 누구에게나 똑같은 수준으로 공유된다면, 욕망을 누르는 어떤 장치가 없어도 편안해질까. 인간이 만약 사악한 면이 있다면 그 이유는 스스로 본능을 제거할 수 있는 탓이 아닐까. 수연은 조금씩 지쳐가고 있었다.

아침 햇살이 세상을 은색으로 만들고 있었다. 창문을 열자 차가운 기운이 와락 밀려들었다. 명훈은 옷깃을 여미며 밖으로 고개를 쭉 내밀었다. 인기척에 놀랐는지 오동나무에 앉았던 까치 한 마리가 푸드덕 날아올랐다. 날갯짓에 잔가지에 쌓였던 눈더미가 떨어져 내렸다. 산허리에 아침 안개가 깔렸다. 어릴 때 사촌 형제들과 나물 캐러 자주 올랐던 산이었다. 방학 때면 이모 댁에 살다시피 했는데 그때 형제들은 이제 모두 도시로 떠나고 없었다. 답답한 골짝에서 나물만 먹고 살긴 싫다며 읍내로 나가자고 졸랐다는 이모, 이모부가 돌아가시자 도시로 모시겠다는 아이들을 뿌리친 것은 정작 이모였다. 그동안 붙은 정을 떨쳐내는 것이 무섭다는 이유였다.

명훈은 전화기를 찾았다.

"그 처자는 새벽 삼아 갔어."

이모는 명훈에게 수연이 고맙다는 말을 전해달랬다며 어떤 사이냐고 물었다. 이혼 후 혼자 지내고 있는 명훈을 늘 걱정했던 이모였다. 명훈은 이모 물음에 얼른 대답을 하지 못했다. 그녀와 어떤 관계인지 생각해본 적이 없었기 때문이다.

전화를 끊고 명훈은 나갈 채비를 했다. 기획안을 챙겨 넣다가 박경에게 연락을 해야 할지 잠깐 망설였으나 고개를 흔들었다. 자신이 하려는 사업이 모임에서 정식으로 상정된 것도 아니고 지원 결과에 대해서도 아직 미지수였다.

명훈이 내민 기획안을 살펴보던 군청 직원은 서류에 시선을 고정한 채 심드렁한 목소리로 말했다.

"이게 뭐죠?"

명훈은 직원의 물음이 선문답 같다는 느낌이 들면서 대답할 말을 찾지 못했다. 기획안 내용을 모르겠다는 뜻인지 아니면 잘못 찾아왔다는 뜻인지 판단이 서지 않았기 때문이었다.

"그러니까… 제 말은 선생님이 하고 싶은 말씀이 뭐냐는 거죠?"

직원의 말투는 자신을 비아냥거리는 소리로 들렸고, 눈매는 어린아이의 유치한 얘기를 듣는 어른들의 무관심 같은 느낌이었다.

"잘 아시겠지만 우리 고장 소리에 대해 체계적인 연구가 필요하지 않을까 해서요. 관련된 업무에 참고가 될까 하고 정리해본 겁니다."

"알겠습니다. 검토는 해보겠습니다만…."

직원이 기획안을 넘겨가면서 말끝을 흐렸다. 직원의 시큰둥한 반응을 대하자 그동안 조사하고 고민했던 것들이 하찮게 평가받는 것 같아서 떨떠름했다.

"제가 무슨 지원을 받자는 것이 아니라 소리를 특화시켜서 우리 군의 대표적 문화상품으로 발전시키면 어떨까 하는 생각에서 제안하는 겁니다."

"소리에 관심을 가져주셔서 저희로서는 고마운 일이구요. 근데 선생님이 써오신 내용을 잠깐 살펴봤는데… 사실 이것들은 새로운 것이라기보다는 그동안 이미 저희들이 많이 고민했던 것들입니다."

직원이 가볍게 웃었다.

"예를 들어, 선생님이 소리의 명칭을 통칭하자는 문제는 말이죠, 이렇게 볼 수 있습니다. 소리의 발생 기원이라는 측면과, 또 소리가 지역적인 삶의 행태를 반영하고 있다는 특수성 때문에 물리적 통합은 거의 불가능한 것이 현실입니다. 여기 써 있네요…."

직원은 기획안 두 번째 장 중간 부분을 손가락으로 가리켰다.

"소리가 한민족의 삶과 애환의 표현이라는 공통점이 있다는 선생님의 말씀은 맞습니다. 그렇지만 이러한 이유 때문에 명칭을 통일하자는 논리는 설득력이 부족합니다. 사실 이 부분은 이미 전국적인 공감대가 형성된 사항이기도 하고요. 즉 명칭이 중요하다는 것이 아니라는 말씀이죠."

"그럼 이미 많은 연구가 있었다는 말씀입니까?"

"그렇죠. 사실 소리를 케이팝과 연관시키려는 시도도 오래 전부터 하고 있습니다. 미국의 흑인영가나 라틴음악이 현대화 과정에서 세계인의 음악으로 자리매김하고 있는 예를 보아도 알 수 있는 거죠. 대한민국 소리도 그와 같이 전 세계인의 애창곡이 되어 새로운 음악 장르로 자리매김할 수 있도록 지금도 계속 연구하고 있습니다."

명훈은 반박할 말을 찾지 못했다. 오히려 직원의 말에 설득을 당하고 있다는 기분이었다.

"몇 십 년 전 외국의 유명한 경음악 단장이 우리 소리의 멜로디에 매료되어 그것을 자신의 작곡으로 발표하고 연주한 어처구니없는 예도 있었죠. 그때까지만 해도 소리가 외국에 많이 알려지지 않은 상태였습니다. 그도 처음에는 어느 나라 누구 노래인 줄 몰랐겠죠. 원곡 멜로디에 음정 변화를 약간만 주면서 자신의 작품으로 만들고 싶을 만큼 매력적이었던 겁니다. 얼마나 탐났으면 그랬겠습니까? 예를 들면 그런 일도 있었다 그거죠. 선생님이 소리에 대한 더 많은 지식과 연구가 필요하다는 뜻에서 제가 이런 말씀을 드리는 겁니다."

말하자면 명훈의 제안서는 재고의 가치가 없는 원론 수준이라는 뜻이었다.

"며칠 전에도 누군가 찾아와서 선생님과 비슷한 얘기를 했습니다. 그분은 대뜸 무슨 소리연구회를 만들려고 하는데 재정지원을 해달라는 거였습니다. 다른 경우도 많습니다. 선생님도 아시다시피 해마다 전국 각지에서 그들만의 소리축제를 하잖습니까? 다들 자신들 고장의 소리 보존과 전승이 목적이고 그 목적 달성을 위해 소리경창대회나 문화시연 행사를 하고 있죠. 그런다고 우리 군에서도 무턱대고 그런 행사를 하자, 그럴 수는 없는 거잖아요."

직원은 말을 멈추고 명훈을 슬쩍 올려다보다가 걸려온 전화를 받았다. 명훈은 아까부터 무시하는 듯한 말투 때문에 조금씩 기분이 나빠졌는데 의자 등받이를 뒤로 젖히면서 통화하는 모습을 보자 자존심까지 상했다. 자신이 정부지원금을 노리고 온 상습범처럼 취급당하는 느낌은 굴욕적이었다. 사실 어느 정도 뜻이 맞는다면 민간 연구단체를 설립하고 본격적인 소리연구에 매달릴 생각을 하지 않은 것도 아니었다. 그런데 직원이 꼭 자신의 속마음을 읽은 것처럼 선수를 치고 있으니 이를 두고 화를 내야 할지 그냥 모른 척하고 계속 강행

해야 할지 가늠할 수가 없었다.

직원 말대로 소리연구가 어떤 한 개인에 의해 성격이 규정되는 것은 아닌 것은 확실하지만 그것 때문에 관심조차 갖지 말라는 것은 할 말이 아니었다. 재정지원은 개인 목적이 아니라 공익성 담보 조건 어쩌면서 객관적인 자료 제시를 들먹이고 있지만 이 또한 앞뒤가 맞지 않는 말이었다. 그보다는 먼저 기회를 주는 것이 순서였고, 격려를 해주는 것이 국민들의 세금을 받아 집행하는 그들의 기본 도리라는 것이 명훈의 지론이었다. 그런데 아직 뭘 모르고 있으니 공부나 더 해오라는 식의 민원처리는 갑질과 다름없었다. 명훈이 등을 돌릴 때까지 직원의 통화는 계속되고 있었다.

명훈은 차에 오르고서도 갈 길을 선불리 정하지 못했다. 소리에 대해 관심을 가질수록 자신의 개인적인 집착만 드러내는 결과가 되고 있었다. 소리에 파고들면 들수록 미궁 속으로 빠져들었다. 자신이 알고 있는 소리 가락 몇 개를 읊으며 마치 소리를 다 아는 것처럼 건방을 떨었고, 회원들에게 소리 운운하며 목에 핏대를 세웠다.

'소리…. 무엇일까.'

대한민국의 소리 열풍은 전국적인 현상이었다. 지방마다 앞다투어 그들 고유의 소리를 내세웠다. 그들 나름대로의 논리로 무장한 소리에 대한 주도권 싸움은 지방자치단체의 정치적 의도와 맞물려 치열한 공방전을 계속하고 있었다. 대한민국 국민들이 언제부터 소리에 관심을 가졌는지 놀라울 따름이었다. 소리연구회가 전국에서 우후죽순처럼 생기고 저마다 소리의 본고장이라며 세미나, 심포지엄,

공연대회가 앞다투어 열렸다.

'정치놀음인가?'

1980년대 군부정권이 프로야구를 만들고, 온 나라를 축제와 행사 열풍으로 몰아간 것과 무엇이 다른가. 국민을 정치라는 예민한 문제에서 관심을 돌리고 우매하게 만들기 위한 것이 아니라면 무엇인가.

그동안 매달렸던 일을 손에서 놓아버리자 갑자기 할 일이 없어졌다. 명훈이 처음부터 소리에 대한 관심이 있었던 것은 아니었다. 객원기자로 있는 인터넷 신문의 편집장으로부터 소리에 대한 연재물 제안을 받고서였다. 명훈으로서는 마다할 일이 아니었다. 어렸을 때부터 주위에서 자주 들어왔던 소리라 별 대수로울 것은 없지만 기사거리는 얼마든지 만들어낼 수 있을 것이라는 계산이 바로 섰다. 취재를 시작하면서부터 명훈은 점점 힘들어지는 것을 느꼈다. 소리의 근원에 대한 접근이 도무지 되지 않았다. 그러다가 소리의 실체조차 혼란스러워졌다. 오기가 난 명훈이 본격적으로 소리에 대해 파고들었고, 조금씩 소리에 대해 깊은 의미를 알게 되면서 생각을 바꾸었다. 인터넷 기사가 아니라 뭔가 더 큰 사업을 통해 소리의 맥을 세워보고 싶은 욕심이 일어났다. 그것은 정부지원을 통해 조직적인 연구체계를 갖추고 제대로 된 소리사업을 하는 일이었다. 가슴은 뛰기 시작했고 뭔가 엄청난 일을 해낼 수 있을 것이라는 기대에 부풀었다. 자료가 거의 완벽하게 완비되었다고 판단한 명훈은 호기롭게 지자체를 방문했던 것인데 그 꼴을 당하고 말았다.

명훈은 버스 정류소 안내판 기둥에 등을 기대고 무료하게 버스를 기다리고 있었다. 늦잠을 잤는데도 몸은 개운치 않았다. 다희의 연락이 오지 않았다면 종일 방안에서 뒹굴 참이었다. 평소에도 특별히 바쁠 일은 없으나 작정하고 시간을 의미 없이 죽이겠다는 마음을 갖는 것은 느낌이 또 달랐다. 다희는 날씨도 구질구질하여 감자전을 만들었는데 이런 날은 막걸리를 먹어줘야 하는 것 아니냐며 문자를 보내왔다. 말은 이렇게 하지만 다희가 의도적으로 마음을 쓰고 있다는 것을 모르지 않았다.

버스에 올라 자리를 잡는데 휴대폰 벨소리가 요란하게 울렸다.

"저… 기억나세요? 최수연인데요."

보름 전 그 여자, 기억나지 않을 리 없다.

"혹시 이상한 전화 온 것 없었어요?"

"아니 없었어요. 근데 갑자기 무슨 말씀인지?"

수연이 다시 연락할 줄은 예상하지 못했다. 전형적인 도시 여자에게서 풍기는 새침함과 도도함 때문에 마음이 피곤했다는 느낌이 기억의 끝자락에 묻어 있었다. 명훈이 그녀에게 베푼 것은 친절이 아니라 어쩔 수 없는 상황 때문이었다. 더구나 떠날 때 아무 말도 없었고, 그 뒤로는 고맙다는 연락 한마디조차 주지 않았던 그녀에 대한 느낌은 떨떠름한 풋감을 씹고 난 듯했다. 명훈은 그녀가 반반한 얼굴값을 하는 것이거나 여자의 쓸데없는 자존심 때문인 것으로 치부하고 말았다.

"죄송해요. 어쩌면 남편이 명훈 씨를 찾아갈지도 모르겠어요? 특별한 일이야 없겠지만 혹시 명훈 씨가 놀랄까봐 미리 말씀드리는 거예요."

수연의 말에서 뭔가 구린내가 풍기면서 기분이 언짢아졌다.

"그게 뭔 말이죠, 남편 분이 절 찾다니요?"

"제 실수였어요. 그 사람이 제 휴대폰 통화 내역을 들이미는 바람에…."

무엇이 실수라는 건지 그 뜻도 애매했고 휴대폰 통화 내역을 들먹였다는 말 또한 어떤 의미인지도 납득이 가지 않았다. 이런 일을 두고 웃어야 할지 아니면 정색을 하고 따져야 할지.

"내 신발이 왜 그 카페에 있었는지, 어떤 남자와 함께 병원으로 갔다는데 그 사람이 누구냐고 추궁하는 거예요."

그제야 명훈은 그림이 어렴풋이 그려지기 시작했다. 수연은 남편이 그날 그녀를 찾아 이곳에 왔고, 시실리 카페에도 들렀다고 말하고 있다. 수연이 사실대로 말했으나 남편은 믿지 않았고, 엉뚱하게 명훈과 연결시키고 있는 셈이었다.

"명훈 씨 신경 안 쓰도록 하려고 하는데 그럴수록 그 사람이 더 의심해요. 이제는 제 말은 믿지도 않아요. 그날 밤 무슨 일이 있었냐고 펄쩍 뛰는데 아무리 설명해도 막무가내예요. 원래 그런 사람이긴 하지만 정말 미쳐버리겠어요."

수연은 자신의 신세한탄인지 명훈에 대한 걱정인지도 모를 말들을 쏟아내고 있었다.

"이런 전화를 드리는 것이 부끄러워요. 근데 제가 더 이상 견딜 수가 없어요. 매일 실토하라고 고함을 지르는, 그래도 명훈 씨에게 피해를 드려서는 안 되잖아요. 그래서 말인데요, 혹시 연락 오면 무조건 모르는 일이라고 해주세요. 진짜 어디론가 떠나고 싶어요."

"뭐, 언제든 오시라고 하세요. 죄 지은 것도 아닌데 전 아무래도 상관없습니다."

"공중전화예요. 휴대폰은 통화 기록이 남아서 남편이 또 의심할 거예요. 제게는 전화하지 마세요. 필요하면 제가 연락을 드릴게요."

명훈의 머릿속이 갑자기 혼란해졌다. 수연에게서 연락이 온 일도 뜻밖이었지만 그 이유가 어처구니없는 일이었다. 그날 만났던 수연에게서는 도저히 느껴지지 않았던 모습이었다. 도도하고 차갑지만 언뜻 따뜻함도 풍기곤 하던 세련된 서울 여자였다. 그런데 오늘은 목소리도 떨렸고 뭔가 안절부절못하며 중심이 흔들리고 있었다. 수연이 무엇인가로부터 쫓기고 있다는 느낌을 받은 명훈은 가슴이 저릿해졌다. 그녀를 다급하게 만드는 상황의 실체는 알 수 없지만 그것이 꼭 그녀 혼자만의 일이 아닌 것 같은 묘한 기운이 자신을 감싸기 시작했다. 눈에 보이지도 손에 잡히지도 않는 허상과 마주하는 일은 두렵고 떨리는 일이었다. 그러나 수연이 어떤 난관에 빠져 있는 것이 분명한 것 같지만 굳이 그 사실을 자신에게 알려주는 것은 마뜩치 않았다. 모르고 넘어가는 일이 더 좋을 때도 있는 것이다.

명훈은 고개를 돌려 차창 밖으로 펼쳐지는 겨울 풍경에 눈길을 주었다. 하얀 산마루가 잿빛 하늘과 맞닿아 있었다. 이곳 하늘색은 계절 따라 바뀌었다. 눈이 시릴 만큼 푸르던 여름 하늘은 가을이 되면서 색시 볼처럼 홍조를 띠다가 첫눈이 내리는 초겨울이면 회색을 머금었다. 겨울이 시작되면 다음해 봄이 올 때까지 순백 색깔로 머물렀다. 겨울은 눈이 오면서 시작되고 눈은 하늘과 땅을 하나로 만들었다. 하늘은 눈이 쌓인 지붕 위에까지 낮게 내려앉고, 사람들은 하늘과 땅이 어우러져 하나가 된 세상에서 겨울을 났다. 이곳의 겨울은 모든 것들이 움직임을 멈추는 계절이었다. 시간의 변화에 따라 나타나는 여러 현상들, 이를테면 꽃이 핀다거나, 강물이 불어난다거나, 사람들의 옷차림이 바뀐다거나, 거리가 시끄러워진다거나, 산과 하늘의 풍경이 바뀐다거나, 밤낮의 구별이 확연해진다든지 따위의 다른 곳에서는 당연한 것들도 이곳에서는 어떤 변화를 보이지 않았다.

명훈은 수연의 일도 그러할 것이라고 미리 결론을 지었다. 지금 느끼고 있는 유쾌하지 못하고 찜찜한 것들도 역시 마찬가지 일이 될 것이라고 단정했다. 명훈이 스스로 소리에 집착한 것도 뭔가 의미를 찾을 수 있을 것 같다는 희망 때문이었으나 그것도 역시 이곳 삶을 인정하지 않으려는 자신의 이기심일지도 몰랐다. 수연의 일이 하찮은 것에 불과하다는 생각으로 이어지자 안도감이 찾아들었다.

창문으로 들어온 가로등 불빛이 카페 시실리에 조용하게 들어와 있었다. 빛은 남창을 통해 들어와 벽난로 위쪽의 걸린 걸개그림 가운데 석탑의 탑신에 머물렀다. 탑신 처마로 흘러내린 빛줄기가 오른쪽 가장자리에 행서체로 쓰인 '정랑淨郎'이라고 쓰인 한자 글귀에 머물렀다.

"바쁜데 제가 귀찮게 하지 않았나요?"

다희가 감자전을 테이블에 내려놓고 맞은편에 앉았다.

"저야 늘 감사하죠. 며칠 동안 방안에만 있었더니 좀도 쑤시고."

"그렇게 생각해주시면 고맙고요. 이런 날 파전에 막걸리 생각나실 것 같아서…."

다희가 손으로 웃는 입을 가렸다.

"거 있잖아요? 길고 뾰족한 매부리코에 툭 튀어난 광대뼈, 홀쭉한 두 뺨에 불거진 턱주걱을 가진 할머니!"

"누가 그래요? 설마 제가?"

"다희 씨가 그럴 리야 있겠습니까? 저기 저 여자 꼭 마귀할멈 같지 않습니까?"

명훈이 걸개그림으로 시선을 주었다. 석탑을 돌고 있는 남녀의 시선을 앞만 향하고 있었다. 남자는 조선시대 선비의 모습이고 고개를 숙이고 있는 여자의 복장은 양갓집 규수였다.

"글쎄요, 제 눈엔 예쁜 처녀로만 보이는데요. 저도 한잔 주세요."

다희가 막걸리를 잔에 따르면서 생뚱맞다는 표정을 지었다. 박경이 정랑회의 상징적인 인물을 그림을 표현하고 싶다고 했을 때 명훈이 제안했던 인물이었다. 굳이 옛사람이냐고 물었을 때 분위기가 이곳 지방과 맞을 것 같다고 얼버무렸던 기억이 났다.

"저 그림, 그날 회의 마치고 떼려는 것을 제가 그냥 두라고 했어요. 두고 보니 한결 카페 분위기도 좋은 것 같고…."

명훈은 문득 여자의 얼굴이 어디선 본 듯한 눈에 익은 느낌이 들었다. 반듯한 이마, 적당하게 솟아오른 코, 약간 갸름한 입술, 조금 전까지 얼굴을 가득 채우고 있던 권태는 어느 틈에 사라지고 없었다. 마귀할멈과 예쁜 여자의 차이는 눈으로는 구별되지 않았다.

"또 눈이 올 것 같죠, 저 안개 좀 봐요?"

명훈은 다희의 눈길을 따라 창밖으로 시선을 돌렸다. 창 너머로 산 안개가 내려와 있었다.

"우리 처음 만났을 때가 생각나요. 명훈 씨 그날 기억해요?"

"그럼요. 지난 이태 전 초겨울이었죠. 제가 카페 이름을 시실리라고 지어드린 것이…."

"그때 카페 문을 열고 웬 남자가 뚜벅뚜벅 걸어들어오는데 겁부터 덜컥 났어요. 제가 이곳에 온 지 한 달도 채 안 되었을 때였거든요. 근데 앉자마자 메뉴에도 없는 술을 달라는 명훈 씨였어요."

"그랬어요? 저는 카페에 당연히 술이 있는 줄 알았으니까요."

"그럼 그 다음 말도 기억하시겠네요!"

"술이 없는 카페는 이곳과 어울리지 않는다는 말을 했던 것 같은데, 맞아요?"

"기억하고 계시네요. 그래서 제가 물었죠? 메뉴를 바꾼다면 카페 이름도 바꾸어야겠다고 말예요. 그랬더니 명훈 씨가 그 자리에서 바로 이름을 지었잖아요. 시실리라고. 뭐 시간을 잃어버린 마을이라나 그러면서요. 저는 농담으로 말했던 것인데 듣고 보니 그 이름이 마음에 진짜 드는 거예요."

카페를 인수한 다희는 명훈에게 카페 이름을 바꾸고 싶다고 말했다. 이곳의 이미지를 가장 잘 표현할 수 있고, 한마디로 나타낼 수 있는 그런 이름을 짓고 싶다고 했다. 인간의 순수 영혼이 쉴 수 있는 지구상에 마지막으로 남아 있는 은둔의 땅, 삶의 아픔을 잊고 자신의 원초적인 존재를 찾을 수 있는 곳, 인간의 아픔이 치유될 수 있는 유일한 쉼터, 명훈이 '시실리'라는 이름을 지어 다희에게 주면서 했던 말이다. 누구보다 이곳을 잘 알고 있다고 자부하고 있었던 명훈이 앉은 자리에서 채 십 분도 되기 전에 지은 이름이었다.

"저 그림에 소리 가사를 같이 적어놓으면 어떨까요? 사람들이 볼 때 남녀가 소리를 하고 있다고 생각할까요?"

"누가 탑돌이 하면서 소리를 해요?"

"그렇죠? 다희 씨 말이 맞네요. 근데, 소리 가사를 적어놓으면 뭔가 다른 의미가 연상되지 않을까요? 이곳 소리에 대한 간절한 기도 같은 것, 남녀의 애정이 소리 가사로 더 애절함을 띠지 않을까 그 말이죠."

"글쎄요, 저는 잘 모르겠어요."

"소리와 그림의 만남, 절묘하지 않아요? 문자에 의해 그림의 이미지가 배가될 수 있다는 것은 역으로 소리의 미학적 부분도 크게 부각될 수 있다는 의미겠죠."

"무슨 말씀인지 잘 이해가 안 가요."

"그러고 보니 그림뿐만 아니겠네요. 문학적으로 소리의 깊이를 모색할 수도 있겠어요. 문학이란 것도 결국 인간의 삶에 대한 언어적 표현인 거죠. 소리가 한민족의 삶의 애환에 대한 음악적 표현인 것처럼요. 결국 모든 예술은 인간의 존재를 깨닫게 해준다는 하나의 동일한 목적을 지향하고 있죠. 그렇다면…. 소리는 소리가 아니라 인간 그 자체인 거죠."

"너무 어려워요."

"다희 씨 그렇잖아요? 지금까지 이곳 소리는 너무 겉모양에 치우쳐 있었어요. 지역적 한계 극복 방법을 외적인 면에서 구해왔던 것도 사실이구요. 소리가 진정한 소리가 되기 위해서는 인간을 보여줘야 해요. 이곳 사람들만이 아닌 대한민국 전 국민의 마음을 담아야 해요. 도시든 농촌이든, 산촌이든 어촌이든, 어른이든 아이든 모든 사람들의 개개인의 존재가 소리에 들어 있다고 느끼게 해야 해요."

소리에 대한 관심을 접기로 마음먹은 지가 불과 며칠 전이었다.

"남쪽으로 여행 다녀왔다면서요, 어땠어요?"

"어디론가 떠난다는 건 설레는 일이죠. 괜찮았습니다."

여행이 괜찮았다는 것은 거짓말이었다. 더구나 설렘으로 시작한 것은 더욱 아니었다. 소리연구랍시고 매달렸던 지난 시간들에 대한 보상 차원이었다. 소리에서 손을 놓자 갑자기 맥이 빠지고 가슴 속의 아주 소중한 것이 뭉텅 빠져나간 뒤의 허탈함을 달래기 위한 위로의 시간이었다.

청산도의 서편제 소릿길을 거쳐 진도에 갔을 때였다. 예술회관 모퉁이를 돌아서는데 귀에 익은 가락이 들렸다. '소리체험장'이라는 팻말 아래 한복을 입은 나이가 지긋이 든 남녀 두 사람이 짝을 이뤄 장구 장단에 맞춰 소리를 하고 있었다. 초등학생과 어머니가 그 모습을 휴대폰으로 찍고 있었다. 공연장 기둥에는 '방문객 소리 무료 체험'

이라는 홍보 간판이 삐뚤게 세워져 있었다. 학생이 자리에서 일어나는 것을 보고 두 사람 앞에 앉았다.

“소리를 배우시게?”

“아뇨, 그냥 듣고 싶어섭니다.”

노인은 무심한 동작으로 장구채를 들었다. 노인이 장단을 맞추고 여자가 노래를 불렀다. 노래하는 두 사람의 무표정한 모습처럼 소리도 울림이 없었다. 만들어진 곡조를 따라 적당히 리듬을 타면서 웅얼거리는 정도였다.

“이번엔 자진가락으로 부탁드려도 되겠습니까? 동영상으로 찍고 싶은데요, 괜찮으시면.”

“에그, 나 사진 잘 안 받는데?”

여자가 싫지 않은 목소리를 냈다. 명훈이 휴대폰 카메라를 들이대자 그제야 노인도 옷매무새를 갖추며 마른기침을 두어 번 뱉었다. 장단이 시작되자 여자가 몸을 들썩이면서 고개를 좌우로 움직이며 리듬을 타기 시작했다. 노인의 장구채 움직이는 손놀림이 점점 빨라지자 여자는 양 손으로 무릎을 치면서 장단을 맞추었다. 두 사람은 눈을 지그시 감은 채 자진소리의 절정을 향해 달렸다. 명훈은 그들의 소리를 듣고 있다가 자신도 모르게 따라서 흥얼거리기 시작했다. 세 사람의 목소리는 하나가 되어 음이 오르면서 내려오고, 마디가 접히면서 꺾이고, 장단을 따라 호흡 소리까지 나란히 들렸다. 명훈은 가락에 마음을 맡기고 스스로 노래를 음미하며 눈을 감았다. 가락에 취한 가슴 속에서 뜨거운 기운이 흘렀다.

명훈은 동영상을 재생시켜 두 사람에게 보여주었다. 영상을 본 그들의 얼굴에 완연하게 화색이 돌았다

"소리를 할 줄 아는구먼, 어디서 배웠는고?"

"그냥 흘려들은 겁니다."

"그렇구먼. 한국 사람치고 한두 마디는 할 수 있겄지. 근데 이왕 부르려면 제대로 알고 하는 것이 좋겄제."

"제대로 안다는 게 무슨 말씀이세요?"

"근디 굳이 예꺼정 와서 소리를 왜 들어?"

노인은 명훈의 행동이 젊은이의 객기였거나 아니면 장난기였는지를 추궁하고 있었다. 자신이 소리를 듣겠다는 이유는 무엇이었을까.

"우리 소리는 그냥 소리가 아녀. 자네가 부르는 소리도 마찬가지여. 악보대로 불러선 안 된다는 얘기여."

"그게 무슨 말씀이신지?"

"악보대로 부르는 건 소리가 아니고 기술이지."

우리 소리에는 악보가 없다는 노인의 말을 듣자 기분이 착잡해졌다. 소리의 실체를 밝히겠노라고 건방을 떤 느낌과 함께 머릿속은 뒤죽박죽이 되고 해결의 실마리를 어디서부터 풀어내야 할지 감을 잡을 수 없었다. 소리가 대한민국의 대표 가락인 것만은 확실하지만 무엇이 진정한 소리인지 혼란만 가중되었다. 소리에 대한 정확한 지식도 없이 멋모르고 덤벼든 자신의 꼴이 부끄러웠다. 자신이 원하는 소리의 진면목을 밝히는 것은 처음부터 불가능한 것처럼 느껴졌다.

명훈은 다잡아 앉았다.

"누가 소리를 아는가? 한마디라도 부르기나 하는가? 유행가 가수들이 소리를 이상하게 불렀지. 그렇게 돼서는 안 되는 거여. 누구 탓을 하려는 것은 아니지만 소리는 보이는 것이 아니라 느껴야 하는 것임을 어찌 몰라?"

"느끼다뇨? 노래를 느끼라는 말씀인가요?"

"노래가 아니라 소리지. 소리는 부르는 것이 아니라 듣는 것이지. 들을 줄 모르면 느낄 수가 없는 법이여."

"소리를 대한민국 대표 가락으로 만들 수는 없을까요?"

"대한민국 소리가 되려면 먼저 그 지방의 문화로 정착시키려는 겸손이 필요한 거지. 소리라는 전통을 보존하고 계승하는 것이 먼저란 뜻이네. 이곳 소리가 이곳 소리답게 되는 것이 먼저라는 뜻이여. 다른 소리도 매한가지여. 이게 소리가 특정 지역의 소리가 아닌 우리 한민족의 소리가 되어야 하는 첫걸음일 것이지…."

"각 지역마다 소리박물관을 유치하겠다고 난리잖아요. 서로 주도권을 차지하려고요?"

"자네 같은 생각을 가지고 있으니 안 되는 거여. 생각해보게, 대한민국 국민 모두 하나같이 그런 생각이 없다고 누가 장담하겠는가. 그렇다면 어찌 되겠어? 소리가 물건처럼 사고파는 것도 아니고, 값을 매길 수 있는 것도 아닌 다음에야 그게 다 무슨 소용이 있겠나?"

"그럼 가만히 지켜보고만 있어야 한다는 건가요?"

"아직도 내 말뜻을 모르겠는가? 살아 있는 소리가 되어야 하는 것이여. 소리 이전에 사람이 있었던 것. 소리는 그들이 만든 것이고. 소리는 바로 사람이여. 시상에 사람보다 중한 것이 있거든 말해보게. 소리는 사람이 사람을 중하게 여기라는 것이여."

"사람이 소리를 만들었으니 사람이 더 중하다?"

"얘기는 고만하고 소리 한번 해보게!"

뜻밖의 제의에 명훈이 머뭇거렸다

"어여!"

노인이 재촉했다. 명훈은 목청을 가다듬고 긴 소리를 시작하면서 슬쩍 노인의 안색을 살폈다. 노인은 눈을 감고 있었지만 표정은 어두웠다. 뭔가 못마땅한 듯이 미간을 좁혔다. 명훈의 목소리는 점점 기어들었다.

"소리가 얇아! 입으로 부르지 말고 마음으로 느껴야지."

노인의 얼굴에 붉은 기운이 선연했다. 꼭 자신에게 화내고 있는 것처럼 보였다. 명훈은 소리를 멈추고 노인을 바라보았다.

"서투르죠? 어르신, 잘 안 되네요."

명훈이 멋쩍게 웃었지만 노인은 아무 말이 없었다. 돌아가겠다고 인사를 하자 노인은 또 오라며 웃었다. 노인으로부터 뭔가 듣고 싶은 말이 있을 것 같았지만 그게 무엇인지 알 수가 없었다. 소리에 대한 것인지 사람에 대한 것인지 아니면 노인에 대한 개인적인 호기심이었는지 딱히 손에 잡히지 않았다.

집으로 돌아온 명훈은 더 이상 여행 계획을 잡지 않았다. 이미 여행 시기를 놓친 결과였을 수 있었다. 명훈이 소리에 푹 빠져 있을 때 그 원류에 대해 알고 싶었지만 결국 여행을 포기하고 만 것은 대한민국 어느 지방에도 소리가 있었다는 사실을 자료로 통해 알고 난 뒤였다. 10여 분 인터넷 검색으로도 온갖 지역에서 온갖 소리가 저마다 목청을 높이고 있었고, 많은 지역에서 저마다 원조를 우기며 소리축제를 벌였다. 얼른 보면 대한민국 전체가 소리에 빠져 있다는 착각마저 들게 하였다. 명훈이 소리 찾기 여행을 중도 포기한 것은 어느 소리가 중요하고 어느 소리가 그렇지 않은지의 구분이 전혀 의미가 없다는 결론에 도달했기 때문이었다. 그런데 소리에서 손을 떼고 난 뒤 불쑥 떠나고 싶다는 생각이 들었고 자신도 모르게 그런 소리 고장을 들르긴 했지만 정작 소리에 대해서는 귀를 닫은 여행이었다.

시실리를 찾아 낮술을 하고 싶었던 것도 얽힌 마음을 풀고 싶은 한낱 치기였는지도 몰랐다.

수연이 버스에서 내려 마을 길목에 들어섰을 때는 저녁 햇살이 조금 남아 있었다. 회관 앞 정자에 올라 개울 건너 마을을 바라보았다. 마을을 감싸안고 있는 산꼭대기는 구름에 가려져 있어 얼마나 높은지 짐작이 가지 않았다. 보름 전 새벽에도 산은 구름에 쌓여 있었다.

등산로 안내판을 보면서 산길을 가늠했다. 산길에 들어서자 빛은 사라지고 어둠만 남았다. 기봉과 나무 군락이 하늘을 가리고 햇살을 막았다. 숲속 세계는 새하얗다. 좁은 산길에 쌓인 눈은 이미 땅에 얼어붙어서 미끄러웠다. 주위의 나뭇가지는 온통 눈꽃으로 장식을 했다. 새소리 하나 들리지 않는 숲속의 고요함이 오히려 편안함을 주었다.

아침에 집을 나서면서 모든 두려움을 버렸다. 두려움을 떨쳐내자 어디선가 숨어 있었던 용기가 그 자리를 대신 차고앉았다. 그것은 자신을 되찾는 길로 통하는 미로의 실타래와 같은 것이었다. 누구의 동의도 필요치 않는 자신만의 결단과 세상을 보는 달라진 시각이었다.

'껍데기뿐이었어.'

준서가 자랑스럽게 여기는 수연의 미모, 그것이 수연을 그렇게 만들었다. 만나는 사람마다 칭찬 일색인 삶, 그들이 아름답다고 말하는 얼굴이었다. 수연은 그것이 자신의 전부인 것처럼 착각했다. 위태로운 것이었고 언제 허물어질지 모르는 햇살 아래 눈사람 같은 것이었다. 자신만의 삶을 만들지 못하고 나중 불시에 닥칠지 모를 충격에 견딜 수 있는 내공을 쌓을 기회를 스스로 버렸다.

길이 점점 가팔라지면서 숨이 가빠왔다. 걸음을 멈추고 고개를 돌려 올라온 길을 돌아보았다. 문득 길은 사라지고 보이는 것은 하얀 바위와 나무뿐이었다.

준서의 집요함은 수연의 인내심을 넘어서는 것이었다. 그는 자신이 뿌린 씨앗이 어떻게 뿌리를 내리고 가지를 키우고 열매를 맺게 되었는지에 대해서 알려고 하지 않았다. 그는 자신이 보고 싶은 것만 보고 듣고 싶은 것만 들었다. 그로부터 말미암은 수연의 가출이었지만 원인제공자로서의 최소한의 가책조차도 없는 듯했다. 그렇지 않고서야 보름 동안 그렇게 수연을 들들 볶지는 않았을 것이다. 마치 의처증 환자처럼 물고 늘어졌다.

'조금만 더 올라가자.'

어디선가 소리가 들려왔다. 끊어질 듯 이어지고 있었지만 귀에 익은 소리였다. 수연은 소리 나는 곳을 향해 걸음을 옮겼다. 숲길에서 약간 벗어난 곳 너럭바위 위에 할머니가 목청을 높이고 있었다. 수연은 숨을 몰아쉬며 길가 바위 면에 몸을 기댔다. 낭랑하게 울리는 소리가 수연의 가슴 속으로 파고들었다.

아침에 출발하면서 전화를 했을 때 할머니는 뭣 때문에 또 오느냐고 물었다. 할머니가 생각나고 한번 더 뵙고 싶다고 대답했다.

"제가 방해된 거 아녜요?"

"아녀. 그만하고 내려가려던 참이었제."

"소리가 슬퍼요. 흥겨운 듯한데 듣고 있으니 그게 아니에요."

"소리가 원래 그런겨."

"아픔 같기도 하고, 원망 같기도 하고…."

"사는 게 모두 아픔이지. 이 땅에 태어난 것부터가 그런 거겠지."

"전 잘 모르겠어요. 그저 소리가 가슴에 울려요."

"그란디 집으로 가잖고 워쩌 산으로 먼저 왔구먼. 길도 미끄러운디…."

왜 산으로 왔을까. 그날 밤 할머니 댁에 황망하게 들렀다 가는 바람에 고맙다는 인사도 제대로 못한 것이 마음에 계속 걸렸지만 그것이 전부는 아니었다. 말하자면 그보다 명훈에게 연락을 취하는 것이 먼저였다. 그런데 집을 나서는 순간 왠지 마음이 차분해지는 느낌을 지울 수 없었다. 오히려 지난 번 여행보다도 더 안정이 되었다. 준서가 무슨 행패를 부리던 그것이 두려움을 주기보다는 오히려 부질없는 일처럼 시시하게 느껴졌다. 자신이 무엇을 보고 어떤 생각을 하고 뭘 하고 싶은지 그것만이 의미를 가질 수 있을 것 같았다.

"근데 할머니, 그 소리엔 어떤 사연이 있는 거죠?"

"사연은 무슨, 별 얘기가 있겠어?"

"그러지 말고 좀 들려주세요."

할머니가 걸음을 멈추고 길가 돌판 위에 앉았다. 수연은 할머니의 입이 열리길 기다리면서 어둠이 내리고 있는 마을을 내려다보았다. 삼면이 산으로 둘러싸인 마을은 숲에 가려 윤곽이 희미했다. 주의 깊게 보지 않으면 이곳에 마을이 있는지조차 모를 일이었다. 세상에서 한 발자국 떨어져 자리한 곳, 마을은 사람들의 일상 시야로서는 보이지 않는 은둔자의 고향 같았다.

"늙은이 얘길 들어서 뭣하게. 별스러운 일도 아니구먼."

삼일운동 직후 만세를 부르다 옥고를 치르고 나온 조부는 독립운동을 하겠다면 조모와 두 살백이 아버지를 달랑 남겨놓고 만주로 건너갔다. 조부가 그곳에서 여자와 살림을 차렸다는 소문을 들은 조모는 어린 아들을 업고 조부를 찾아나섰다. 시아버지가 역정을 내자 만주가 좋은지 독립운동이 좋은지 그것도 아니면 그 처자가 좋은지 따지기라도 해봐야 직성이 풀리겠다며 막무가내로 나섰다. 평양역에서 열차가 잠시 머무는 사이 지전이 든 봇짐을 잃어 오도가도 못하게 됐다. 어찌하여 고향으로 되돌아왔지만 평생 조부를 원망했다. 조모는 드러내놓고 하지 못한 원통함을 노랫말을 만들어 가락으로 토해냈다.

"그럼 할머니는 그 할머니로부터 소리를 배우신 건가요?"

"아녀. 훨씬 뒤였제. 고향을 떠나 이곳으로 온 뒤여. 그만 일어나, 벌써 어두워졌구먼."

수연이 할머니를 부축했다. 길은 어두웠으나 할머니의 걸음은 편안해보였다.

"불 좀 빌립시다!"

명훈이 담배를 피우기 위해 카페 밖으로 나왔을 때였다. 어둠 속에서 검은 그림자가 불쑥 나타났다. 방한모를 눌러쓴 남자의 얼굴은 자세히 보이지 않았다. 명훈은 멈칫하다가 라이터를 건넸다. 남자는 몸을 돌려 담뱃불을 붙이고는 돌려주었다. 명훈이 돌아서려는데 남자의 목소리가 뒷덜미를 잡아챘다.

"전명훈 씨!"

명훈이 돌아섰다.

"나 최수연 남편입니다. 혹시 오늘 그쪽을 찾아오지 않았습니까?"

"무슨 말씀인지…."

"얼마 전 집사람이 이곳을 다녀갔고 또 그쪽 얘기를 한 적이 있습니다. 그래서 혹시 해서 물어보는 겁니다."

명훈은 갑작스런 상황에 입술이 얼어붙었다. 아침에 수연의 귀띔이 있었지만 설마 자신을 찾아오리라고는 상상도 못한 일이었다. 그녀와 아무런 일도 없었지만 막상 당하고 보니 괜히 뭔가 찔리는 구석이 없지 않았다.

"저쪽으로 가서 잠깐 얘기 좀 합시다."

"초면에 너무 무례한 거 아니오?"

명훈은 자신도 모르게 말이 막 나왔다. 다짜고짜 찾아와서 자신을 불한당 취급을 하는 남자의 태도가 명훈을 자극했다. 독선적이고 이기적인 인간, 자기 생각에 매달려 세상은 다른 쪽은 눈 감고 귀 막고 사는 청맹과니 같은 부류였다.

"다 알고 왔으니 시치미떼지 말고 좋은 말 할 때 얼른 말하시죠?"

"뭘 말해라는 건지 알 수가 없네요. 그분 이름이 최수연인지 김수연인지 잘 모르지만 이곳 카페에서 우연히 만났고, 그분이 발을 다쳐 주무실 장소를 찾길래 이모님댁에 모셔다드렸고… 뭐, 그게 답니다."

"당신 말을 어떻게 믿어? 그날 밤 당신은 집사람을 차에 태우고 병원으로 갔어. 집사람은 그 다음날 집에 왔어. 둘이 무슨 일이 있었던 것이 아니라고 어떻게 장담할 수 있어?"

"마음대로 생각하시든지. 내가 거짓말할 이유도 없지, 믿든 말든 그쪽 자유지만…."

명훈은 남자의 몰지각한 행동에 화가 났지만 자칫 더 큰 싸움으로 번질 것 같아 꾹꾹 참았다. 남자는 집요하게 명훈의 자존심을 건드리면서 비아냥거렸다. 싸움은 적어도 싸울 만한 명분이라도 있어야 끝난 뒤에 후회가 남지 않는 법이다. 그런데 이건 도대체 싸울 일이 아니었고 그럴 가치도 없었다. 인간의 본성이 투쟁적이라는 것만으로도 모든 싸움이 정당화될 수는 없었다. 거창하게 종교나 이념을 들먹이지 않더라도 목적에 대한 당사자 간의 다툼은 존재해야 함이 싸움

성립의 기본 요건이다. 남자는 그걸 억지로 꿰맞추려는 것이다. 이런 때는 한 쪽에서 인정하지 않으면 없던 일로 되어버리고 절대 싸움은 일어날 수 없다.

“딴에 남자라고 여자 예쁜 것은 알아가지고….”

“어디서 막말이야! 그래 둘이서 무슨 일이 있었다면 어쩔 거야?”

남자의 주먹이 명훈의 가슴으로 날아들었다.

“더러운 자식! 수연인 내 마누라야! 내 꺼라구! 어디서 더러운 손을 대고 지랄이야!”

남자는 분을 참지 못한 듯 또다시 주먹을 날렸고, 명훈은 상체를 기우뚱거리다가 뒤로 넘어졌다. 일어서려다 몸을 가누지 못하고 눈길에 미끄러지면서 자동차 백미러에 얼굴을 부딪쳤다. 남자가 백미러를 이리저리 움직여보더니 얼굴을 찡그렸다.

“전명훈이라고 했지? 내가 당신 이름 똑똑히 기억할 거야. 앞으로 밤길 조심하는 게 좋을 걸. 오늘은 이 정도로 하겠지만 내 물건 건드린 대가가 어떤 것인지 당신 두 눈으로 똑똑히 보게 만들 거야. 명심하는 게 좋아!”

바지를 털며 돌아서는 남자의 좁은 어깨로 내리는 눈을 보며 명훈은 헛웃음을 지었다.

할머니 집을 나온 수연은 준서에게 전화를 걸었다.

“나 지금 집으로 가는 중이야.”

“정말이야? 거기 어딘데?”

"당신이 알 건 없어! 알려고도 하지 마. 억지로 날 찾지 말라는 말을 하고 있는 거야."

"어딘지 말해? 데리러 갈게."

"가도 내 발로 갈 거야. 나는 당신 소유물이 아니야. 내가 당신 아내이고 아이들 엄마인 것은 분명하지만 당신이 마음대로 할 수 있는 물건은 아냐. 당신 존재만 중요한 게 아냐. 내게도 소중한 것들이 있어. 그걸 무시하지 말라는 뜻이야."

"지금 무슨 개 같은 소리를 하고 있어? 가정주부가 집 나간 것이 잘했다는 거야 뭐야!"

"그래 난 개야. 잘난 인간이 개한테 소리까지 지르고 난리야? 잘 들어 당신, 당신은 내게 그럴 자격 없어. 세상 누구도 내게 함부로 대할 수는 없어. 명심해! 내 말은 허투루 듣지 마!"

수연은 전화를 끊었다.

어둠 속에서 금방이라도 쓰러질 것 같은 허름한 슬레이트집이 나타났다. 대문이래야 나뭇가지를 얽어 겨우 문이라는 표식 정도로 세워놓았다. 사립문 양쪽 기둥을 중심으로 나무 잔가지로 만든 울타리로 담을 쳐놓았다. 담이라기보다는 안팎 경계를 구분하고 있는 정도였다.

열린 사립문을 들어서자 어디에 있었는지 삽살개 한 마리가 달려나왔다. 잔디 마당은 마루턱까지 작은 돌을 놓아 디딤돌을 만들었고, 마당 한편에 있는 나무 탁자의 자세가 고즈넉하다. 담장 둘레로 많은 돌탑을 만들어놓았는데 수돗가 옆의 잘 갖춰진 구도의 제법 큼직한 돌탑이 유난히 눈에 띄었다.

불이 켜진 방을 보면서 수연은 명훈의 이름을 낮게 불렀다. 방안에서는 기척이 없었다. 수연이 목소리를 높였으나 대답이 없었다. 수연은 잠시 망설였다.

조심스레 방문을 열었다. 명훈은 방 가운데 있는 탁자에 고개를 묻고 있었다. 옷은 눈과 흙으로 범벅이 되어 있었다. 명훈이 천천히 고개를 들었다.

“어찌된 일이에요?”

“그보다 수연 씨가 웬일입니까? 잠깐만요, 씻고 옷 좀 갈아입고 오겠습니다.”

명훈이 씻고 오겠다며 나간 사이 수연은 방안을 둘러보았다. 좁은 방 가운데 원목 몇 개를 벽돌로 받쳐 만든 탁자 위에 노트북이 있었다. 세 개의 벽면 책장에는 책이 가득했고, 뒷 창문 아래는 갖가지 모양의 수석을 진열해놓았다.

“할머니 뵙고 서울 올라가는 길이에요. 지난 번에 인사도 못하고 떠나 미안해서….”

“손님이 오셨는데 대접할 게 없어서…. 커피 물 끓이고 있습니다.”

“집 뒤 나무는 무슨 나무예요? 언뜻 보았는데 꽤 크던데요.”

“제가 이 집에 들었을 때부터 있던 오동나뭅니다. 옛날 사람들은 딸을 낳으면 오동나무를 먼저 심죠. 딸이 시집갈 때 그 나무를 베어 가구를 짜려는 거죠.”

“그럼 명훈 씨가 쓰면 되겠네요?”

"전 못하죠. 혼자 된 지 몇 년 됩니다. 다시 결혼할 생각도 없고요."

"그럼 저 오동나무는 어떻게 해요?"

"저 자리에서 저와 함께 세상을 보는 거죠. 오동나무는 이 집의 수호신이나 다름없습니다. 더운 여름날에는 그늘을 만들어주고, 겨울이면 홀로 의연한 기개를 내뿜고 있는 것이 선비의 꿋꿋함을 닮았죠. 전에 이 집에 살았던 주인은 아마 우리 세대 마지막 선비였을 겁니다."

"그래요…."

"그 선비님은 행복했을 겁니다. 호수 위의 섬에서 살았으니까요. 여름이면 이 오두막을 둘러싸고 있는 논에 물이 차거든요. 주위는 호수가 되고 제 집은 영락없이 섬이 되거든요. 그러면 저는 홀로 호수 위에 떠 있다는 느낌이 들어요."

"호수 위에 떠 있는 작은 섬, 비유가 정말 멋져요!"

"혼자 놀음하는 거죠."

"저기 혹시… 그 사람한테서 연락온 것 없었나요? 사실은 제가 오늘 이곳에 다녀오겠다고 일부러 말했거든요."

"아뇨, 아직까지는…."

명훈이 말을 얼버무렸다.

"참 이상해요. 제가 오늘 집을 나서면서도 두려움이 없었거든요. 그 사람 눈치가 전혀 보이지 않더라구요. 지금까지 느껴보지 못한 감정이에요. 제가 처음 이곳에 왔을 때는 도피의 의미가 있었지만 이번에는 분명 그것은 아니었어요."

"그랬군요…."

"산에서 소리를 하고 계시는 할머니를 만났어요. 꼭 저를 위해 부르는 것처럼 들렸어요."

"수연 씨를 위해?"

"할머니가 소리하는 내력이 있었더라구요."

수연이 들었던 것을 얘기하자 명훈이 고개를 흔들었다.

"할머니가 뒷얘기는 하지 않았네요. 고향을 떠날 수밖에 없었는지에 대해선."

"그럼 명훈 씨 고향도?"

"네, 맞아요. 할아버지는 남들 보기 창피하다고 모자를 이곳으로 보냈어요. 조모는 아무 소리도 하지 않고 순순히 집을 나와 바로 이곳에 정착한 거죠."

"그럼, 할머니 소리는 할아버지에 대한 원망이었을까요?"

"할머니가 꼭 할아버지 때문에 소리를 했겠어요. 그냥 신세한탄이고 고달픈 세상살이를 그렇게 풀어내자는 게 아닐까 싶어요."

"불쌍해요, 옛날 사람들은."

"이모가 언젠가 그랬어요. 어릴 때부터 어머니로부터 들어오던 그 노래는 한이었을 거라고요. 세상에 떠돌아다니는 한을 달래는 것이래요."

"한을 달랜다구요?"

"사람들은 날 때부터 한을 하나씩은 달고 나온다고요. 근데 자신의 한에 매달리면 매달릴수록 한을 키우는 것이라나요? 그건 평생 한을 짊어지고 가면서 한을 만드는 것이고, 한을 푸는 게 아니라 더 큰 한을 낳는다는데 얼른 이해가 안 가죠…. 오늘은 어디서 주무실 건가요?"

"가야죠. 이젠 갈 수 있어요. 어디든지요. 그만 일어날게요, 너무 늦었어요."

수연은 일어날 채비를 하면서도 선뜻 몸을 일으키지 못했다. 명훈의 입가에 맺힌 피멍에 자꾸만 눈길이 갔다.

명훈이 벽 모서리에 세워져 있던 기타를 가져왔다. 명훈은 천천히 한을 토하듯 굵고 긴 소리를 펼쳐냈다. 수연은 등을 벽에 기대고 명훈의 소리를 듣다가 조금씩 따라 부르기 시작했다.

명훈은 자신의 노래 속으로 들어오는 수연의 가락을 더듬었다. 약하지만 강한 음조였다. 소리는 홀로 기타 반주 음 위에서 자기 소리를 내고 있었다. 마치 반주가 방해되고 있다는 느낌이었다. 명훈이 수연을 바라보았다. 수연은 눈을 지그시 감고 한 음 한 음 리듬에 맞추고 있을 뿐이었다. 명훈은 노래 부르기를 멈췄다.

"왜요, 제가 방해가 됐어요?"

"그 반댑니다."

"무슨 말씀인지?"

"서툰 제 기타 솜씨가 수연 씨 소리를 죽이고 있는 것 같아서요."

"그럴 리가요, 창피하게 왜 그래요?"

명훈은 정색하고 수연을 똑바로 쳐다보았다.

"부탁 하나 드려도 되겠습니까?"

명훈은 정중하게 수연에게 소리를 청했다. 수연이 잠시 망설이더니 목청을 가다듬었다. 수연의 소리가 명훈의 가슴으로 울렸다. 수연이 부르는 소리는 명훈이 알고 있는 악보와는 달랐다. 얼른 들으면 곡조에 맞지 않는 것 같았지만 그것은 아무런 문제도 되지 않는 것같이 들렸다. 수연의 소리는 끝없이 울리고 있었는데 명훈은 그 울림의 미로 속으로 점점 깊이 빠져들었다.

'세계 내 존재'들이 펼치는 감각의 향연

— 신용성의 『멧돼지 사냥』

이혜경 / 소설가

1. 사유하는 몸

신용성의 소설집 『멧돼지 사냥』은 익숙한 혹은 낯선 세계를 사유하는 몸을 부각하여 인간 존재의 재편을 시도한다. 소설집에 수록된 텍스트들은 몸의 현상에 편집증적으로 집착하는 모습을 보인다. 작가는 위기 상황에 부닥친 주인공들의 몸의 증상을 한 땀 한 땀 바늘로 수를 놓듯 공을 들인다. 문제의 인물이 문제적 사건을 어떻게든 해결하는 과정을 그리는 게 소설이라면 신용성의 소설은 현상학적 몸을 통해 세계를 인식해가는 과정을 형상화했다고 볼 수 있다. 이런 이유로 몸을 통해 세계와 관계 맺었던 주인공들은 몸의 증상으로부터 문제적 대상과의 소통을 시작한다. 이로써 사회적 교감을 매개했던 몸이 기억하는 타자(대상)는 지극히 자연스럽게 주체 안으로 스며든다. 주인공들의 몸에 새겨진 경험의 눈과 합일을 이룬 타자가 서로를 응시할 수 있는 환경이 마련된 것이다. 타자에 대한 객관화를 배제하고 상호관계 속에서 새로운 의미를 도출해낼 환경인 셈이다. 작가가 설정한 인물과 상황에 대한 소설적 재현이 시작되는 지점이기도 하다.

과연 인간의 몸이 세계와 어떤 방식으로 소통하는가. 몸의 지각 작용이 세계를 구성하는데 어떤 기능과 역할을 하는가. 필시 현상학이라는 철학적 학문에 경도된 듯한 작가의 질문은 곧바로 텍스트 속 인물들의 행위로 드러난다. 몸의 증상에 강박적인 인물들의 행위는 지나치게 원천적이고 일차적이다. 갓난아기가 냄새와 목소리로 엄마를 인지하듯 주인공들 역시 행동, 습관, 냄새, 말투, 소리, 얼굴의 인상 등으로 타자를 기억하고 소통한다.

이를 증명이라도 하듯 연인으로부터 이별 통보를 받은「편두통」의 주인공인 '나'는 헤어지자는 정확한 이유도 모른 채 "눈물을 흘리고, 흘린 눈물을 닦아낸 눈이 따갑고, 커피의 신맛이 트림으로 올라오고, 니코틴의 독한 담배 냄새가 코를 후비는" 등의 고통스러운 몸의 증상을 호소한다. 자칫 헤어지자는 연인의 이별 통보보다 '나'의 아픈 몸이 더 괴로운 듯한 모양새다. 여기에 계속되는 편두통으로 병원을 찾을 만큼 고통스러운 '나'는 전화도 메시지도 사절하는 그녀를 찾아갈 용기를 내지 못한 채 몸이 기억하는 그녀의 진실을 찾아 사유로의 여행을 시작한다. '나'의 사유 속에서 소환한 그녀는 '커다란 젖가슴'과 '싸구려 화장품 냄새'로 기억되는 그녀의 몸이다. 이성과 지성을 총동원해서 쏟아냈을 그녀의 어떤 말보다 '나'에게 각인된 그녀의 몸이 더한 진실을 발휘한다는 표지가 된다.

「가벼운 침·묵」의 주인공 역시 "아내의 눈웃음이 여전히 깔끔하고 단정하기"에 늦은 밤 술에 취해 귀가한 아내를 잠든 척 모른 체한다. 세상의 편견일지 모를 '예쁜 여자는 반드시 얼굴값을 한다.'라는 속설에 흔들리기도 하지만 자신의 눈으로 확인하기 전까지는 섣불리 단정 짓지 않으려는 의지를 엿보인다.

이처럼 텍스트 속 인물들은 당면한 사건에 즉각 대응하기를 멈추고 상황을 직시하는 태도로 일관한다. 혹시 모를 잘못된 판단을 재수정하겠다는 의지인 셈이다. 그들의 미온적인 태도는 대상이나 객관적인 사실에 대한 본질 파악을 우선으로 삼는 신용성 작가의 소설 정신이라 여겨진다. 성급한 판단을 보류한다는 자체는 객관적인 사실로 알고 있던 어떤 무엇에 대한 본질 인식을 수정하려는 소통의 첫걸음인 셈이다. 텍스트의 인물들이 몸의 기억이나 증상으로부터 소통을 시작하는 이유가 바로 이것이다. 몸은 언어보다 더 절실하게 마음을 전달하는 소통의 매개체이자 주체와 대상, 대상과 주체가 하나로 포개지는 가장 원초적인 소통의 창구이기 때문이다.

「붉은 까치」의 주인공인 '나' 역시 어느 날 문득 "노을의 역광을 헤집고 불쑥 나타난 붉은 까치, 그 까치가 자신의 틀니를 물어갔다는 할머니, 할머니의 틀니를 찾아다니는 경비원, 거꾸로 달리는 아줌마" 등의 낯선 풍경을 목격한다. 익숙했던 풍경이 하루아침에 낯설게 다가온 건 공장으로 발령받은 '나'의 심란한 마음 때문만은 절대 아니다. 노을빛에 물든 까치를 붉은 까치로 착시한 것은 더더욱 아니다. 세상에 존재하지 않기에 누구도 믿어주지 않을 그 붉은 까치를 11층 할머니도 목격했기 때문이다. 할머니와 '나'는 같은 시공간에서 붉은 까치라는 현상을 동시에 본 것이다.

우연의 일치라고 무시할 수 없는 이유는 '나'와 할머니가 아닌 붉은 까치라는 낯선 현상이 두 사람의 시선을 유도했기 때문이다. 억지처럼 들릴지 몰라도 우리가 경험적으로 알고 있는 분명한 사실이다. 익히 알고 있는 현상이 어느 날 문득 낯설고 괴이하게 보일 때 우리의 눈길이 그것을 향하지 않았던가. 우리가 낯선 현상을 지각하는 순간 동시에 대상도 우리를 현상으로 지각한 것이리라. 따라서 붉은 까치를 목격한 두 사람에게 '붉은 까치가 세상에 존재한다.'라는 명제가 참인지 거짓인지는 중요하지 않다. 진짜 문제는 '붉은 까치가 세상에 존재한다.'라는 명제가 참임을 증명해줄 사람이 '나'와 할머니뿐이라는 사실이다. 그런데도 흐르는 강물에 발을 두 번 담글 수 없듯이 두 사람은 붉은 까치를 증명할 길이 없다. 왜냐하면 두 사람이 같은 시공간에서 목격한 붉은 까치라는 낯선 현상은 결코 재현될 수 없는 찰나적인 소통이기 때문이다. 이것이 소설이라는 이름으로 가능한 '나'와 할머니 그리고 붉은 노을빛에 나타난 까치가 합일하여 낳은 붉은 까치를 세상에 의미 있는 존재로 거듭나게 한 것이다. 작가가 텍스트의 형상화로 이룩하고자 한 새로운 의미가 바로 이런 것이리라. 비단 신용성뿐만 아니라 모든 작가는 어떤 의미를 산출해내는 글쓰기를 최종 목표로 삼는다.

이러한 글쓰기를 대놓고 지향한 작가는 김춘수 시인이다. 시인은 '꽃'이라는 詩에서 시적 화자가 그의 이름을 불러주었을 때 그도 화자에게 다가와 하나의 꽃이 되었다는 그 '꽃'이 어떤 의미가 된다. 즉 대상 또는 현상과 소통하여 이룩한 새로운 그 '의미'이다. 이때 새로운 의미란 '시적 화자'와 '그'라는 상호관계 속에서 태어난 그 무엇이다. 주체와 대상이 서로 분리되면 절대로 이루지 못할 소통의 결과물이다. '시적 화자'와 '그'가 동시적으로 피워낸 키아즘의 꽃이다. 바로 신용성의 텍스트들이 추구한 현상에 대한 본질 파악을 위해 인물들이 소통의 끝에서 건져 올린 새로운 의미가 그것이다. 이러한 작가의 소설 정신이 녹아든 텍스트들은 텍스트의 인물과 소통한 독자가 어떤 의미를 도출해내느냐에 달렸다고 해도 과언이 아니다.

2. 몸의 나르시시즘이 빚은 현상의 알레고리화

"인지는 기억이다."라고 정의한 메를로퐁티가 아니라도 우리는 지나간 어떤 기억이 현재의 의식 속에 배치돼 있다는 걸 잘 알고 있다. 언젠가 경험했던 기억이 어딘가에 숨어 있다가 현재의 의식 속으로 풀쩍 뛰어드는 게 아니다. 과거의 경험은 현재 의식의 일부로서 늘 존재하고 있다. 우리가 무언가를 지각할 때 지각은 항상 다른 무엇에 대한 지각 속에 있다는 사실도 경험적으로 알고 있다. 이런 이유로 지각은 시공간에 따라 변화하고, 이때의 지각은 시공간과의 상호관계 속에서 존재한다. 예술작품을 몸과 사물성으로 이해한 메를로퐁티는 주체는 사물을 대상화할 수 없기에 예술에서의 재현은 불가능하다고 말한다. 재현 속엔 이미 주체의 응시와 대상의 응시가 상호 엮여서 존재하기 때문이다. 이러한 예술작품에 관한 메를로퐁티의 현상학적 정의에 맞장구를 치듯 신용성의 다음 텍스트들은 주체와 사물 그리고 환경이 키아즘의 관계를 형성하여 몸의 나르시시즘의 원리를 작동시킨다.

「가시」의 주인공인 '나'는 친구 종수가 귀향한다는 소리를 듣고 목에 걸린 가시처럼 신경이 쓰인다. 친구의 귀향이 그렇게도 거슬리는 이유는 '나'의 선친이 종수 집안에 빚을 졌기 때문이다. 어촌계장이 주선한 자리에서 종수와 마주 앉은 '나'가 갈치조림을 먹다가 가시에 입안을 찔린 건 '나'의 조상으로부터 대물림한 종수 집안에 대한 부채 의식에서다. "종수의 광대뼈처럼 뾰족한 갈치 뼈를 씹어서 뭉개버리면 그만 일줄" 알았던 가시에 찔린 '나'와 종수는 기 싸움을 하듯 '팽팽한 긴장감'으로 서로를 살핀다. 두 사람의 무의식에 가라앉았던 조부와 선친 때 형성한 부채 의식이 떠올랐기 때문이다. '나'와 종수가 서로를 의식하는 순간, 상대로부터 시작된 의식이 선친과 조부로부터 발생한 부채 의식으로까지 흘러간 것이다. 그동안 종수 조상에 대한 부채 의식을 애써 외면해왔던 '나'의 무의식이 의식을 뚫고 출현하면서 '나'는 무의식의 발로인 양심의 가책이라는 가시에 찔리고 만 것이다. 이런 이유로 '가시'는 종수에 대한 부채 의식을 때로는 감추고 때로는 폭로하는 '나'의 무의식과 등식을 성립한다. '나'에게 종수가 가시였듯, 종수에게 '나'도 가시가 되는 둘은 서로에 대한 무의식적 관계를 형성한다. 따라서 「가시」 속의 '가시'는 '나와 종수'의 알레고리로 기능하는 동시에 언제 어디서라도 둘 사이의 무의식을 깨울 수 있는 객관적 상관물로 기능한다고 볼 수 있다.

「술과 개미」 역시 인물을 상징하는 객관적 상관물을 알레고리 기능으로 엮은 소설이다. 텍스트의 주인공인 '나'는 나무에서 겨우살이를 따다가 개미 때문에 떨어져 골절상을 입었다는 창우 씨 말을 믿지 않는다. 창우 씨도 박사학위논문 발표를 앞두고 어쩔 수 없이 지도교수의 패밀리들과 술을 마실 수밖에 없는 '나'를 믿지 않는다. 서로가 좋아서 즐기는 일을 아닌 듯 핑계를 댄다는 것이 그 이유다. 그러던 어느 날 우연히 개미와 마주친 '나'는 개미가 연상 작용을 일으킨 창우 씨를 떠올리고, 그 사이 창우 씨가 보낸 문자가 당도하고 '나'는 그에게 전화를 걸어 다시 고시 공부를 하겠다는 말을 듣는다. 여기서 우리는 창우 씨가 어떤 인과관계도, 어떤 개연성도 없이 덜컥 왜 태도를 바꿨는지 선뜻 이해가 가지 않는다.

「술과 개미」는 '나'와 창우 씨가 연인이면서도 서로에 대한 이해가 전혀 없는 상태를 설정하고 있다. 이런 이유로 텍스트는 소통의 부재를 겪고 있던 두 사람이 어떤 방식으로 소통을 이루고 어떤 계기로 서로의 진심을 알아 가는지를 천착하여 보여준다. 텍스트는 제목으로 부여한 '술과 개미'를 두 사람에 대한 알레고리인 동시에 둘을 이어줄 매개체로 활용한다. 박사학위논문 발표를 앞둔 '나'가 어쩔 수 없이 마셔야 하는 술은 '나'를 상징하고, 개미는 공부보다는 밖에 나가 일하기를 좋아하는 창우 씨를 상징하는 알레고리다. 여기서 '나'가 믿어주지 않던 창우 씨를 나무에서 떨어지게 한 그 '개미'가 창우 씨를 상징하는 알레고리로 기능한다는 사실을 기억할 필요가 있다. 창우 씨가 나무에서 떨어진 건 개미에게서 자신을 보았기 때문이라는 공식이 성립되는 까닭이다. 왜 이런 해석이 가능한지 나무에서 떨어질 때의 상황을 창우 씨의 말로 직접 들어보자.

"개미가 움직일 때는 아무렇지도 않았거든. 그것이 발아래에서 멈추는 순간 갑자기 눈앞이 아찔해졌어."

창우 씨가 방황을 끝내고 다시 공부하겠다고 결심한 이유는 쉬는 법이 없는 개미가 우뚝 움직임을 멈춘 순간, 약자이기에 열심히 살아가는 개미라는 상징성이 소멸하기 때문이다. 본질을 잃은 개미에게서 방황하는 자신을 발견한 창우 씨는 끝내 "하지 않아도 될 사람은 하고, 해야 할 사람은 하지 않는 세상"에 '또 다른 의미를 부여한다는 것은 사족'이므로 주어진 현실로 복귀한 것이리라. 주인공인 '나' 역시 지도교수의 갑질을 견뎌야 하는 약자이기에 포기하려고 했던 박사학위논문 발표를 위해 지도교수의 패밀리들과 술을 마실 수밖에 없는 현실을 직시하는 장면으로 소설이 끝나는 것이다. 사실 「술과 개미」는 이솝우화 속 '개미와 베짱이'를 연상케 한다. 하지만 술로 상징되는 '나'는 더운 여름날 시원한 그늘에서 노래 부르는 베짱이를 닮은 듯 보이지만 실상은 그렇지 않다. 노래를 부르는 베짱이처럼 '나'의 술 마시는 행위는 그것을 좋아하든 싫어하든 '개미' 못지않은 노력이 동반된 노동이라는 역설을 낳기 때문이다.

회사 일에 대한 능력보단 대인관계를 우선으로 삼는 정기석과 '미묘한 신경전'을 벌이는 「카멜레온」의 주인공 '마 대리'의 경우도 크게 다르지 않다. '나'는 "넉살 좋게 웃는 웃음, 손을 부여잡고 90도로 허리를 꺾고 인사하는" 등 감각적인 몸의 반응을 통해 출세를 지향하는 정기석과는 대척점에 서 있다. 그러나 세상은 회사 일에 충실한 '나'보다 "비굴하고 야비한 처세술"로 '나'의 '제안을 훔쳐 본사로부터 우수상을 받아내는 정기석을 더 선호한다. '나'는 온몸으로 세상과 소통하는 정기석을 간사하고 간교한 속물로 간주하고 객관적인 세상을 논리적·이성적으로 살아가는 자신을 무한긍정하며 살아간다. 그러나 위상이 하늘을 찌를 듯 올라가던 정기석은 끝내 '나'의 상사가 되면서 '나'는 자신을 위기 상황으로 몰아넣은 이성주의를 끝까지 신봉할 것인지, 온몸을 바쳐 세상과 소통하는 정기석의 감성주의를 취할 것인지를 두고 선택의 갈림길에 선다. 소설 제목이 말해주듯, 카멜레온의 처세술로 상사가 된 정기석을 인정하려면 시간이 필요했던 '나는' 끝내 자신을 칭찬하는 그에게 허리를 굽실거리고 만다. 유연하고도 감각적인 몸을 통해 회사와 조직원에게 인정받았던 정기석의 상징인 카멜레온으로 변신한 것이다. 신조처럼 떠받들었던 이성주의와 결별하고 온몸을 바쳐 세상과 소통하는 정기석의 감성주의를 택한 '나'의 변신 이유를 들어보자

"의미가 있다고 확신하는 것조차 스스로 만든 굴레 속에서 자신의 욕구 불만과 사회적 상실감이 빚어낸 일종의 착시 현상이었다."

이것이 정기석의 감성주의와 결탁해 카멜레온으로 변신한 '나'의

항변이다. 그래서 '나'는 "업무 지시를 하며 내 건의를 신중하게 고려해 보겠다는 정기석의 말을 들으면서 하마터면 그의 손을 부여잡을 뻔한" 것이다. 정기석과 소통한 결과로 감성주의를 택한 '나'의 마지막 행위가 웃픈 현실로 다가오는 건 지나친 감정이입 탓인가.

3. 소통으로 피워낸 키아즘의 꽃

신용성의 소설은 인물과 사건, 인물이 사건과 마주한 시공간 그리고 사건이 일어난 주변 환경 또는 현상 등을 객관적인 잣대로 바라보지 말 것을 경고하는 듯하다. 우리가 익히 알고 있는 객관적인 사실과 개인의 주관적인 경험에 비추어 텍스트를 읽으면 작가가 '텍스트 속에 심어 놓은 의미의 본질'을 제대로 파악할 수 없다는 듯이 텍스트들은 쉽게 읽히지 않는다. 작가의 소설은 언어로 구조화되어 있을 뿐 살아있는 의식이고 사고 자체이기 때문에 언어로 표현된 작가의 의식이 다시 살아나야만 해석이 가능해진다. 그동안 주관적 경험과 객관적 사실로써 세계를 인식해온 우리가 작가의 요구에 따라 현상학적 소통을 위한 태도를 견지하기란 쉽지 않다. 그런데도 우리는 자신 앞에 나타난 현상에 집중하는 순간 감각적 차원에서 어떤 변화가 일어났다는 걸 직감적·경험적으로 알고 있다. 이것은 사건 사고의 충격적인 장면, 빼어나게 아름다운 산수, 사람을 압도할 만큼 거대한 크기와 높이를 자랑하는 건축물 또는 유적지, 너무나 하찮거나 지나친 악착으로 키워내는 생명력 등을 목격했을 때 뒷골이 송연하다든지 소름이 쫙 돋는 등의 몸의 반응으로 소환할 수 있다. 작가의 '몸 담론'이 추구하는 타자 혹은 현상과의 소통이다. 따라서 작가의 현상에 대한 인식과 소통의 최종목표는 새로운 의미 도출로 귀결된다고 할 수 있다.

그런데도 작가의 텍스트를 읽으면서 문득문득 드는 느낌이 있다. 작가는 몸의 기억, 몸의 증상 또는 몸의 기원 등으로 세계와 관계 맺는 인물들이 어떤 방식으로 소통하고 사유하는지를 부각하면서도 어떤 의구심에 사로잡힌 듯 질문을 쏟아낸다. 읽는 독자의 기분 탓일까, 작가는 텍스트 속 인물들에게 묻고 또 묻는다. 그대들이 과연 진정한 주체인가. 그대들만 보고 느낀다고 생각하는가. 그대들은 이성으로만 사유하는가. 그대들과 세계는 이분법적으로 존재하는가. 그대들의 자아는 꽉 차 있는가. 그대들은 대상 없이도 의식이 가능한가. 그대들에게 감각은 이성보다 하위개념인가.

이러한 작가의 질문은 소설을 쓰는 작가가 자신이 창조한 인물들과의 소통에서 느끼고 깨달은 작가의 자문자답처럼 들린다. 텍스트의 인물들은 한결같이 이성적인 사유를 거부하고 감각적인 몸으로써 세계와의 소통을 시도한다. 그들은 지금 여기라는 특정한 시공간에 나타난 현상을 응시하고, 부단히 사유를 이어가면서 작가가 부여한 설정 속으로 빠져든다. 이것이 바로 작가가 야심차게 준비한 '세계 내 존재'들이 펼치는 감각의 향연으로의 초대이다. 이성 중심주의의 서구 형이상학을 비판의 표적으로 삼은 '몸 담론'으로의 초대가 된다. 이로써 우리는 인간과 세계를 '있는 그대로' 바라보겠다고 작심한 작가의 소설 정신에 적극적으로 편승할 필요가 있다. 심리학적으로 환원되지 않는 몸의 나르시시즘이 빚어낸 『멧돼지 사냥』이 펼치는 감각의 향연은 작가와 텍스트, 독자와 텍스트가 동시에 키아즘의 관계를 형성하여 새로운 의미로 되살아나기 때문이다.

소설집의 표제작인 「멧돼지 사냥」의 주인공은 멧돼지고기를 먹고 돌아오는 길에 로드킬 사고를 낸다. '나'는 멧돼지고기를 먹은 것과 로드킬 사고를 낸 일이 아무런 관련성이 없는데도 '불길한 징조를 암시하는' 듯 '자꾸만 떠오르는 사념들로 신경'이 곤두선다. 언제나 불길한 예감은 우리의 예상을 빗나가는 법이 없다. '돈을 융통해달라는 동창의 전화, 악화한 장모의 치매, 학교에서 왕따를 당한 딸, 멧돼지에게 물린 아들' 등의 사고들이 연이어 발생한다. 동시다발적으로 일어난 사고들은 '나'에게 어떤 경고처럼 느껴지면서 멧돼지는 '예고 없이 자신의 삶으로 뛰어든 엄청난 의미를 지닌 영험한 상징'으로 자리 잡는다. 멧돼지고기를 처음 먹었던 그 순간, 멧돼지 사냥을 직접 목격한 그 날, '나'는 멧돼지와 함께 상징적으로 죽었고 상징적으로 부활했다. '고대 사회에서 신성한 짐승으로 받들었다는 멧돼지, 마을의 수호신으로 보호받았던 멧돼지, 인간의 적이 되기 전까지는 터부의 대상이 아니었던 멧돼지'와 '나'는 분리될 수 없는 인과관계가 형성된다.

이로써 회사에서도 가정에서도 인정받지 못하던 '나'와 인간의 적으로 터부의 대상이 된 멧돼지는 어느 세계에도 속할 수 없는 회색의 존재로 살아가야 하는 운명공동체로 상호 엮인다. 인간의 적이 되기 전까지 '신성한 존재로 마을의 수호신으로 보호받았던' 멧돼지처럼 '나' 역시 인간 실존으로서 마땅히 존엄한 대우를 받을 권리가 있다.

그런데도 받아주지 않는 세상에서 살아갈 수 있는 유일한 방법은 멧돼지의 신격화, 즉 멧돼지가 부적처럼 '나'를 지켜줄 거라는 굳건한 믿음뿐이다. 어린아이가 힘든 세상을 견디기 위해 환상을 지어내듯, '나' 또한 불운을 막아줄 신과 같은 존재를 멧돼지로 상정하면서 불화하는 세상과 맞설 수 있게 된다. 소설의 마지막 장면인 주인공의 독백을 들어보자.

> "멧돼지가 물고간 아들의 허벅지 살점이 내 뱃속에서 꿈틀거리고 있었다."

주인공의 독백은 멧돼지와 '나'가 합일된 몸이라는 선포이다. 따라서 주인공은 이렇게 말한 것이다. 멧돼지는 신이다. 나와 멧돼지는 하나다. 고로 '나'는 신이다.

「소리의 미로」는 이번 소설집의 유일한 중편으로 소리의 기원을 찾아 떠나는 여정을 그리고 있다. 삼인칭 주인공 시점으로 서사를 진행하는 이 소설의 핵심 주인공은 수연과 명훈이다. 명훈은 '삶의 힘'이자 '한민족의 한의 노래'인 소리의 본질을 연구하는 자로서, 그는 소리가 '한민족의 삶과 애환'이라고 여긴다. 명훈은 '소리의 본질로 인간 존재의 근원을 도출해낼 수 있다고' 굳게 믿는다. 한편 남편의 폭력으로부터 가출을 감행한 수연은 두물머리 물에 발을 적신 상태로 고찰로 가는 산길에서 소리에 빠져든다. 발을 디딜 때마다 부서지는 눈 소리, 눈꽃 나무를 어루만지듯 스쳐 지나가는 바람 소리, 나뭇가지에서 눈 더미가 투두둑 떨어지는 소리 등이다. 수연이 이들 소리가 '숨겨진 자연의 부호'일지 모른다고 여기는 것은 피아노에 관한 트라우마 때문이다. 그런 수연이 우연히 찾아든 카페에서 피아노에 시선을 빼앗긴 채 자신도 모르게 건반을 누르고, 수연의 곡에 카페 손님이 박수를 보내고, 소리에 마음을 빼앗긴 명훈이 수연 앞에 등장하면서 두물머리에서 스치듯 만난 적 있는 두 사람이 재회한다.

소리 연구에 매달렸던 명훈은 소리에 관한 관심을 접고 남쪽으로 떠난 여행에서 어느 노인으로부터 소리가 무엇인지를 듣는다.

"우리 소리는 그냥 소리가 아녀. 자네가 부르는 소리도 마찬가지여. 악보대로 불러선 안 된다는 얘기여."

수연 역시 지난번 신세 진 할머니를 만나러 오는 길에 산에서 소리하는 할머니의 노래를 듣고 소리가 무엇인지를 어렴풋이 깨닫는다. 소리란 '신세 한탄이고 고달픈 세상살이를 풀어내는' 한의 노랫소리이다. 수연이 한의 노랫소리가 무엇인지를 깨달은 것은 그동안 남편의 소유물로, 아이들의 엄마로만 살아왔던 자신이 비로소 독립된 주체로서 거듭났음을 뜻한다. 한은 매달리면 매달릴수록 키워지는 성질이 있기에 그 싹을 잘라야 한다는 사실을 깨달았기 때문이다. 할머니가 소리로 한을 풀고, 소리로 슬픈 자신의 인생을 달랬듯이 수연에게 '소리'는 새로운 희망을 건져 올리는 매개체라는 역설을 낳는다.

결국 소리의 기원은 인간 실존의 본질과 맞닿아 있는 무의식의 발로인 까닭이다. 그래서 명훈의 요청으로 부른 수연의 소리는 '얼른 들으면 곡조에 맞지 않는 듯' 들리지만, 저 깊은 곳에서 솟아난 울림의 소리이기에 명훈의 가슴을 그렇게도 저리도록 한 것이리라.

세계 속에 존재하는 개인 존재에 대한 탐색은 소설 형식이기 이전에 철학의 영역이자 가치로서의 미학의 분야이다. 신용성 소설집『멧돼지 사냥』은 몸의 언어로 주관의 서정을 창출하는 관념의 미학을 지향한다. 제도와 관습으로 형상화된 가시적 세계의 본질로 파고드는 장치는 몸의 나르시시즘이라는 알레고리로 은유적 의미를 상정한다. 이를 통해 작가는 주관적 시각으로 개인의 세계를 독자적인 형성물로 재현하려는 것이다. 이렇게 되면 결국 작가의 감성이 인물과 대상의 주관적 해석으로 치우치게 됨으로써 소설의 외관은 편향적인 흐름이라는 비판을 피하기 어렵다. 소설이라는 장르의 전형적인 서사 형식에 익숙한 독자들에게는 그만큼 낯설게 다가오는 것이다.

작가의 경계는 이러한 보편적 시각에 대한 반성에서부터 시작되고, 그러므로 신용성의 소설은 몸의 언어라는 현상의 재현으로 보여주는 과정의 천착으로 머문다. 개인의 이상과 현실의 간극을 메우려는 몸짓, 개인의 사회적 행태를 규정하는 윤리 근원의 본질적인 구조에 대한 질문으로 문제적 알고리즘을 장착한다.『멧돼지 사냥』에서 일관된 흐름으로 나타나는 서사의 중층적 상징성은 작가만의 독자적이고 고유한 소설 언어로 형상화된다. 자아 탐구를 통한 의식의 분석으로 개인과 세계와의 소통을 시도하는 몸의 언어는 소설이 현상의 본질에 대한 객관적 탐구로 의미화되어야 함을 역설한다. 따라서 작품의 서사는 시간의 흐름에 탄력적이며, 이상과 현실의 조화를 지속적으로 추구하는 인물의 행위는 현재진행형이다. 결국 대상과 본질의 가치 인식, 개인의 존재라는 보편적 명제, 이에 대한 소설을 통한 작가적 해석이 곧 『멧돼지 사냥』의 지향점이 된다.

신용성 소설집
멧돼지 사냥

지은이_ 신용성
펴낸이_ 조현석
펴낸곳_ 북인
디자인_ 푸른영토

1판 1쇄_ 2022년 10월 09일
출판등록번호_ 313 - 2004 - 000111
주소_ 121 - 842 서울 마포구 서교동 460 - 34, 501호
전화_ 02 - 323 - 7767
팩스_ 02 - 323 - 7845

ISBN 979 - 11 - 6512 - 060 - 3 03810

책값은 뒤표지에 있습니다.
저자와 협의 아래 인지를 생략합니다.

이 책은 강원도, 강원문화재단 후원으로 발간되었습니다.